아름다움은 필경 선과 통한다

아름다움은 필경
善선과 통한다

| 남상숙 수필집 |

선우미디어 sunwoomedia

책머리에

연일 자지러질 듯 매미가 울어댔다. 앞뒤로 열어 놓은 창문으로 들이붓듯 쏟아지는 소리에 숲속인 듯 착각이 들기도 했다. 추운 것보다야 더운 것이 나으니 여름이 좋았다. 그것도 잠깐, 방안 깊숙이 들어오는 겨울의 햇살이 따사롭다. 한 계절이 가고 새로운 계절이 왔다.

글을 쓰면서 언제 책을 내겠다, 계획하진 않았다. 발등에 떨어진 불이 다급하였고 세월이 흐르다보니 이리 모아졌다. 이걸 어쩔 것인가? 남에게 짐을 지울 수는 없는 일, 갈무리해야했다. 읽어 줄 한 사람만 있어도 되지 않느냐는 부추김에 용기를 냈지만 솔직히 부끄럽다. 아기들이 자라 어른이 되었는데 아깃적 얘기를 내놓는 것이, 새삼스러울 것도 없이 한참 지난 이야기를 뒷북치듯 둥둥거리는 것도 적이 민망하다.

시원찮아도 어미 눈에는 제 자식이 대견하고 힘이 되듯 글이란 것이 살아오는 데 힘이 된 것은 사실이다. 깊은 밤 원고지 칸을 메우기도 하고, 빈방의 적요를 깨고 컴퓨터 자판을 똑딱거렸다. 그러나 조각가가 돌덩이를 쪼아 형체를 만들 듯, 나무토막에서 숨겨진 형체를 찾아내듯 한 편씩 완성해 가는 기쁨은 각별했다. 누군가에게, 세상을 향해 털어 놓았다 생각했는데 이제와 보니 스스로에게 털어 놓은 독백이고 다짐이며 각오였다. 가감 없이 나를 비춘 거울이다.

이십여 년 전이던가, 어느 문학회 모임이었는데 많은 문인들이 모인자리에서 모 원로 시인께서 말씀을 하셨다.

"…… 입으로 짓는 죄로 구업口業이라는 것이 있고, 글을 쓰면서 기어綺語, 소위 비단 같은 말, 꾸민 말로써 사람의 마음을 현혹시켜 죄를 짓게 한다면 혀가 만 발이나 나오는 벌을 면치 못할 것이니 스스로 경계해야 한다."

적잖은 세월이 흘렀는데 이 말씀이 오늘은 경고처럼 되살아난다.

이 책이 나오면 제일 좋아하실 분은 어머니인데……, 먼 길 떠나신 지 오래다. 그곳에서도 하마 좋아하실까?

2010년 세밑에
남 상 숙

| 차 례 |

2부
매듭짓기

3부
버찌가 익어가는 계절

4부
가로등이 눈 뜨는 시간

1부

유혹처럼 혹은 구원처럼

네가 있어 내가 빛나 보이고

빗물로 번들거리는 길 위에 하얀 양말 한 짝이 떨어져 있다.

오렌지 빛깔의 테두리가 두 줄로 둘러진 앙증맞게 작은 양말이 꽃송이처럼 떨어져 비를 맞고 있다. 무덥고 지루한 여름이 물러가고 선선한 바람이 불어오는 가을의 문턱에서 비는 추적이며 내리는데 하얀 양말이 눈길을 잡는다. 그 아가는 지금 발이 시리겠구나. 콩알만한 발가락 고물거리며 주먹 안에 쏙 들어올 하얀 발이 눈에 보이듯 선하다. 양말을 줍지도 못하고 지나치며 색바람에 선득 내 발이 시리다.

누군들 그만한 크기의 양말을 신어보지 않고 아이가 되고 어른이 되었으랴. 그보다 더 작은 발로 태어나 아장아장 걸음마를 배웠고 동으로 서로 가고자 하면 어디든지 갈 수 있었다. 60년대 유·소년기를 지나며 동상에 걸리기도 하였고, 병이랄 것도 없는 무좀에 시달리며 각질이 두터워지기도 하였다. 해토 무렵 밭두렁을 걸으며 땅의 숨결을 느꼈고, 봄볕에 고개 내미는 새 생명을 알게 모르게 짓이기도 하였고, 곧 흔적도 없이 사라질 모래사장에 발자국을 수놓기도 하였다. 사지 육신 가운데 가장 고단한 역할을 맡은 발. 마음만 먹으면 어디든 데려다 주던 발이 새삼 생각을 키운다.

나는 늘 발이 시리다. 집안에서도 실내화를 신어야 하고 밤에 잘 때에도 양말을 신고 잔다. 거의 날마다 그렇게 습관이 되었다. 깜빡 잊어버리고 잠이 들었다가도 발이 시려 다시 일어나 양말을 신는다. 여름에도 솜이불을 덮어야 잠이 들고, 날씨가 서늘해진다 싶으면 영락없이 양말까지 신어야 잠이 드는 스스로가 불만스럽기 짝이 없지만 맨발인 채로는 금방 기침이 나오니 스스로 깨우친 미봉책일 것이다.

발에 있는 모든 신경 조직이 오장육부와 연결되어 있기에 발이 건강하면 몸도 건강하다고 하던데 이리도 늘 발이 시린 것은 시원찮은 건강 탓인지도 모르겠다. 발바닥 어느 부위는 위와 통하고, 어느 곳은 간장과 연결되어 있고, 어디는 무엇과 어떻다는 인체가 새삼 신비롭기 짝이 없다.

중국 장가계에서 황룡동굴 관광을 마치고 호텔에 왔을 때 가이드가 데리고 간 곳은 발마시지를 하는 곳이었다. 여덟 쌍의 부부동반이었는데 남녀가 따로 커다란 방으로 안내되었다. 우리는 바지를 걷어 올리고 낮은 침대에 나란히 누웠다. 한약재를 넣고 삶았다는 따뜻한 물속에 발을 담그니 앳되어 보이는 남자가 발가락 사이사이까지 정성스럽게 닦아주며 관절을 뽑아주더니 소위 마사지라는 것을 하기 시작하였다. 손가락으로 누르기도 하고 주먹으로 치거나 손바닥으로 문지르기도 하여 시원한 느낌은 들었지만 발바닥이 간질간질 하면서 갑자기 웃음이 터져 나오려고 했다. 덮어준 타월을 머리까지 뒤집어 쓰고 억지로 웃음을 참으려니 이게 뭔 짓인가 싶게 기분이 야릇했다. 옆 침대에 누워있던 친구도 갑자기 헛기침을 했다.

지금까지 살아오며 남이 내 발을 만진 기억도 없고 나 또한 이렇게 골고루 발바닥을 만져본 적도 없다. 갖가지 빛깔의 조명으로 기기묘묘하고 환상적인 석순들을 보면서 감탄을 하고 찬바람 속에 눈 쌓인 산길을 종일 걸어 다니느라 피곤하였는지 슬며시 풋잠이 들기도 하였지만 내 발이 그렇게 호강을 해본 것도 생전 처음이었다. 단체여행은 맞춤 맞게 연계가 되도록 일정을 짜기 마련이어서 이곳으로 데려온 것을 수긍하면서도 노독이 풀리는지 나른해지면서 쑥스럽던 기분은 휩쓸려 해본 한 번의 경험으로 족할 만큼 또다시 해보고 싶은 마음은 없던 낯설음이었다.

황석영의 소설 「바리데기」에서 바리데기는 고단한 삶을 사는 주인공 이름이다. 그녀는 우여곡절 끝에 영국으로 가서 발마사지를 배우게 되었는데 발만 보면 상대가 걸어온 길을 다 알 수 있다. 혈을 눌러주며 발바닥을 들여다보면 실핏줄처럼 이어진 상대방의 지나온 일생이 훤히 보인다니 흥미로웠다. 혼자만 알고 가만히 있는데 어쩌다 말을 하면 손님들은 깜짝 놀라며 그를 경계하거나 신뢰한다. 주인공이 영통하다고 생각되기도 하였지만 발바닥에서 착상한 작가의 추리와 상상력이 신기하게 여겨졌다.

순탄치 않았던 인생의 행로가 남의 눈에 낱낱이 보인다면 얼마나 부끄럽고 당황스러울 것인가. 다행스러운 것은 왕자연하는 사람이나 권좌에 앉은 사람이나 지극히 평범한 소시민들이나 보자기 풀어놓듯 일생을 펼쳐놓고 보면 더하고 덜할 것도 없이 거기서 거기라는 생각이 드는 것이다. 각자 지고 있는 사연만 다를 뿐이지 모두 근심 한 보따리씩 짊어지고 가는 것이 우리네 인생이 아니던가. 살아갈수록 그것은 진리라고 여겨진다.

우리 몸을 하나의 우주라고 한다. 그렇다면 발은 한 사람의 일생을 관통할 만큼 우주적이라는 이야기도 될 것이다. 발바닥을 조명하여 일생이 보인다면 그 족적이 나타난다는 뜻일 것이고 살아온 세월의 발자취라 할 수 있을 것이다. 몸의 어느 한 부분인들 소중하지 않은 곳이 있으랴만 삶의 애환이 결집되어 있는 발이 새삼 의미 있게 다가오는 연유이다.

상기도 하얀 아기 양말 한 짝을 바라보며 애상에 젖는 것은 결코 만만치 않은 것이 세상살이고, 그걸 깨닫기에도 적지 않은 세월이 흘렀음을 알기 때문이다. 그러나 살아갈 세월에 대한 안쓰러움이 아무리 크다 하여도 이 세상에 태어난 생명들은 정녕 눈물겹도록 반갑고 고마운 존재들 아닌가. 까르륵대며 방글거리는 아기가 있어 노인들의 파안대소 주름진 얼굴이 위대해 보이고 모시꾸리 같은 노인들의 백발이 있어 배냇머리 나풀거리는 아가들이 꽃송이처럼 빛나 보이는 까닭이다.

여름 일기

난데없이 여인의 곡소리가 들려왔다. 귀를 곤추 세우다 소리의 향방을 찾아 뒷베란다로 갔다. 아파트 마당에서 소복 입은 여인 둘이 엎디어 통곡을 하고 있다. 노제를 지내려는지 자그마한 상 위 촛대에 누군가 불을 붙이고 덩치 커다란 장의차가 표정 없이 덩그러니 놓여 있다. 한여름 무더위가 아침부터 푹푹 찌는데….

마당 한켠 놀이터에선 노부부가 배드민턴을 즐기고 있는 한가로운 일요일, 철부지 어린이가 흥미로운 듯 가락을 붙여 곡소리를 흉내 내고 있다. 원색 차림의 젊은 부부는 피서를 떠나려는지 텐트며 아이스박스를 승용차에 싣느라 부산하다.

내려다보다가 둘러보니 뒷동 집집마다에선 사람들이 베란다 난간에 서서 구경을 하고 있다. 어른이고 아이고 할 것 없이 메리야스 속옷 바람으로 서있는 사람들의 모습이 더욱 볼만한 듯싶다. 초상집 이외의 사람들에게는 흥미로운 구경거리요, 방관자일 뿐이라는 생각이 들자 중국 현대문학의 아버지인 노신魯迅의 글이 떠올랐다.

"아래층에서는 한 사내가 병으로 죽어가고 있다. 그 옆집에서는 음악을 틀고 있다. 건너 집에서는 아이를 달래고 있다. 위층에서는 두 사람이 미친 듯이 웃고 있다. 마작麻雀하는 소리가 들린다. 강 위에 서 있는 배 위에서는 어머니의 죽음 앞에서 딸이 통곡하고 있다. 인류의 슬픔과 기쁨은 상대방에게 통하지 않은 법이다. 내게는 단지 그들이 법석을 떨고 있다는 느낌이다."

나라와 시대가 다르더라도 사람살이가 거기서 거기인 듯 별반 다를 것도 없다는 생각이 든다. 남의 고통이나 슬픔에 아무런 느낌이나 자극도 되지 않는 현대를 사는 우리들의 메마른 감정과 무감각. 그것이 고래로부터의 인간의 속성일까.

하늘이 무너질 듯한 절망도, 차라리 죽는 것이 나으리라 싶은 절박한 고통의 순간도 인간이기에 혼자서 감내해야 하는 각자의 몫이다. 춥거나 덥거나 때가 되면 갈 사람은 가고 남은 사람은 또 그대로 옛사람들이 살던 길을 살아가는 것이다. 그것이 삶의 순리요 자연의 섭리라 하더라도 유정한 마음이 드는 것은 어쩔 수가 없다.

정작 구경하는 것조차도 죽은 사람에 대한 애도에서가 아니라, 사후에 행하여지는 관습이나 주변 사람들의 행동거지에 대한 관심이라는 사실이다. 전 생애가 무너져버린 한 사람에 대한 종언도 부모 형제나 자식들, 친지 몇 사람의 가슴에 슬픔으로 남다가 종내는 잊혀져버리고 마는 것이다.

그러나 오늘 이 소복의 모습을 보자 잊었던 내 슬픔이 되살아났다. 외사촌 오빠가 출근하다 쓰러져 그만이었다는 소식은 그저 허망하다는 느낌이었다. 출가외인이라 생각해서 그랬는지 아무도 알려주지 않아 몰랐다. 이모가 장례를 치르고 와서 나에게 전해준 것이 엊그제였다.

"그럼 그 언니는 어떻게 살아?"

기가 막힌 심정으로 물었다.

"어떻게 하니 할 수 없지. 산 사람은 그냥 사는 거지."

'그냥 사는 거라고 ….' 그 말이 뇌리를 떠나지 않았다. 멀쑥하니 키가 큰 언니의 상복 입은 모습도 상상할 수 없었지만, 이모의 체념 섞인 말이 그렇게 쓸쓸할 수가 없었다.

내 유년의 아름다운 회상은 늘 외사촌 오빠들과 함께 떠올랐다. 추억의 갈피마다 늘 미덥고 고맙고 든든한 바람막이였는데. 죽음에 순서가 있으랴만, 한참 더 살아야 하는 사십 중반의 나이가 애석하기 짝이 없다.

내가 세 아이의 어미가 되고 나이 마흔을 넘기도록 외가의 큰일 때 만나기만 하면 유독,

"상숙아, 사는 게 어떠니? 넌 여전하구나." 늘 다정스레 이름 불러 주던 오라버니였다. 여자가 이름을 잃어가는 것은 주위에서 이름을 부르지 않아도 누구 엄마로, 아무개 안 사람으로 통용이 되는 사회관습 때문이기도 하지만, 이름 불러 주던 어른들이 하나 둘 사라져가기 때문일 게다.

그냥 있어 줌으로 위안이 되고 힘이 되어주던 주위 어른들이 돌아오지 못할 곳으로 떠나고, 내가 그분들이 서 있던 위치쯤으로 다가가며 이젠 나 또한 누군가의 위안이 되고 힘이 되어야 함을 느낀다. 슬픔의 옹이마다 자만심을 새겨 넣고 절망의 속대궁에 허영을 접어

넣으며 살아가는 일이 허심임을 비로소 깨닫게 된다. 나이는 까닭 없이 먹는 것이 아닌가 보다고 가슴을 쓸어내린다.

죽는다는 것이 내세를 믿는 사람들에게는 축복이라고 말하기도 하지만, 갑작스런 죽음이 가족이나 친지들에게 그렇지만은 않다. 죽음에 대한 두려움과 공포를 간접으로 체험하며 나도 언젠가 담담히 받아 들여야 하는 가슴 서늘함이 있다.

평생 부려온 삶의 짐 미안스레 벗어놓고 총총히 떠나는 길. 때로는 한마디 말도 없이 매정하게 등 돌리는 차마 그럴 수 없는 야속함. 인연의 줄 예고도 없이 툭 끊어 놓고 돌아서면 살아온 세월의 회한이 가슴에 빗줄기로 흐르고 남은 사람은 나머지 세월을 어찌 견디어야 하리. 죽음은 누군가의 가슴에 애증의 점 하나 불씨처럼 남겨 놓고 동행 없이 떠나는 외로운 여정이다. 산다는 것이 아무리 힘들다 해도 죽음보다 나은 건 그래도, 삶이 혼자가 아니라 동행해 주는 길동무가 있기 때문이 아닐까.

얼마 후, 상주들이 차에 오르고 장지로 떠나려는지 장의차가 굼뜨게 아파트 입구를 빠져 나가고 있다.

비둘기 발이 앵두빛이구나

창밖으로 보이는 가로수에 푸른 기운이 서린다.

남향으로 쏟아져 들어오는 햇볕을 받으며, 아야어여…, 아이가 한글을 익히고 있다. 네모 칸 공책에 조가비 같은 손으로 큼직큼직 힘주어 글씨를 쓰고 있다. 이마에 송글송글 땀이 배어난다. 처음 학원에 올 때는 안 떨어지려고 앙앙 울어대더니 아침이면 제가 먼저 가방을 챙긴다고 아이 엄마는 대견해 한다. 신나게 몇 줄 쓰더니 하품을 한다. 금방 싫증이 나는지 긴 속눈썹에 졸음이 묻어 있다. 까만 머리 위에 봄 햇살이 부서져 내리는 나른한 봄날이다.

"우리 나가서 놀까?" "와ー." 순간 아이들 눈이 반짝 빛난다.

그들을 데리고 가까이 있는 서대전 공원으로 갔다. 어른 아이 할 것 없이 사람들이 많이 나와 있다. 아이들은 금방 장난감 행상 아저씨에게 달려간다. 알록달록 원색의 장난감에 정신을 빼앗긴다. 태엽을 감은 배불뚝이 인형이 뒤뚱뒤뚱 걷는 모습이 신기하기도 하고 가다가 알아서 돌아서는 경찰차가 재미있다. 저희 엄마와 이곳에 왔더라면 사달라고 조르기 십상이게 탐나는 장난감들이다. 공원 한가운데 있는 사육장으로 가노라니 발길은 따라오면서도 눈길은 그곳에 있다. 오골계도 보고, 토끼도 보고, 부챗살처럼 활짝 펼친 날개 보란 듯이 으스대는 청남색 빛깔의 공작새도 보여주고 넓은 잔디밭에 아이들을 풀어 놓았다.

아이들은 무조건 뛰어다닌다. 잠시도 가만히 있지 않고 움직이는 것이 아이들의 생리다. 물줄기 사방으로 뿜어대는 분수다. 어디로 뛸지 모르는 축구공이다. '어린이는 움직이는 빨간 신호등' 초등학교 앞에 써 붙인 경고문도 예측불허의 아이들 움직임에 대하여 운전자들에게 주의를 요하는 문구이다. 그들은 에너지가 넘쳐난다. 아이들의 생동감으로 공원 안이 활기차다. 기분이 날아갈 것 같은지 저희끼리 장난을 치고, 뒹굴기도 하고, 달리기도 하고, 지칠 줄 모르며 맴을 돌기도 한다. 그걸 보기만 하여도 어지러울 지경이다.

나에게도 저런 시절이 있었던가.

저들만 하였을 때 내가 살던 우리 집 뒤엔 동산이 있었다. 동그란 무덤이 서너 개 있었는데 또래들은 날마다 그곳에서 뺑뺑이 놀이를 하며 놀았다. 삘기를 뽑고 싱아를 꺾어 먹으며 자랐다. 보랏빛 꽃이 송알송알 구슬처럼 달린 꿀꽃 송이에서 꿀을 빨아 먹었다. 몇 년 전엔가 지나는 길에 그곳을 들렀더니 동산은 흔적도 없이 사라지고 주택이 들어섰다. 어린 날 한때 미혹하게 하던 예배당 옆 복숭아나무라도 보고 싶어 찾았건만 변하지 않는 것이 무엇이 있으랴. 확 나꾸어 채듯 어린 가슴을 뒤흔들어 놓았던 복사꽃의 정체를 확인하고 싶었었다. 그러나 번개처럼 빠른 세월만 헤아리다 쓸쓸히 돌아서던 그날이 어제 일처럼 떠오른다. 내 생애 복사꽃이 오십여 번이나 피고 졌다는 사실이 갑자기 엄청난 역사적 사건처럼 경이로움으로 다가왔다.

아이들 주변으로 비둘기 떼가 몰려왔다. 연신 움직이는 청회색 목덜미에 자르르 윤기가 흐른다. 반갑다는 듯 아이들이 달려가자 비둘기가 푸드덕 하늘로 날아오른다. 아이가 과자를 한 움큼 던지자 꽃가루처럼 흩어지고 비둘기 수십 마리가 삽시간에 내려앉았다. 그들이 있는 곳에 비둘기 떼가 모여들고 비둘기가 있는 곳에 우르르 아이들이 몰려가는 모습이 둘이 하나라는 생각이 든다. 투덕투덕 비둘기의 힘찬 날갯짓이나 발그레 상기된 아이들 볼에서 약동하는 봄기운을 느낀다.

쉬게 할 겸 스케치북을 나누어 주었다. 크레파스로 쓱쓱 거침없이 비둘기를 그린다. 한 아이가 비둘기 발을 모두 빨간 색으로 그려 놓았다. 의아하여 비둘기를 바라보았다. 빨강과 분홍을 섞은 앵두빛깔이 얼었다 녹은 피부처럼 맑아보였다. 조류의 발이 검정색이나 흙빛이려니 생각하고 있던 내게 이건 새로운 발견이다. 투실투실 풍만한 잿빛 몸뚱이를 나뭇가지 같은 가냘픈 발이 지탱하고 사뿐사뿐 돌아다니는 모습이 신기한데 붉은색이 잿빛과 중후한 조화를 이루고 있다.

아이의 관찰력이 어른보다 예리할 때가 있다. "얘좀 보세요. 빵을 꼬집어 먹어요." 빵을 조금씩 떼어 먹는 모습을 보고 꼬집어 먹는다고 말하여 나를 웃게 하던 아이다. 그렇구나, 아무개는 빵을 꼬집어 먹는구나. 아이는 아이대로의 생각이 있다. 보이는 대로 말하고 느끼는 대로 표현하는 감각이 부러워 물끄러미 바라본다. 비둘기 입이 하늘로 향하고, 눈은 옆을 바라보고, 머리를 땅에 박고, 연신 모이를 주워 먹고, 날아오르고…. 모두 살아 움직이는 이런 그림을 누가 가르쳐 주었단 말인가. 화가가 따로 없었다. 생생한 그림을 그리는 아이가 바로 화가였다. 누가 그랬던가, 아이 속에는 신神이 들어 있다고.

우리 집 위층에 사시는 할머니를 만났다. 날씨가 풀려서 산책이라도 나오셨나보다. 바람에 날리는 연둣빛 머플러가 반백의 머리와 어울려 바람에 나부끼는 백양나무 이파리 같다. 연세가 일흔 둘인데 피아노 배우기에 열심이다. 치매 예방으로 딸들이 학원에 등록해 줬는데 배우다보니 여간 재미있는 것이 아니라고 은근히 자랑이 대단하시다. 하루에 두 시간씩 연습을 한다며 진작 시작할 걸 그랬다고 입을 가리고 호호호 수줍게 웃던 모습이 인상적이던 분이다. 간혹 초보자가 두드리는 피아노 소리를 들은 것 같기도 하다. 동기야 어찌되었든 무엇을 새로 시작하고 배운다는 것은 경하할 일이다. 가장 늦었다고 생각할 때가 가장 빠른 것이라는 진부한 말이 신선하게 들리는 것은 저렇듯 신이 나고 재미있어하는 할머니의 유쾌한 모습을 보았기 때문이다. 배우는 일도 즐기는 일처럼 한다면 더할 나위 없이 진전이 빠를 것이다.

배움에 계절이 따로 있으랴만, 무엇을 새로 시작하기에 좋은 계절이 봄이다. 젊은이의 공부도 보기 좋지만 주변의 뒷바라지가 끝난 후 자신을 위한 노후의 공부는 더 아름답다. 봄은 고목에도 새순을 틔우게 할 뿐만 아니라, 쏟아져 내리는 햇살이 겨우내 땅속에 웅크리고 있던 생명체를 깨우듯 잠자고 있던 노년의 열정도 깨우고 있다. 세상에 하고 싶은 일이 얼마나 많으며 언제 다 그 일을 하며 살 것인가. 살아 있는 한 깨어 있어야 하고 깨어 있는 한 움직여야 한다.

이 넓은 우주 공간, 광활한 지구상 한 귀퉁이에서 우리가 하고 있는 일들이 개미가 고물거리는 것처럼 미미하기 짝이 없을지라도, 새삼 돌 틈에 돋아난 냉이꽃보다도 하찮다는 생각이 들기도 하지만 마음만 먹으면 무엇이라도 시작할 수 있다는, 우주도 껴안을 수 있다는 생각이 푸드덕 창공을 날아오른다. 비둘기 깃털 속에 있는 공기 주머니가 내 세포 속에도 들어 있는 듯 마음을 가볍게 하는 봄이다.

손

꼭 쉬고 싶은 시간이었다. 낮에 일이 있어 돌아다녔으니 몸은 쉬자고 했다. 평소에도 몸에 무리다 싶으면 일거리를 놓고도 누워버리는 것이 습관 내지 몸 관리라 생각하였는데 그날은 무슨 배짱이었을까, 열 시가 되어가는 그 밤에 김장을 시작하였다. 내일은 쉬고 싶었다. 기운 좋은 남편이 속을 버무리고 함께 배추 속을 채워가고 있었다. 시간이 지날수록 손놀림이 둔해지고 허리가 끊어질 듯 아팠다. 김치통을 다 채우고 깍두기를 버무리려고 썰어 놓은 파를 가지러 걸음을 뗀 순간 보기 좋게 넘어지고 말았다. 채반에 받혀 논 배추에서 흘러내린 물이 흥건하건만 미처 보지 못한 탓이다.

넘어진 김에 쉬어간다고, 누운 허리가 시원 편안하였다. 그도 잠시 왼쪽 손이 빠개질 듯 아팠다. 누운 채 고무장갑 낀 손을 들어보니 이상했다. 사단이 났구나. 손목이 꺾여 부어오르고 있었다. 기가 막혔다. 야간 당직 병원까지 가는 동안 신음이 절로 나왔다. 입술이 바짝바짝 타들어갔다. 임시로 뼈를 맞추고 깁스를 한 채 집으로 오니 새벽 세시 반, 미처 닫지 못한 김치통과 널브러진 양념으로 집안은 온통 김장 냄새가 진동하였다. 무에 그리 급한 일이 있다고 쫓기듯 서둘렀을까, 후회 막급하였지만 잠속으로 빠져들었다.

오른손으로는 아쉬운 대로 일상생활을 할 수 있으니 왼손을 다친 것이 그나마 다행이라 할까. 손바닥과 손목 사이 뼈가 부서져 종이 한 장도 들 수가 없다. 언제 서로 도와가며 설거지를 하고, 사과를 깎고, 바지를 입으며, 머리를 감았던가, 세수를 하려고 오른쪽 소매를 걷어 올렸으면 좋겠는데 왼손은 야속하리만치 까딱도 하지 않는다. 아니 아파서 할 수가 없다. 변심한 연인 같고 작동을 멈춘 기계 같았다. 혼자 해보려고 실랑이를 하다가 엘리베이터를 누르고 도움을 청했다. 불편한 것이 한두 가지가 아니었다. 무릎을 맞대어 치약을 짜고 크림 병을 열려면 발의 도움을 받았다.

수술을 해야 한다기에 하루 전 병원에 입원하였다. 피곤하였던지 내리 잠만 잤다. 겨드랑이에 마취주사를 놓는데 찌르르 전류가 흐르는 것 같아 깜짝 놀랐다. 수술이 시작되었다. 철심을 박는다는 것은 알았지만 뼈를 뚫는 고통은 상상을 초월했다. 악, 소리가 절로 나왔다. 나이도 체면도 잊고 긴장과 고통으로 자지러졌다. 다 됐어요. 조금만 참으세요. 위로인 듯 짜증인 듯 간호사가 말했지만 아픔은 계속됐다. 인내심에 한계가 왔다.

땀과 눈물이 범벅이 되어 참을 수 없는 순간 아이들이 떠올랐다. 우리 세 아이들 중 누군가를 대신하여 내가 겪는 것이라 생각하니 다행이라 여겨졌다. 그건 지난봄, 맏이가 수술을 받을 때 보호자 대기실에서 전광판을 바라보며 가슴 졸이게 염원하던 바였다. 내가 저기 있었으면 좋겠다고, 할 일도 하고 싶은 일도 많은, 오월의 신록처럼 한창 푸르른 저 사람이 왜 저기 있어야 하냐고 항의하듯 푸념하듯 울분을 삼키며 하소연하던 간절함이었다. 한낱 범부에 지나지 않으니 겨우 자식을 내세워 고통을 희석시킬 수 있었다면 말이 될까. 그렇지 않았으면 그 극심한 아픔 속에서 벌떡 일어나 소리쳤을까. 자식은 이래저래 고통 중에서도 위안임을 알게 되었다.

마취를 했는데도 왜 그리 아프냐니까 뼈는 마취가 안 되는 것이라 하여 어이가 없었다. 작은 칩 하나가 뱃속을 휘젓고 다니며 병을 잡아내는 첨단과학과 의료 수준을 침 마르게 자랑하는 시대에 살면서 정형외과는 발전이 덜된 것인가, 직경 1밀리미터 되는 철심이 엑스자 모양으로 네 개나 박힌 것을 보며 뼈를 뚫는 고통을 고스란히 겪은 것이 억울했다. 마취가 풀리느라 그런지 사나흘 잠을 설쳐가며 끙끙 앓았다. 진통제를 먹어도 쪼개질 듯 뻐근한 통증은 생경스러우며 가차 없었다.

정치인들이 국민들 앞에서 선거 공약을 말하며 국민들의 아픔을 뼈를 깎는 고통으로 동참한다고 흔히들 말한다. 그런 말을 하는 사람이 있다면 정말 뼈를 깎아보셨느냐고 쫓아가서 묻고 싶다. 그리고 어디 한 번 깎아보시지요. 말하고 싶다. 공연히 엉뚱하게 화살이 날아갔지만, 국민들의 고통을 알지도 못하면서 어찌 그리 쉽게 말을 뱉어버리는지, 이 같은 처지를 겪어 본 사람이라면 그런 입에 발린 말을 함부로 하지 못할 것이라는 생각이 든다.

예기치 못한 사고는 순간에 일어났지만 후유증은 길다. 일상생활이 불편한 거야 말할 것도 없고, 때는 바야흐로 연말이어서 맵시 있게 차려 입고 나갈 일이 아주 없는 것도 아니고, 깁스를 한 채 목에

팔걸이를 걸고 다니는 것이 폼 나는 일은 아니기에 외출을 삼가고 있다. 그래도 사람살이가 칩거만은 할 수 없어 부득이 모임에 나갈 일이 생겼다. 만나는 사람마다 어쩌다 그랬느냐고 안쓰러워하며 걱정을 해준다. 그런데 팔걸이를 지목하여 웃는 사람을 보며 함께 웃어 넘기기엔 내 고통이 너무 컸다. 사지육신이 온전치 못한 것도 남의 야유와 조롱거리가 될 수 있음을 이번에 알았다.

수술한 지 한 달이 되었다. 처음보다는 힘이 생겨 전화기를 들 수도 있다. 손가락 끝에는 아직도 혈액순환이 원활치 않아 저릿저릿한 느낌이어서 부채질하듯 계속 움직이다가 이렇듯 움직여 주는 것이 사뭇 고마워 다정한 연인 포옹을 하듯 오른손으로 감싸고 애무해준다. 평소에 거기 있는지 없는지 생각 않던 손가락 하나하나에게 마사지하듯 쓸어내린다. 초승달 모양으로 자라난 손톱도 기특하여 가지런히 잘라준다. 그리고 또렷하게 드러난 지문을 들여다본다. 사람마다 모두 다르기에 유일한 나로 판명 지어지는 동글동글한 손가락무늬가 분가루라도 만진 양 골골이 하얗다. 그 또한 정겨워 입맞춤 한다. 얼굴보다 손이 먼저 늙는다던가, 파란 핏줄 툭툭 불거지고 주름투성이며 볼품없이 크고 투박하다고 불평하던 손, 소창 기저귀를 빨아 세 아이를 키우고, 서른 번도 넘게 김장을 한 손이 생긴 그대로 얼마나 고맙고 소중한지 처음인 듯 생각한다. 기약 있는 병이니 세월이 흐르면 본래의 기능을 찾을 것이다. 그 때까지는 하인 상전을 대하듯 보비위를 해야겠다.

유혹처럼 혹은 구원처럼

글을 읽다가 어느 조각가가 한 말에 정신이 번쩍 들었다.

전시회 도중에 찾아온 어느 평론가가 왜 조각을 하느냐고 묻자, 글쎄, 내가 하는 것이 아니라 뒤에서 누가 시켜서 하는 것 같다고 대답하였단다. 느닷없는 물음에 당황한 나머지 그렇게 말하였는데 생각해보니 그 말이 아주 틀린 것 같지 않다는 것이다. 누가 시켜서 조각이 된다면 그대로만 하면 될 것이니 얼마나 좋을까 싶은 생각이 든다고 한다.

이 분은 무슨 재료를 가지고 어떤 형태를 만들까 끊임없이 고민하며 쉬지 않고 작업을 하는 분이기에 이런 생각도 드는가보다 싶으면서도 신기하게 여겨졌다. 여러 분야의 서적을 탐독하면서 구상하는 형체를 다양하게 그림으로 그리고, 만들고 쪼아나가는 조형작업이 결코 쉽지 않기 때문에 마음에 들 때까지 자꾸만 만들게 된다는 말도 예사로이 들리지 않았다. 단순 명료한 조형미로 뭇사람들의 시선을 사로잡고 그 분야에서 최고봉에 오른 조각가의 조형정신과 작품에 대한 열정이 부러웠다.

　나도 언젠가 딱 한번 비슷한 느낌을 받고 가슴이 울렁거린 적이 있다. 내게 왜 글을 쓰느냐고 묻는 사람도 없고 그렇게 대답을 하지도 않겠지만, 그날 복사꽃이 핀 듯 화사한 느낌이 들었던 것은 글을 쓴다는 일이 능력 이상으로 버거운 일이기는 하지만, 정 힘들면 누군가 도와줄지도 모른다는 위안이 들었기 때문이다. 자신감이라 할 수는 없지만 어떤 믿음이 생긴 것은 사실이다.

　글쓰기는 처음처럼 늘 어렵다.

　떠오른 생각이 그대로 이어져 한 편의 글이 된다면 얼마나 좋으랴만, 쓴다고 다 글이 되는 것도 아니고, 어떤 동기가 있어 써내려가다 생각이 막혀버리면 답답하기 이를 데 없이 막막해진다. 쟁여놓은 것 없는 빈 곳간을 보는 듯 허망하고 머릿속이 휑하니 찬바람이 불면 무능한 자신이 한탄스러워진다. 스스로의 한계점을 알게 되면 비감해지기 마련이다.

　이럴 땐 유혹처럼, 혹은 구원처럼 손으로 하는 일이 하고 싶어진다. 대개는 빨래를 하거나 장롱 속을 정리하지만 바느질이 하고 싶어지는 것이다. 눈썰미 손짓작으로 옷을 만들던지, 하다못해 바느질 땀 호고, 공그르며 헝겊주머니라도 만들어야 직성이 풀린다. 눈대중으로 만드는 옷이 쉽겠는가, 간혹 손바람이 나서 흡족하게도 하지만 올을 다투는 바느질 또한 만만치는 않아 마음에 들 때까지 꿰매고 뜯으며 다시 꿰매어 정성을 쏟는다. 옷이고 물건이고 넘쳐나는 세상에 이 무슨 시간 낭비란 말인가, 한심하게 여겨진다. 그러나 옛사람들이 농사일, 집안일 틈틈이 자투리 천을 이용하여 조각보를 만들거나 골무나 가윗집에 수를 놓던 심정이 이해가 된다. 내가 남자로 태어났다면 아마 목수가 되었거나 조각가가 되지 않았을까 생각해 본 적이 있다. 그만큼 나는 손으로 하는 일이 참 좋다. 박경리 소설가가 소설을 쓰다가 잘 풀리지 않으면 밭에 나가 풀을 매거나 작물을 매만진다고 한다. 그러다 보면 실마리가 풀려 다시 소설을 쓰게 되더라는 글을 읽고 공감한 적이 있다. 내게도 그런 텃밭이나 있었으면 좋겠다고 생각한다. 손과 머리, 정신과 육체가 연계되어 서로 보완 작용을 하는 것 같다. 마음이 복잡하고 심란하거나 머릿속이 수세미처럼 엉켜들 때 단순작업으로 손을 바쁘게 움직이다 보면 정신이 이완되어 생각이 정리되는 느낌을 받는다.

그러다 얼마 후 쓰던 글을 다시 들여다보면 뜻밖에도 활과 과녁이 맞듯 이야기가 술술 풀리는 것이 아닌가. 전혀 생각지도 못했던 말이나 글귀들이 튀어나와 종횡무진 오가며 활기를 찾아 자리를 잡으면서 비로소 이건 내 능력이 아니라 누가 시켜서 하는 일이라는 느낌이 드는 것이다. 날아갈 듯한 기분이란 바로 이런 것일까. 안타까운 나머지 누군가 나를 도와주고 있다는 생각이 마음을 들뜨게 한다. 마음에 들고 안 들고는 나중의 일이고 우선은 답답한 마음에서 벗어나며 글 주눅에서 놓이게 된다. 이런 충일감은 그냥 생기는 것이 아니라 끊임없이 생각에 생각을 거듭할 때 반가운 손님처럼 불쑥 찾아오는 것 같았다.

그 이야기를 시인 친구에게 하였더니, 어떤 글에 꼭 필요한 말이나 뜻은 세상에 하나 밖에 없는데, 소위 시신詩神이라 하는 것이 우주공간을 떠돌아다니다가 받을 준비가 된 사람에게 내리는 것이라며 다소 신비스런 이야기를 하여 주었다. 그것이 작가의 의식 속에 잠재해 있던 이미지에 착상되어 뜻밖의 글을 쓰게 되는 것이라는 영통靈通한 말로 들리기도 하였다. 받을 준비가 된 사람이라는 표현이 적절한 낱말이나 글귀를 찾아 골똘히 머리를 회전시키고 열린 사고로 부심하다 보면 글이 이어진다는 이야기로 신선하게 들리는 것이었다. '하늘은 스스로 돕는 사람을 돕는다.'는 말이 적절한 비유가 될는지 모르지만 새삼 의욕을 고무시켜 주는 것은 사실이다. 문리文理가 트였다고까지 생각지는 않지만 이런 느낌은 참으로 각별하게 여겨졌다. 적어도 벌판에 홀로 선 듯 막막한 느낌은 벗어났다고 할 수 있다.

'하늘과 땅 사이에 가득 찬 모든 것이 시'라는 조선 후기 실학자 박제가의 말이나 '발에 채이는 모든 것이 글감'이라는 친구의 말은 글의 소재가 얼마나 무궁무진한가를 말하고 있지만 내 것으로 삼지 못함은 게으름과 아둔함의 소치라 할 것이다.

정신을 집중하여 창작하는 일은 고통스런 일이지만 즐겁다. 그 과정이 어렵고 힘들수록 충만감이 더할지도 모르겠다. 글 쓰는데 지름길이 있겠는가. 남의 글을 많이 읽고 생각하고 열심히 쓰다보면 더러는 남이 읽어 줄 만한 글을 쓰게 되지 않을까 자기 최면을 걸어보는 것이다.

무슨 일이든지 전력투구하는 일은 보기에 좋다. 누가 시켜서 하는 것 같다는 조각가의 말은 자신의 일에, 삶에, 전 생애를 바쳐 최선을 다하는 사람만이 터득한 지혜의 소산일 터이다. 받을 준비가 된 사람에게 내린다는 시신 또한 각고의 노력을 기울이는 사람에게나 강림하는 은혜라 할 것이다. 그런 삶의 자세가 진정 부러울 따름이다.

패랭이꽃 베갯모

남보라색 모 본단에 푼사실로 수를 놓았다.

흰색, 분홍, 꽃분홍색의 다섯 송이 패랭이꽃과 봉오리가 초록색 잎사귀와 어우러졌다. 손바닥보다도 작은 십 센티미터 안팎의 직사각형 비단에 수를 놓아 자줏빛 명주 천으로 네 귀를 맞추어 박음질한 섬세함이 격조 있는 색의 조화를 이루고 있다. 세월의 흔적인 듯 가뭇가뭇 때가 묻었지만 몇 십 년은 족히 되었을 성싶다.

정성을 들인 것은 흐르는 세월과 무관하게 빛이 나는가. 어둑한 다락방에서 잠자다 내려와 내 눈길을 끈 것은, 한 세대 전의 유물 같은 귀함보다는 공들여 수를 놓은 패랭이꽃의 아기자기한 아름다움 때문이었다.

모처럼 찾아간 친정에선 동생 내외가 집수리할 계획을 세우고 있었다. 부모님이 지을 때는 현대식으로 짓는다고 지었어도 이십여 년이나 된 집은 젊은 사람들 살기에는 불편한 점이 많았나 보다. 그 중에서도 부엌을 고치자니 다락방을 없애야 했고 다락에 있던 물건들을 어떻게든 처리해야 했다. 할머니 쓰시던 물건, 어머니의 묵은 살림, 동생들의 새 살림까지 삼 대가 합쳐진 세간은 적지 않았다.

이제 버릴 것은 과감히 버려야 했다. 그 과감히 속에 이 목침이 들어 있었고 차마 버릴 수 없는 마음이 양쪽 면에 붙은 베갯모를 떼어 내게 하였다.

베개는 우리가 흔히 베는 것으로 속에 왕겨나 메밀껍질, 솜, 스폰지 따위를 넣은 것도 있고, 탄력이나 통기성이 좋다는 깃털 베개도 있고, 신체의 리듬을 생각하여 만들었다는 바이오 베개라는 것도 있지만 예전에는 목침을 많이 사용하였다.

통나무를 베개 높이의 두께에 한 뼘 남짓한 길이로 잘라내어 모서리마다 살짝 대패질한 육면체의 나무토막이다. 이런 것은 서민층, 그중에서도 머슴들이 흔히 베던 것으로 시골 사랑방 구석 어디에나 대여섯 개 쯤 쌓여 있었다. 긴긴 겨울밤, 새끼 꼬다 졸음 밀려오면 푸지게 하품하며 무시로 베고 눕던 베개였다.

그 목침으로 쌓기 놀이도 하고, 방바닥에 띄엄띄엄 놓아 사이를 강중강중 뛰기도 하고, 다리 발발 떨며 징검다리 삼아 건너던 내 유년의 놀이기구이기도 하였다. 호두를 까먹느라 두 손으로 목침을 내리치면, 단단한 호두껍질 때문에 더러 오목오목 곰보가 생기기도 하고, 손때가 묻으며 반지르르 윤이 났다. 손때 묻은 윤기 속에 세월과 더불어 나뭇결도 마모되어져 목침으로 길들여졌다.

사람이 태어난 환경에 길들여짐으로써 삶의 방향이 정해지고, 지향과 노력 여하에 따라 삶의 의미가 달라지듯이 그렇게 하나의 의미가 되어갔다. 정말 그랬다. 가슴 무너지는 듯한 서러움으로 잠 못

이루는 밤이면 누구나 베갯머리에 얼굴을 묻고 눈물을 흘리지 않았던가. 그리움의 연줄 차마 거두어들이지 못하고 가슴만 바작바작 태우고 있을 때 베개는 다정한 친구처럼 늘 곁에서 위로해주고 눈물을 닦아 주었다. 익숙해지면서 우리들의 생활 속에 꼭 필요한 물건으로 자리 잡아갔다. 편안한 잠자리에서 베개처럼 소중한 것이 또 있을까.

언젠가 우리 집에서 하룻밤을 묵는 부부 동반 모임을 했다. 한 친구가 커다란 가방 하나를 들고 왔다. 그것은 그가 평소 베고 자는 베개 보따리였다. 베개가 바뀌면 통 잠을 못 잔다고 말하며 겸연쩍게 웃었다. 우리도 모두 공감하며 따라 웃었다. 누구에게나 베개는 숙면에 중요한 구실을 한다.

상류 사회에서 주로 쓰던 베개는 옥이나 나전 칠기같이 세공 면에서 뛰어난 것이 많았다지만, 단순 투박하기 짝이 없는 목침은 서민들과 애환을 함께 하였던 것이다.

이 패랭이꽃 베갯모는 나무판자를 상자 모양으로 짠 뒤에, 네 면에 솜을 약간 두어 폭신하게 하고 양쪽 면에 박음질로 대었다. 푸새한 흰 무명천으로 호청을 시쳤으나 세월 탓인지 누르스름해졌다. 그래도 새로 꿰매어놓고 베지는 않았기에 다듬잇살이 살아있는 것 같았다. 아마 돌아가신 할아버지 베개였는지 모르겠다. 바쁜 농사일, 집안 일 와중에 언제 차분히 앉아 이렇듯 수를 놓을 수 있었을까.

급한 마음으로는 수를 곱게 놓을 수가 없다. 마음 가라앉히고 앉아 한 땀, 한 땀 바늘을 꽂다보면 꽃이 피어나고 새가 날아오른다. 나무나 열매를 수로 놓기도 하고 壽, 富, 貴, 福의 글자를 놓기도 하였다. 수를 놓는 천은 거의 원색의 비단이나 명주였고 흰색의 무명천도 많았다. 보색으로 배색을 하여 수를 놓았기에 화려하긴 해도 천박스럽지 않은 색의 조화로움을 우리 조상들이 쓰던 물건에서는 느낄 수 있다. 옛사람들은 조각 천을 참 많이도 이용하여 생활용품을 만들었다.

언젠가 덕수궁 상설 전시관에서 조각 천으로 만든 규방용품을 보고 놀란 적이 있다. 골무에서부터 안경집, 가위집, 베갯모, 상보, 사주보자기를 비롯하여 조각이불, 조각이불보까지 조각 헝겊으로 만든 물건은 참으로 다양하고 다채로웠다. 아름답게 배색하려는 의도에서 넓은 천을 잘라 조각으로 쓰기도 하였지만 옷이나 침구를 바느질하고 남은 조각으로 꾸민 것이 더욱 많았다. 네모, 세모 모양 조각을 정연하게 놓고 색의 조화를 생각하여 바느질하고 수를 놓은 것이 감탄스러웠다.

동생의 댁이 시집 올 때 가져온 모시보자기 또한 아기 손바닥보다 크고 작은 모시 자투리 천을 수십 개 이어 만든 것이었다. 올의 수나 질감이 조금씩 다른 조각을 아귀 맞추어 꿰맨 것이 정말 예사로 보이지 않았다. 물도 잘 빠지고 통풍도 잘 되는 그것은 부엌에서 남은 음식이나 푸성귀를 씻어 소쿠리에 건져 놓고 덮어 놓을 때 요긴하게 썼다. 친정어머니께서 만드셨다는 그것은 곱솔로 박아 바느질도 얌전했다. 손끝 야물고 조신한 어른의 모습이 그려졌다. 삶에 있어 가치 있는 것이 무엇인가를 말없이 깨닫게 하려는 속 깊은 마음을 보는 것 같아 놀라웠고 또한 부러웠다.

하찮고 보잘 것 없는 천 조각이라도 감치고 공그르며 박음질하여 쓸모 있는 물건으로 만들어 놓는 것이 옛사람들의 알뜰함이고 지혜였다. 모든 것이 귀하고 부족한 시대에 자연 발생적으로 우러난 절약 정신일 수도 있고, 바쁜 일상에서 의식주 해결만이 아닌 삶의 자각에서 비롯된 미의식이라 할까. 창작에의 기쁨이라 할까. 주어진 현실이 옴나위 할 수 없이 팍팍하더라도 미적 감성은 싹을 틔워 마음의 호사를 누렸다. 무엇으로도 채워지지 않는 가슴속 허전함을 이렇듯 수를 놓으며 바느질을 하며 달랬다. 여자만이 누릴 수 있는 특권인 동시에 기쁨이기에 조각난 천을 이어 붙이듯 자투리 시간 꿰어서 삶을 가꾸고 즐길 줄 알았다. 가슴 속 감성과 손끝의 예민한 감각이 절묘한 조화를 이루며 아름다움을 빚어냈다. 그것이 하나의 규방 문화로 자리매김 하며 이렇듯 보석 같은 아름다움을 우리에게 보여주고 있다.

멀리 갈 것도 없이 우리 할머니, 어머니 세대가 그랬다. 이 패랭이 꽃 베갯모도 어쩌면 고모들 중, 아니면 어머니께서 소싯적에 수놓은 것일 게다. 요즈음 흔치 않은 패랭이꽃 수 베갯모를 바라보노라니, 바늘 끝 드나들던 자리에서 향불 피어오르듯 피어오르는 옛분들의 삶의 향기를 맡는다.

시간을 수놓는 일

추석날 저녁에 딸아이에게 윷놀이를 하자고 하였다.

집이 조용하니 심심하기도 하였다. 남편과 아들 녀석은 친구들하고 어울리겠다고 나갔다. 컴퓨터 앞에 앉아 있던 아이가 그런 걸 왜 하냐고 뜨악한 표정으로 바라본다. 재미있잖아, 나랑 하자. 마지못해 해준다는 듯이 자리에 앉았다. 오락은 하다보면 재미가 붙기 마련인지, 딸아이가 던진 것이 연거푸 윷이 나와 석동무니가 한꺼번에 나면서 오랜만에 윷가락 따라 박장대소하였다.

나는 여럿이 하는 윷놀이가 좋다. 윷가락 따라 펼쳐지는 말판의 세계가 어수룩한 듯 진중한 사람을 보는 것처럼 묘미가 있고, 가락에 따라 희비가 엇갈리며 어울리는 사람들의 반응이 재미있다. 연세 드신 어른들과 어울려 윷놀이를 하다보면 방이니, 둑이니, 단동무니, 한사리니, 복불복이니 두세 두세 주고받는 말과 토속어들이 정겹고 신기하다.

또한 우리 아이들 하고 함께 노는 것이 좋다. 어릴 적에 오순도순

놀아주지 못한 것이 늘 마음에 걸리기 때문인지도 모르겠다. 엄마, 나랑 놀자. 순둥이 막내가 보챌 때 집안 일로 동동거리며 바쁘다는 핑계로 그때마다 마주 앉아 주지 못한 것이 지금까지도 마음에 걸린다.

세월이 흘러 상황은 바뀌었다. 내 마음을 알 리 없는 아이들에게 함께 놀자고 하면 아이구, 왜 그러세요, 손사래 치며 달아날 궁리부터 한다. 그게 서운할 것도 없는데 공연히 서운하다. 이제 어른이 다 되었으니 놀자고 보채는(?) 어미가 저들 눈에는 한심한지도 모르겠다.

지난여름 휴가 때 아이들과 제주도로 여행을 갔다. 그 말을 들은 친구가 "그 집 애들 효자네. 부모하고 여행을 다 가고." 아니 우리가 돈 대주어 데리고 가는데 효자라니? 그런 말이 어디 있느냐고 하니까, 요새 대학생들이 저희들끼리 놀기 바쁘지 누가 부모랑 놀러 가느냐고 한다. 그 말을 듣고 어이없어 웃고 말았지만 세태가 그렇다는 말이니 이해는 하였다. 아이들이 어려서는 데리고 놀러 다녔는데 중·고등학교에 다니고부터 시험 준비와 대학 입시로 함께 다닐 겨를도 없었지만 아이들이 따라 나서지도 않았다.

코끼리는 관람객들이 주는 바나나를 코로 날쌔게 받아먹었다. 돈을 주면 조련사에게 주고, 종이를 주면 용케 구별하여 땅에 집어던졌다. 그것이 신기하고 재미있어 관람객들이 돈도 주고 종이도 자꾸 주었다. 녀석들은 줄넘기도 하고 축구도 하였다. 조련사가 아가씨 둘을 지목하여 불렀다. 긴 머리와 선글라스가 멋있게 보였던지 딸아이가 불려나가 공주마차에 탔다. 코끼리가 코로 그것을 끌게 하여 한바퀴 돌았다. 딸아이가 나오는 코끼리 쇼를 보면서 우리는 즐거웠다. 사진사가 기념으로 커다랗게 즉석사진을 찍어 주었다. 이튿날에는 잠수함을 타고 바닷속 구경을 하였다. 잠수부가 먹이를 뿌리자 물고기들이 새까맣게 몰려들었다. 조명에 따라 갖가지 빛깔로 고물대는 모습이 환상적이어서 탄성이 절로 나왔다. 저녁에는 호텔 가까이 있는 영화관으로 「괴물」이라는 영화를 보러갔다. 가족끼리 보기에 안성맞춤인 영화는 연일 대성황이었다.

내가 처음 해외여행을 한 것은 친구들과의 모임에서였다. 대만의 고궁박물관에서 진귀한 보물과 어마어마하게 많은 중국의 유물들을 돌아보며 가장 많이 생각한 것은 당시 초등학교에 다니고 있던 우리 집 아이들이었다. 다 볼 수가 없으니 가이드가 뽑아 놓은 것들만 보면서, 세상은 넓고 아이들이 보고 배울 것이 얼마나 많은가, 깨닫게 해주고 싶었다. 이 기막힌 것들을 보여주고 싶은데 그렇게 하지 못하는 처지가 한탄스러웠다.

맛있는 것을 먹을 때나 근사한 구경을 할 때 아이들을 생각하지 않아도 되는 시간들이 각별하였다. 가족끼리 여행은 그래서 좋았다. 온전히 함께 지낸 2박 3일의 시간들이 너무도 즐거워 한바탕 꿈을 꾸고 난 것 같았다. 아이들이 우리와 놀아 주었구나, 하고 생각한 것은 정작 집으로 돌아온 뒤였다.

큰애가 10살쯤 되었을까. 태안에 살던 때 친정어머니께서 우리 집에 다니러 오셨다. 하루만 묵으면 금방 가는데 그때는 이틀을 주무셨다. 그즈음 어머니는 화투를 배웠다. 오락이나 잡기를 모르던 어머니가 뒤늦게 그것을 배워 동네 아주머니들과 소일거리로 즐겼다. 10원짜리 동전내기 민화투였다. "애, 화투도 해보니 재미있구나. 나하고 하자" "엄마, 그런 걸 왜 해요. 엄만 별걸 다 배웠네. 그리고 나 할 일이 있어요." 그 당시 나는 글쓰기를 시작하여 머리를 쥐어짜고 있었다. 예나 지금이나 재능은 없고 욕심만 앞서 마음을 바작대고 있었다. 내야 하는 원고 날짜가 코앞에 닥쳐 애태우고 있었다. 엄마는 두어 번 조르다가 화투장을 슬그머니 가방에 넣으셨다. 그 생각을 하면 지금도 가슴에 물기가 서린다.

오후에 아이들이 학교에서 돌아오자 큰아이를 붙들고 화투를 하자고 하였다. 아이는 저의 아빠 친구들이 밤늦게까지 고스톱을 하며 재미있어 하는 것을 보아 온 터라 신바람이 났다. 아이에게 화투를 가르쳐 준다는 것이 못마땅하였지만 말리지는 않았다. 눈을 반짝이며 배운 아이는 할머니하고 마주 앉아 재미있게 하였다. 그렇게 하루를 보내고 어머니는 온양으로 가셨다.

그해 가을, 어머니는 뇌졸중으로 쓰러지셨다. 화투는 고사하고 대화도 통하지 않는 야속한 날들이 이어졌다. "엄마, 나랑 화투하자." 말이나 좀 하시라고 이번엔 내가 애원하다시피 졸랐다. 무표정으로 요지부동인 오른손을 보물단지처럼 끌어안고 세월만 보내다가 우리 곁을 떠나가셨다.

병원을 오가며 나는 가슴을 쳤다. 화투라면 어려서 친구에게 배운 민화투밖에 할 줄 모르지만 어머니가 뒤늦게 배워 그렇게 좋아하시던 것을 하루만이라도 마주 앉아 해 보았으면 얼마나 좋아하셨을까. 한 번도 마주 잡아 보지 못한 것이, 함께 토닥거리지 못한 것이 두고 두고 후회스러웠다. 이렇게 신이 나고 재미있는 것을 할 줄 모르다니, 아무개 엄마는 나중에 경로당에서 라면이나 끓여야겠다고 친구는 우스갯소리도 하지만 여전히 화투라면 별로 흥미가 없다.

애면글면 끌어안고 있는 글쓰기는 예나 지금이나 나을 것도 없고 매정스레 거절하여 마음 서운하게 해드린 어머니만 가시고 없으니 안타깝기 그지없는 노릇이다. 살다보면 내가 좋아하는 일만 할 수도 없고 싫어도 해야 하는 일이 있다는 것을 그때는 몰랐다.

아무리 하찮은 일이라도 함께 논다는 것은 마음을 나누는 일이다. 시간을 수놓으며 추억을 공유하는 일이다. 함께 한 시간들이 황폐한 우리 삶을 얼마나 비옥하게 하는지, 그 세월들을 생각하는 것만으로도 얼마나 감미로운지, 이제야 깨달으며 후회하고 다짐하는 이런 것이 인생인가 보다고 마음을 조아리고 있다.

젖먹이는 성모님

　성모님이 아기 예수를 안고 젖을 먹이고 있다.

　고운 모습의 성모님은 아기를 바라보고, 아기는 젖을 빨며 한 손으로 다른 쪽 젖을 만지며 나를 바라보고 있다. 젖무덤만 보이지 않는다면 여느 성모자상과 다를 바 없다. 다소 파격적이라 할 수 있는 이 그림은 성모 마리아가 아기 예수에게 젖을 먹인 장소라고 전해지는 베들레헴 석굴에 있는 '성모수유' 성화이다.

　성인 머리에 두르는 노란 빛 둘레가 환한 이 사진을 신문에서 보며 나도 모르게 미소가 번진다. 성모님도 아기에게 젖을 먹였다는 사실이 새삼 대단한 발견이라도 되는 것처럼 신선하고 반갑다. 당연한 일일 텐데 한번도 생각해 본 적 없는 모습이 동류의식을 느끼게 한다.

　나는 세 아이에게 모두 젖을 먹여 키웠다. 천지가 요동치듯 육천 삭신이 물러난다는 첫 출산을 하고 혼곤한 잠에서 깨어났을 때 막 목욕을 시켰는지 머리칼이 채 마르지 않은 갓난아기가 옆에 뉘여 있었다. "머리가 새카마니 얼굴이 훤하구나." 첫아들 낳은 것이 대견해서 눈도 뜨지 못하는 신생아를 보고 친정어머니께서 말씀하셨지만 그저 신기하다는 생각뿐이었다. 견딜 수 없는 산통 중에서도 아들을 원한 건 딸에게 이 아픔을 겪게 하고 싶지 않은 이유도 포함된다. 열 시간 동안의 진통에 아기도 나도 지쳤는지 잠만 잤다. 밥맛도 뚝 떨어져 첫국밥도 먹을 수가 없었다.

하루가 지나고 젖을 물리는데 유선이 뚫리지 않았는지 나올 기미가 없었다. 면역력이 좋고 영양분이 훌륭하다는 초유를 먹여야 한다는데 찔끔 나오곤 그만이었다. 아기는 배가 고파 울면서 며칠을 젖과 실랑이하였다. 젖꼭지가 커서 처음엔 입 밖으로 둥그러지기도 하였지만 금세 본격적으로 빨기 시작하였다. 빠는 힘이 어찌나 센지 온몸이 빨려 들 것 같았다. 젖은 제대로 돌지 않고 맨 젖꼭지만 빨아대니 급기야 젖꼭지 둘레가 동그랗게 갈라져 피가 나왔다. 상처 나서 아프지 않은 곳이 어디 있으랴만 건드릴 수도 없었다. 젖 물리기가 겁이 났다. 보다 못한 아기 아빠가 분유와 젖병을 사왔으나 아기는 한사코 고무젖꼭지를 밀어냈다. 진저리나도록 아팠지만 그래도 물려야 젖줄이 돈다고 어머니께서 채근하셨다. 여전히 시원찮았다.

젖 나오는 데는 그만이라며 어머니께서는 돼지 다리를 삶아 오셨다. 우윳빛 뽀얀 국물은 보기와는 달리 스치는 냄새가 역겨웠다. 비위도 시원찮으니 곧이어 배가 부글거렸다. 며칠 화장실을 들락거렸다. 나올 때가 되었는지 두 마리나 먹은 족발 때문인지, 한번 터진 유선은 다행히 젖이 풍부했다. 상처도 자연히 아물었다. 젖은 작아도 참젖인가 보다. 양이 많고 톱톱한 빛깔을 보고 흐뭇해하며 어머니께서도 시름을 놓으셨다. 젖을 두고도 참젖이니 물젖이니 이름 붙인 것을 보면 옛분들은 참 재미있고 우습기도 하다.

아기는 토실토실 두 볼에 살이 올랐다. 젖을 먹을 때는 힘이 드는지 이마에 송골송골 땀방울이 맺혔다. 차츰 눈도 맞추었다. 젖무덤에 얼굴을 부비거나 젖을 먹으면서도 한 손으로 다른 쪽 젖꼭지를 조물조물 장난감처럼 만지며 계속 내 시선을 쫓곤 하였다. 엄마가 텔레비전이나 신문에 한눈을 파는지 주시하였다. 마주 보아 주어야 안심하는 것 같았다. 말하지 않아도 눈길을 잡던 순연純然한 눈빛. 그래, 그래 엉덩이를 토닥여 주면 퉁퉁 불은 젖통을 조가비 같은 두 손으로 감싸 쥐고, 눈을 맞추며 흐뭇하게 젖을 빨았다. 그리고 안도의 휴식인 듯 평화의 상징인 듯 잠이 들었다. 잠이 깰 세라 살그머니 내려놓으면 목화송이 피어나듯 들어차던 포만도 아닌 충일充溢. 필설로 설명할 수 없는 흐뭇함이 가슴에 들어찼다. 살아오는 동안 언제가 가장 행복하였느냐고 누가 묻는다면 아기와 눈 맞추며 젖을 먹이던 바로 이때였다고 대답하겠다. 이 세월까지 살아오며 기막히게 기분 좋았던 일이 아주 없었던 것은 아니지만 그래도 그때가 가장 풋풋하고 아름다웠다고 말할 수 있다.

이가 나올 무렵이 되면 잇몸이 근질근질한지 젖을 빨다 젖꼭지를 꽉 물고 늘어졌다. 아직 이가 보이진 않아도 잇몸이 까슬까슬하게 눈이 텄던 것이다. 깜짝 놀라 궁둥짝을 찰싹 때리면 저도 놀라 앙, 울거나 미안한지 배시시 웃었다. 몸이 자라면서 소견도 자라는 것이 눈에 보였다. 아기 엄마는 하루에 거짓말을 세 번 한다는 말이 아주 틀린 말은 아니다. 눈빛이나 몸짓이 순간순간, 하루하루 달랐다. 언젠가 봄볕이 따사로운 양지쪽 화단에서 목련꽃이 눈에 보이듯 벙그는 것을 보았다. 아침나절에는 봉오리를 꼭 다물고 있던 것이 잠시 후 입을 봉긋 열고 보일 듯 말 듯 피어나더니 저녁나절에는 활짝 개화하던 장면과 흡사하다고 할까.

생명의 젖줄인 수유의 순간은 소중하기 이를 데 없다. 본능적이라 할 수 있는 과정 속에서 더욱 끈끈한 유대를 이루어 간다. 젖먹이며 나눈 교감으로 인하여 세상의 어미들은 어떠한 고초도 견디어 낸다. 아기를 위해서라면 활활 타오르는 불길에 뛰어들기도 하고, 소용돌이치는 강물에 몸을 던진다. 눈보라치는 혹한 속에서 숨을 거둔 엄마 가슴에는 마지막까지 온기를 받은 아기가 천연스레 잠을 자고 있다.

고통 중에 태어난 한 생명의 탄생은 우주의 생성만큼이나 놀라운 일이다. 그것은 식물이 대지에 뿌리를 박고 잎을 틔우고 꽃을 피워 열매를 맺는 이치와 다를 바 없다. 물이 낮은 곳으로 흐르며 물길을 이루고 대양으로 흘러가듯 해가 뜨고 달이 지며 계절이 오고가는 자연의 질서와 무엇이 다르겠는가. 그렇게 한 세대가 가고 다음 세대가 등장하며 우주는 순환하고 있다. 우리는 궤도를 이탈하지 않고 돌고 있는 행성처럼 본분과 정성을 다하고 있을 뿐이다. 순리를 거스르지 않고 살아가는 일, 그것이 조물주의 창조사업에 동참하는 일이다.

아기를 낳았다는 사실이 실로 기적처럼 여겨지던 순간도 까마득한 옛일처럼 아득하다. 천하를 도모할 인재를 꿈꾸었던가. 내게도 이렇게 꽃같이 아름다운 시절이 있었지. 꿀같이 감미롭고 설레는 날들도 있었지. 확인이라도 하듯 성모님 사진을 조심스럽게 가위로 오린다. 그리고 출산 후 얼마 되지 않아 부석부석한 모습으로 아기에게 젖을 먹이고 있는 내 사진 옆에 나란히 꽂는다. 예수님이 우리와 같은 인

간이라는 사실이 위안이 되듯 구세주의 어머니, 인류의 모친, 성모님
이 이웃집 아기 엄마처럼 다정하게 느껴진다.

제야의 종소리

세모에 울리는 제야의 종소리, 그것은 가슴을 치는 회한의 소리이다. 지난날에 대한 자기반성과 깨달음의 울림이다. 유정하게 하는 비원의 서정이다. 그리운 사람 더 그리워지는 애달픔이 들어 있고, 임종을 앞둔 사람 차마 눈감을 수 없는 안타까움이 들어 있다. 승리의 기쁨을 노래하는 포효가 있으며 패배의 쓴 잔을 마신 자의 처절한 몸부림이 있다. 성난 파도의 울부짖음 같은, 나뭇잎 모두 떨군 앙상한 나뭇가지를 훑고 지나가는 겨울 바람소리 같은, 인간사 오욕칠정의 소리가 섞여 있다. 그 속에는 숨길 수 없는 정직한 모습의 내가있다. 쓸쓸해지는 심사를 종소리를 들으며 달랜다. 한 해가 그렇게저문다. 또 한 해가 그렇게 열린다.

섣달 그믐날 밤이면 행여 종소리를 놓칠세라 친구들과 어울리다가도 집으로 발길을 돌렸고, 졸린 눈 비벼가며 그 시간을 기다리던 젊은 날도 있었다. 추위에 상기된 서울시민들의 얼굴을 화면으로 보고독립 유공자나 삼부요인들이 함께 타종하는 의식을 지켜보며 밤을 보내곤 하였다. 어쩌면 종소리를 들어야 한 해를 보내고 맞는다는 치기어린 마음이 그 시간을 기다리게 하였는지 모를 일이다.

서울 종로에 있는 보신각종이 경주에 있는 성덕대왕신종 소리에 비하여 맥놀이가 짧아 여운이 덜하다는 의견으로 교체할까 생각 중인데 각계에서 의견이 분분하다는 기사를 신문에서 읽었다. 맥놀이는 종을 친 후 길게 울려 퍼지는 소리의 여운이다. 다른 파장을 가진 두 개의 진동이 만나면서 소리가 일정한 크기로 커졌다 작아졌다하는 현상이다. 맥놀이가 길어 특이하게 아름다운 소리를 내는 것이 성덕대왕신종, 일명 에밀레종이다. 종을 칠 때 쇠 부서지는 소리를 없애주고 소리가 멀리 퍼져 나갈 수 있도록 고리 부분에 음통을 만들었는데 그곳에 소리의 비밀이 있다.

마침 지난 가을, 기우는 햇살을 받으며 경주박물관 벤치에 앉아 장중하면서도 맑은 그 종소리를 들었다. 사라사테의 「지고이네르바이젠」의 선율처럼 애간장을 쥐어뜯듯이 울리는 것은 아니었지만 물결이 파문 지듯 둥글게 퍼져나가며 잦아들던 아련한 소리의 여운을 잊을 수가 없다. 비록 녹음된 것일망정 매 시간마다 들려주는 그 소리는 안타까움인 듯 애절함인 듯 나그네의 심금을 울렸다. 거푸 들려주어서 다 들으려면 인내심을 가져야 했지만 소위 맥놀이는 가슴을 감싸 안았다. 비단자락으로 온몸을 싸안을 때 느끼던 부드럽고 따뜻한 감촉. 마음으로 흡입되던 감미로움이었다. 종내는 그 비단자락에 풀빛 물이 스며들며 무늬를 놓아가던 그리움 같았다.

종 주위를 몇 번이고 돌아가며 신기한 듯 들여다보던 반백의 외국인이 팔짱을 끼고 서서 가만히 눈을 감았다. 석상처럼 서서 귀를 기울이고 있었다. 차라리 경건하게 느껴져 나도 모르게 심호흡을 하였다. 그 모습은 그림자처럼 나를 따라 왔다.

전문가들이 소리의 반향을 측정해보니, 보신각종은 자동차 소음과 지하철 운행으로 소리를 제대로 들을 수 없어 맥놀이가 짧게 느껴진다는 것이다. 그런 속에서라면 무슨 소리인들 제대로 들을 수 있으며 느낄 수 있을까. 또한 맥놀이가 길다고 종소리가 좋은 것만은 아니라고 한다. 보신각종은 그대로 아름다운 소리를 내고 있으니 제 몫을 다하고 있다는 말이다.

현재 보신각종은 1985년 광복 40주년을 맞아 국민들의 특별성금으로 제작한 종이다. 마음과 정성을 모아 만든 종을 불과 20여년 만에 교체한다는 것은 경제적으로도 많은 손실이고 그런 이유로 바꾼다는 것은 어쩐지 석연치 않다는 생각이다. 모든 종소리가 똑같아서야 어찌 그 소리가 귀하다 할 것이며 아름답다 할 것인가. 사람이나 사물이나 그것만이 가지고 있는 고유성 때문에 아름다울 수 있는 것이고 그것만이 지니고 있는 유일성으로 가치가 있는 것이다. 많은 사람들의 눈과 귀를 한 곳으로 모으게 하고 새날에 대한 기대와 희망을 주는 보신각종. 지역적인 위치 때문에도 많은 수난을 겪으며 서민들과 애환을 함께 하여온 종이다.

이보다 앞서 1468년에 제작된 원래 보신각종(보물 제2호)은 균열 등의 문제로 현재 국립중앙박물관에 보관 중이다. 조선시대에는 이른 새벽 사대문 개방과 통행금지 해제를 알리는 타종을 하다가 매년 삼일절과 광복절, 그리고 제야의 종으로 현재의 보신각종으로 대체되기 전까지 타종하여 왔다. 임진왜란 때 불에 타서 몸체부분의 조각은 마모되었고 조선 후기까지 4차례나 화재를 입어 중건하였다. 오랜 세월이 흐르는 동안 원형이 손상되고 음향이 변해 어쩔 수 없이 보는 것으로 만족해야하는 종이 되었다. 그러나 역사의 소용돌이를 함께 한 증인이라 할 수 있다.

올해에도 어김없이 제야의 종소리는 울릴 것이다. 의식儀式으로 이루어지는 소리의 여운은 나의 의식意識을 흔들어 깨울 것이다. 그 소리를 들으며 한 해의 종지부를 찍는다. 더는 듣지 못하게 될지도 모르는 소리를 들으며 한 해를 마무리 한다.

아쉬워 할 것이 어디 종소리뿐이겠는가. 마음에 두고 미처 만나지 못한 사람이나, 꼭 해야 할 말을 하지 못하고 살아온 세월이나, 미처 행하지 못한 일들 하나하나 실행할 일이다. 가장 아름답게 울리는 소리는 제야의 종소리처럼 적절하게 때맞추어 사람의 마음을 헤아리는 일이 아닐까. 마음에 걸리는 일 미루지 않고 행하는 일이 아닐까. 세월이 저 혼자만 굴러가지는 않는가보다. 켜켜이 쌓이는 세월 속에 더러는 깨달음의 종소리 지둥 치듯 울린다.

달빛 有情

불을 끄고 잠자리에 들려니 창문에 달빛이 환하다. 만월을 그리는 열사흘 달이 베란다 창문에 와서 서성거렸는데 모른 체 했나보다. 좌대에 놓인 대나무 분재에 환한 달빛이 어우러져 자아내는 실루엣이 신비스럽다.

창틀 크기만한 한 폭의 동양화라 할까. 소슬바람에 댓잎 사운대는 소리가 세월을 잣는 물레소리 같다. 깊은 밤 교교한 달빛이 한겨울 내리는 눈빛 같기도 하고 무르익는 봄밤 남몰래 몸 푸는 치자꽃빛 같기도 하다.

희다 못해 푸른빛이 돌며 요기妖氣를 내뿜는, 냉기마저 서려 차가운 얼음 같기도 한, 온화한 얼굴에 넉넉하여 풍요로운 훈김을 느끼게 하는 달빛. 차오르는 달이나 사위어가는 달을 가만히 바라보고 있으면 어떤 기원 같은 것이 움터 오른다. 달이 이미 내 마음을 다 알고 있는 듯싶어 어떤 사연이든지 토로하면 다 들어줄 성싶은 너그러움의 여유랄까, 포용력이랄까. 차마 말할 수 없는 기막힌 심정 실타래

풀듯 풀어 놓으면 그래그래 역성들듯 빛 타래로 서려 줄 것만 같다.

삶의 여울목에서 달라지는 사고思考가 한두 가지랴만 요즈음 내가 바라보는 달에는 정녕 가늠할 수 없는 슬픔이 흥건히 배어 있다. 지아비를 여읜 청상의 슬픔. 적요한 가을 밤 하늘에 떠있는 옥양목 빛 둥근 달을 바라보면 젊은 여인의 상복喪服이 떠오른다.

꽃망울 부풀어 터지는 봄밤의 전화 한 통화는 불길한 예감이 번개처럼 스쳤다. 시동생이 뇌출혈로 쓰러져 의식불명이라는 소식이었다.

아파트를 나서는 바바리 깃 사이로 4월의 한기가 파고들었고, 새벽 2시 서울 행 열차에 몸을 실은 사람들이 예사로 보이지 않았다. 급히 나오느라 그랬을까. 옆구리 터져 실밥 드러난 옷을 입은 아주머니는 한참 잠에 곯아떨어졌는지 세상모르고 자고 있다. 무슨 수심 그리 많은가. 한 젊은이가 캄캄하여 보이지도 않는 창문에 눈을 박고 미동도 하지 않는 채 앉아있다. 날 밝기를 기다릴 수 없는, 이 밤 떠나야만 될 절박한 사연 가슴에 안은 표정들이 초췌해 보였다.

시동생은 자신이 경영하던 가게에서 친구하고 얘기하다가 "머리가 아프다"며 쓰러져 친구는 농담하는 줄 알았는데 의식을 잃었단다. 중환자실에서 이런저런 검진으로 병명을 찾는 동안 호흡은 잦아들었다. 준비하시라는 의사의 말에 모두 어이가 없었고 동서는 털썩 주저앉으며 넋을 잃었다. "오빠! 오빠!" 직장에 다니느라 함께 살고 있던 막내 시누이만 병원이 떠나갈 듯 자지러졌다.

예서제서 가족들이, 친구들이 모여들었어도 눈인사 한 번 없이 산소호흡기만 꽂고 누워 있던 시동생은 하루만에 우리와 인연을 끊으며 갔다. 동서와 6살짜리 아들 하나를 남겨 놓고 칠순의 부모와 형제들하고 하직 인사도 없이 떠나갔다. 참으로 애석하고 허무한 죽음이었다. 아침에 일터로 나간 사람이 영 이별일 줄이야 누가 상상이나 했을까.

"형수님! 형수 같은 색시 하나 소개해 주세요."

총각 때 만나면 농담 반, 진담 반 조르기도 했지만 착한 동서 만나 잘 살고 있었다. 인정 많고 붙임성 좋아 하나뿐이던 시동생이 늘 든든하게 여겨졌는데 그렇게 가버렸다. 내가 듣기 좋은 소리 가운데 하나가 시동생이 부르던 '형수님' 소리였는데 그것도 과분하였나보다.

영원한 침묵이란 얼마나 무서운 일인가. 지아비의 관 위에 엎디어 몸부림치는 젊은 여인의 슬픔, 누가 그 깊이를 알 것인가. 흰 꽃상여 뒤를 따라가며 그렇게 부끄러울 수가 없어 숨어 버리고 싶었다는 심중을 누가 헤아려 볼 것인가. 철부지 아들은 마당에서 동네 아이들과 딱지치기하기에 바빴다.

명절 때면 항상 꽃을 가져다 남편 무덤 앞에 놓고, 아들과 함께 큰절을 올리는 동서를 차마 옆에서 바라볼 수가 없어 나는 저만치 떨어져 먼 산을 바라본다.

지난 정초이던가. 성묘를 마치고 잔설로 질척거리는 산길을 내려오며 들릴 듯 말 듯, 혼자 소리인 듯 동서가 말했다.

"한 번만 만났으면 좋겠어요. 꿈에서라도 한 번만…."

잘못한 게 너무 많아서 꿈에서라도 만나면 잘못을 빌고 싶다는 물기어린 말이 그렇게 애처로울 수가 없었다. 나는 아무 말 못하고 신발에 달라붙은 흙만 떼어내느라 엎드렸다.

누구는 돌아가신 어머니를 한 번만 만날 수 있다면 걸어서라도 지구를 한 바퀴 돌겠다던가. 꿈에서라도 한 번만 만나고 싶다는 이 간절한 마음은 겪어 보지 않고는 아무도 모를 것이다. 마지막 가는 길 한마디 말이라도 해주었으면 살아가는 힘이라도 될 텐데, 그동안 마음에 앙금처럼 남아 걸리던 일 고백할 시간이라도 주었으면 회한이라도 없으련만, 그렇게 총총히 떠나가 버려 더더욱 가슴에 못이 박힌 이 부부연의 애증. 일가를 이루고 사느라 애면글면 고생도 하더니 젊은 나이에 어찌 그리 홀연히 떠나야 했을까. 시동생도 동서도 안타깝기는 매한가지다.

삶이란, 생명이란 오직 단 한 번뿐인 유한성이면서도 그처럼 가차 없이 매정스러울 때가 있는 것이다. 누가 세월을 쇠 터럭보다도 많다고 했던가. 이리 짧고 아쉬운 인생도 있는 것을.

살아가며 어려운 고비마다 사람들은 달을 보며 시름을 달래고 소원을 빌었을 게다. 자식 잃은 어버이의 한 맺힌 가슴 쓸어내리는 순간마다 달은 그렇게 우러름의 대상이었고 구원의 상징이 아니었던가. 달빛은 가슴 서러운 사람들의 정한이 서린 빛이다. 부부 별리로 잠 못 이루는 밤, 생각할수록 미안하여 애끓는 가슴 부드러이 감싸 안으며 위무해주는 유연함이다. 처절하리만치 흰 슬픔 담담하게 다독이며 살아가는 사람들의 체념의 빛이다. 흐르는 세월 속에서 가물거리는 세월 톺아가며 자신의 삶을 추스르는 사람들의 가슴 시린 구심력이다.

나에게 있어 달빛은 섬뜩하리만치 희던 상복, 그 저고리의 어깨선이고 치맛자락이다.

마중물

'마중'은 오는 사람이 이르기 전에 나아가 맞는 일이라는 우리말이
다. 언제 오겠다고 하였으니 그가 당도하기 전에 나가 기다리는 일은
오는 사람이나 기다리는 사람에게나 반갑고 고마운 일이다. '아가야
나오너라 달마중 가자…'라는 노랫말이 동요에 있는 것을 보면 사람
에게만이 아니라 두루 쓰인 말 같다. 마중물이라는 말도 있으니 또한
그렇다.

시집을 가보니 시댁에는 펌프로 퍼 올린 물을 먹고 있었다. 전에는
동네 우물에서 물을 길어다 먹었는데 집에서 펌프 물을 먹으니 편하
기 그지없다고 시어머니께서 말씀하셨지만, 펌프질도 시원찮은 나는
가마솥에 물을 가득 채우는 일이 번거롭고 힘이 들었다. 물을 퍼 올
리려면 먼저 한 바가지 정도의 물을 부어야 하는데 물이 적거나 펌프
질이 신통찮으면 아무리 지렛대를 움직여도 푸푸거릴 뿐 물이 나오
지 않았다. 손잡이를 여러 번 작게 움직이다 힘껏 힘을 주면 물이
콸콸 쏟아졌다. 물을 끌어올리기 위하여 요령이 필요했다. 위로부터

붓는 물을 마중물이라 한다는 것도 이때 알았는데 그 말이 참 재미있다고 생각했다.

직지박사 박병선이라는 분의 사연을 신문에서 읽으며 이 말이 떠올랐다. 직지(직지심체요절)는 우리나라 최초의 금속활자본으로 고려시대 백운 스님이 부처님과 유명한 스님들이 하신 말씀 가운데에서 중요한 내용을 간추려 두 권으로 엮어 낸 불교 경전이다. 박사는 직지를 찾아내어 세상에 알렸으며 이 금속 활자가 독일의 '구텐베르크 성서'보다 78년이나 앞선, 세계에서 가장 오래된 금속활자본이라는 것도 증명했다. 그의 노력으로 직지는 2001년 '유네스코 세계 기록유산'으로 선정되었고 외규장각도서 297권의 존재도 알림으로써 문화재 반환 운동을 촉진시켰다.

신문에서 본 사진의 모습은 백발이 성성하고 초췌하여 여느 노인과 별반 다름이 없었으나 병석이어서 안타까운 생각이 들었다. 그러나 기사를 읽으며 가슴을 훈훈하게 하는 여운이랄까, 고마움으로 가슴이 뿌듯했다. 그는 서울대를 나오고 1955년 프랑스로 유학을 간 첫 민간 유학자이다. 유학길에 오르는 제자에게 은사인 이병도 교수는 당부했다.

"병인양요 때 프랑스가 약탈해간 물건이 많으니 꼭 찾아보라."

이 말은 삶의 지침이 되어 유물의 소재 파악과 정리 연구로 평생을 보냈다. 소르본대학과 프랑스고등교육원에서 역사학, 종교학 박사학위를 받았고 13년 동안 프랑스 국립도서관에서 일했다.

"프랑스 함대가 가져간 외규장각 도서가 그곳에 있다는 것을 알고 취직했다."는 말이 악기가 음통을 울리듯 가슴을 울렸다. 그 속에는 약소민족의 울분과 비애와 비장함이 서려 있다. 한 사람의 행적이 별스럽지 않을 수도 있지만 깨어 있는 사고를 가진 삶 속에는 뭇사람들이 생각하지 못하는 역사의식과 소명의식이 함께 한다. 공부와 연구는 그래서 필요한 것이고 많은 사람들에게 긍지와 자존을 느끼게 해줄 때 가치가 있다할 것이다. 프랑스 국립도서관의 삼천만 종이나 되는 책 가운데서 직지를 찾다가 이게 뭐하는 짓인가 바보 같기도 하고 한심하기도 하였다는 그가, 일면식이 없더라도 새삼 동족이어서 고맙고, 동시대를 호흡한다는 것이 대견한 건 그의 오롯한 정신과 끈기 있는 실천에 대한 감화 때문일 것이다.

프랑스에 머물고 있던 그가 지난 9월 청주에서 열리는 직지축제에 초청됐다가 갑자기 복통을 일으켜 병원으로 옮겨졌는데 직장암 4기라는 진단이 나왔다. 그가 침착한 목소리로 의사에게 물었다.

"남은 생명이 얼마나 될까요?"

"수술이 잘되면 2년, 수술하지 않으면 1년입니다. 물론 추정이구요."

"하느님 감사합니다. 평생 한 연구를 정리할 시간을 주셔서…"

사형선고와 다름없는 말을 들으면서도 그는 남은 시간을 고마워했다. 밝은 성격과 맑은 영혼으로 잘 지내고 계시지만 병원에서도 온통 연구 생각만 하는 것이 걱정이라고 의료진이 말하는데, 82세의 고령으로 투병 중인 그를 돕기 위해 청주 시민들이 나섰다. 혈혈단신 프랑스로 건너가 결혼도 하지 않고 외롭고 힘들게 온축해 놓은 연구와 업적, 그의 삶이 고맙고 미더워서 익명의 소시민들이 마음을 모으고 있다. 어느 병원에서는 치료를 책임지겠다 하고 어느 수녀원에서는 노후의 삶을 맡겠다한다. 한 달 후쯤이던가, 단일 모금 액수로는 최고인 돈이 모아졌다고 일간지에 났다. 그동안의 노고를 세상이 알아주는 것 같아 진정 고맙다.

"청주에는 고인쇄박물관이 있다. 직지를 인쇄한 흥덕사 옛터에 1992년 개관을 하였다. 직지는 소재를 모르다가 프랑스 국립 도서관에서 개최된 '세계 도서의 해 기념 책 전시회'에 이 책이 출품되면서 비로소 알려지게 되었다. 이것은 1900년대 초에 주한 프랑스 대리공사로 조선에 근무하였던 플랑시가 수집하여 귀국할 때 가져 갔고, 그의 소장품을 경매할 때에 골동품 수집가인 베베르에게 넘어 갔다. 그 뒤, 베베르의 유언에 따라 프랑스 국립도서관에 기증되어 그 곳에 보관하게 되었다." 이 내용은 초등학교 5학년 국어 교과서에 수록되어 있다.

인류가 살아가는 모습을 문화라 한다면 기호나 문자로 생각을 표현하는 활자를 문화의 핵이라 할 수 있다. 기록으로 남기지 않았다면 무엇으로 옛 사람들의 문화를 알 것이며 지금 우리의 정신을 후대에 남길 것인가. 지방화 시대를 맞아 근래에는 적재적소에 전문박물관이 많이 생겨나고 있는데 이곳도 나름대로의 의미가 있기에 해마다 축제가 열리고 있다.

남의 재산이나 유물을 갖고 있다하여도 정당한 방법으로 취한 것이 아니라면 내 것이 될 수 없듯이, 어떤 경로를 통하였든지 남의 나라 역사와 혼이 깃든 조상의 유물이 자신들 조상의 것이 되지는 않기에 프랑스에 있는 외규장각 도서는 언젠가 제자리를 찾아오리라 믿는다. 이해관계가 얽혀있는 첨예한 국제적 문제이기에 그 작업이 수월한 것은 아니지만 미구에 해결해야 할 우리의 몫이고 또한 후손들의 몫이기도 하다. 그 물길을 튼 사람이 박 박사라 생각한다.

깊어가는 가을 날 아침 전해진 그의 소식이, 한겨레의 우월성을 새삼 일깨워 주고 있다. 팍팍한 현실에서 의기소침하여 스스로를 비하하지 않도록 용기를 북돋우고 있다. 우리 안에 잠재되어 있는 능력을 찾아내라는 희망의 메시지로 다가 온다. 우리가 얼마나 귀하고 소중한 존재인지 서로에게 마중물이 되어 내 안의 우수성을 찾아내자고 이끌어 주는 것 같다. 그분의 빠른 쾌유를 빈다.

그 아이를 보는 것이 피정이었네

"난 아녜스를 보는 것이 피정避靜이에요."

수녀원에서 살고 있는 딸을 면회 다녀온 친구 남편이 오랜만에 만
난 우리에게 한 첫마디였다. 대학교를 마치자마자 어느 날 갑자기
수녀원에 가겠다고 하였을 때 아버지는 깜짝 놀랐다. 그러나 제가
그런 결심을 할 때에는 저도 많은 생각을 하였을 터이니 가서 잘 살라
고 하였다지만 보고 싶은 마음이야 어디 가겠는가. 기도를 하며 세월
을 보내다 딸이 보고 싶으면 부산에 있는 수녀원으로 면회를 간다는
그 아버지의 말은 그대로 내게 복음 말씀이었다.

우리 집 알베르토가 2006년 1월 10일에 그토록 원하던 사제서품을
받았다. 전의 신학교에 입학하고 꼭 10년 만의 일이다. 서품을 받은
지 몇 개월이 지난 지금도 실감이 나지 않아 반신반의하는 기분으로
야릇해질 때가 있다. 작년에 흰 부제복을 입고 제대에서 강론을 할
때나 교우들에게 영성체를 영해 줄 때에도 정말 저 부제가 어린 날
장난기 많고 까불던 그 아이인가 의아해하곤 하였었다. 그러나 이젠

사제가 되어 보좌 신부로 발령을 받아 성무를 수행하고 있다. 첫 미사를 서품 동기 신부와 함께 본당에서 지내고, 집에서 우리 내외와 함께 미사를 드리고는 임지로 떠났다.

해가 뜨고 달이 졌다. 그리고 아들이 보고 싶었다. 제의를 입고 제대에서 미사 드리는 모습이 보고 싶었다. 강론하는 목소리가 듣고 싶었다. 누가 신부 안부를 묻기만 하여도 공연히 눈물이 핑 돌았다. 제 아들이 감히 사제라니요. 하느님 감사합니다. 너무 좋아 어쩔 줄 몰라 하던 때가 엊그제 같은데 이건 또 무슨 뚱딴지같은 감정이란 말인가. 스스로 생각해도 어이없는 일이었다. 흔들림 없이 죽는 날까지 사제로 살게 해주세요. 감사 기도를 드리며 잘 살고 있을 거라고 생각하면서도 무시로 마음은 뒤죽박죽 혼란스러웠다. 전화라도 한번 해주면 좋으련만 떠나간 사람은 도통 소식이 없었다. 지금 사순시기이니 본당에서도 한창 바쁠 거야. 이제 집을 떠난 사람이니 성당 일에 열중하다보면 집 생각할 겨를이 없을 거야. 이해는 하면서도 섭섭하다 못해 야속스러워지기까지 하는 심사를 알다가도 모를 일이었다.

성당에서 정성스럽게 미사를 드리거나, 큰 키 구부리고 겸손하게 신자들을 대하고, 고백소에서 진지하게 고백을 들어주며 보속을 주던 우리 본당 동기 신부를 보면 우리 신부도 저렇게 열심히 하고 있겠지. 부족하면 하느님께서 채워주시겠지. 원래 신심이 깊은 사람이니 잘 하고 있을 거야. 마음을 달래던 것도 한두 번이 아니었다. 보고 싶다 생각하니 어쩔 줄 모르겠고 머리가 아프고 가슴이 벌렁거렸다. 서품 받기 전 주교님께서 부모들에게 하신 말씀이 되살아났다. "아들이 보고 싶거나 사제가 되어 잘 살까 걱정이 되고 불안하면 이제부터는 더 열심히 기도하십시오." 집에서 우리 부부와 함께 드린 미사 후 이제 어머니는 성모님처럼 살아가세요. 당부하던 아들의 말도 화두처럼 떠올랐지만 막무가내로 보고 싶은 마음을 주체할 수가 없었다.

토요일이 되었다. 대천이라는 곳이 어디 만 리밖 남의 나라 땅이더냐, 마음만 먹으면 못 갈 것이 무엇이랴. 미사 드리는 것만 살짝 보고 와야지. 부담을 덜기는 주일보다는 토요일이 나을 거야. 혹여 마주치더라도 지나다가 잠깐 들렀다고 말하고 돌아서면 성무에 방해되지는 않을 거야. 다른 엄마들은 모두 기도하며 잘 참고 있는데 나만 참을성 없이 이리 안절부절 못하는 것은 아닐까. 별별 생각이 다 들며 마음이 진정 되지 않았다. 찾아가보리라. 서둘렀다.

대천까지는 시간마다 직행 버스가 있었다. 손님 서너 명을 싣고도 차는 출발했다. 자리에 앉으니 아기 때부터 지금까지의 일들이 주마등처럼 지나갔다. 천성이 밝고 명랑한 아기는 주위 사람들에게 귀여움을 받았다. 첫돌이나 유치원 입학부터 지금까지의 첫경험은 내게도 늘 새롭고 신선하여 설렘과 기쁨을 많이 주었다. 어차피 이렇게 제 갈 길로 가는 것을 다그치고 재촉하고 섭섭하게 해주었던 지난날들이 미안하기도 하였다. 아이는 자라고 나는 어른이 되어갔다. 아이도 어른이 되었고 나는 그 사람을 만나러 가고 있다.

성당이 가까워 올수록 가슴이 두근거렸다. 3시 미사인 줄 알았는데 3시 반 어린이 미사였다. 시간이 넉넉하여 가만히 앉아 있었다. 성당 안이 다 차도록 어린이들이 많았다. 알베르토 신부가 고백소에서 나오더니 사순시기에 맞게 자색 제의를 입고 제대 위에 섰다. 그토록 그리던 얼굴이 정면으로 보였다. 순간 눈이 부셨다. 약간 웨이브를 준 파머 머리와 붉게 그을린 얼굴이 낯선 느낌을 주기도 하였으나 기후 탓인 것 같았다. 그렇지만 크고 뚜렷한 목소리와 풍채가 그대로였다. 혹시 나를 발견하고 당황해 할까봐 미사 드리는 내내 사제를 바로 보지 못하고 고개를 숙이거나 딴 곳으로 시선을 돌렸다. 어린이 미사라 좀 어수선한 분위기라고 생각하는데 사제가 '기도손!' 하며 미사에 집중하도록 주의를 주었다. 강론은 아이들에게 맞게 짧고 간결했다.

미사가 끝나 제의를 벗고 사제가 나왔다. 잠시 망설이다 얼른 뒤따라 나왔다. 다행히 교우는 아무도 보이지 않았다. "신부님." 내가 부르니 되돌아보았다. "어쩐 일이세요?" 뜻밖이라는 듯 물었다. "미사 드리는 것이 보고 싶어서 왔어." 얘기 없이 불쑥 나타난 것이 미안하였다. "아버지는 안 오시고 혼자 오셨어요?" "응" "주임 신부님께 인사라도 드릴까?" "그냥 가세요." "그럼 갈게." 신부는 돌아서고 나도 돌아 섰다.

문을 나서는데 왈칵 눈물이 쏟아졌다. 걸어 나오다 되돌아서 나무 담장 사이로 안을 들여다보았다. 성당 마당에는 아무도 없었다. 미사 드리는 모습만 먼발치에서 보고 와도 원이 없겠다 싶었던 처음 마음과는 달리 허전하기 짝이 없었다. 터벅터벅 걸어오다가 다시 한번 성당을 돌아보았다. 고즈넉한 풍경화가 거기 있었다. 거리엔 쌩쌩 차들이 달려가고 누구도 눈에 뜨이지 않았다. 허허벌판이 따로 없었다. 막막하고 답답한 마음이 그대로 광야였다. 누가 그랬던가. 아들은 짝사랑이라고. 아들은 이미 어미를 떠나 제 갈 길로 가고 어미 생각 조금치도 않는데 혼자만 보고 싶어 애타며 가슴 졸이는 혼자사 랑이라고. 공연히 왔나보다. 내 마음을 나도 알 수 없었다. 핑계만 있다면 그대로 주저앉아 펑펑 울고 싶었다.

갈매못으로 갔다. 해안가에 이르니 밀물이 들어와 작은 어선이 물결 따라 출렁거리고 있었다. 삼월 초순의 바닷바람은 아직 추웠다. 인적 없이 한적한 순교지엔 갈기 세운 바람만 거세었다. 바다를 바라보며 우두커니 서있었다. 형장刑場으로 택해진 곳은 바닷가 모래사장이었다. 뜬금없이 이 말이 떠오르자 그 장소가 어디쯤 되는 곳일까 속으로 가늠하여 보았다.

성당 마당에는 12처의 석상들이 격조 있게 배치되어 있었다. 『갈매못 성인들과 함께하는 십자가의 길』이라는 작은 책을 들고 기도를 바쳤다. 순교자들의 발자취를 따라가며 묵상하도록 편집한 기도서는 말씀과 행적들이 처처마다 애절한 내용이었다.

"지긋지긋한 옥중의 괴로움에 비하면 고문은 문제도 안 된다. 가장 무서운 것은 굶주림과 갈증이었다. 고문은 용감했지만 갈증을 참지 못하여 항복한 자도 적지 않았다. 하루에 주먹만한 조밥덩이 두 개만 주기 때문에 참다 못하여 썩어 빠진 멍석 자락을 뜯어 씹기도 하고, 심한 때에는 옥 안에 들끓고 있는 이를 움켜 먹기도 하였다." 다블뤼 주교님의 말씀이다. 한 바퀴를 돌고 나니 장갑을 낀 손가락이 빠질 듯이 시렸다.

그때 이곳에서 순교한 위앵 민 루가 신부가 떠올랐다. 프랑스에서 태어나 사제품을 받고 2년간의 보좌신부 생활을 마치고 파리 외방전

교회에 입회하여 조선 선교사로 파견되었다. 내포 지방에서 포교활동을 한 기간은 8개월이고 그의 나이 30세였다. 형장으로 끌려가며 "나는 젊어서 죽는 것도 칼을 받아 죽는 것도 고통스럽지 않다. 그러나 저 불쌍한 영혼(외인)들의 구원을 위해 아무 일도 하지 못하고 죽는 것이 괴롭다." 불쌍한 영혼들을 위하여 아무 일도 하지 못하고 죽는다는 것이 괴롭다는 젊은 신부의 말은 그대로 내게 화살처럼 박혔다. 처형 날 아침에 수영水營에서 준 떡국을 다른 분들은 맛있게 들었는데 민 신부는 조금 들다 말고 얼마쯤 떨어진 곳에서 소리 내어 울었다는 모습이 너무도 애처로워 책을 읽다 이불을 뒤집어썼던 기억이 났다. 그 처지와 상황이 되면 우리 알베르토도 저럴 것이라는 생각에 목놓아 울게 하였는지도 모를 일이다. 이역만리 사지死地에 자식을 보내놓은 부모의 심정은 어떠할 것이며 기막힌 그의 심정을 알기나 할 것인가. 그날의 안타까움에 생각이 미치자 오싹 한기가 돌았다.

예나 지금이나 사제가 되는 길은 지난至難한 길이다. 처음 마음대로 바르게 살아가기는 더욱 어려운 세상에 살고 있다. 또한 많은 교우들을 상대해야 하는 사제로서 할 일이 얼마나 많은가. 알베르토는 이제 내 아들이 아니라 미사를 봉헌하고, 신자들에게 여러 가지 성사를 베풀며, 영신적인 도움을 주어야 하고, 비신자들을 교육시키는 교우들의 사제였다. 하느님 사업에 동참하여 예수님 닮은 사제로 살아가기를 갈망하는 이 사제에게 내가 할 수 있는 일이 무엇이겠는가. 그걸 확인한 걸음이었다.

얼마 후 알베르토 신부가 있는 본당 신부님을 뵈었는데 중 · 고등학생 예비신자 수가 성인 예비신자 수보다 많은 것을 처음 본다며 보좌 신부가 얼마나 열심히 사목을 하는지 우회적으로 말씀하셨다. 신부는 제 임무를 수행하느라 정신이 없는데 잠시나마 마음을 잡지 못하고 방황한 것 같은 자신이 민망하고 부끄럽기 짝이 없다.

　"난 알베르토를 보는 것이 피정이에요." 나도 이 말을 해야 할 것 같다.

빛살 하나가 뚫고 지나갔다

 길섶에는 보랏빛 제비꽃이 말쑥하고, 보송보송 노란 솜양지꽃이
발길에 채일 듯 앉아 있다. 멀리 보이는 산자락에는 무명치마 널린
듯 산벚꽃이 하얗고 길 옆 둔덕에는 보기만 해도 가슴 두근거리는
복사꽃이 흐드러졌다. 잎과 꽃을 피워 올리는 사월의 산야는 어디를
둘러보아도 꽃 잔치가 한창이다.

 성거산 성지에서 주관하는 제 3회 야생화 전시회 '야생화는 말한다'
행사에 참석하였다. 천안을 지나 군사용으로 닦아 놓은 구불구불한
산길을 자동차로 한참 올라가니 표지석이 있었다. 생각보다는 높았
다. 이곳에는 병인박해를 피해 산속으로 숨어든 교우들이 신앙을 지
키며 생활한 교우촌이 있었고, 순교자들의 봉분이 제1,2무덤으로 줄
지어 있었다.

 미사를 봉헌하고 길을 따라 걷다보니 대형 도자기 호롱에 우리나
라 103위 성인의 이름과 호칭기도가 쓰여 있어 성인 이름을 부르며
기도문을 암송하고 걸었다. 그 밑에는 성인들께 봉헌하듯 들꽃을 심

고 이름을 써놓았는데 한창 새순이 돋아나고 있었다. 인기척에 놀랐는지 날다람쥐 재게 달아나는 산기슭엔 멀쑥하게 키가 큰 진달래 여린 이파리 깃발처럼 흔들며 길손을 맞고 있었다. 산중이 적막하였다. 산짐승 우짖는 소리 들려왔을 이런 곳에서 무서움인들 없었을까. 내일을 기약할 수 없는 절박한 심정으로, 모든 것을 하늘에 맡긴 편안한 마음으로 순교자들이 오가던 오솔길은 그대로 기도의 길이 되어 우리가 걷고 있다.

불과 160여 년 전에는 천주교를 믿는 것만으로도 국법을 어긴 중죄인이었다. 발각되기만 하면 모진 고문과 형벌로 이어져 집안이 풍비박산이 되었다. 일가족이 몰살하다시피 하였으니 장례인들 제대로 치렀을까. 야음을 틈타 몰래 안장하였기에 시신이 포개져 있어 고인의 수를 헤아리기도 어려웠을 것이다. 묘비명 하나 없이 애기 무덤처럼 자그마한 봉분이 도래 도래 앉아 있는 것은 보기만 하여도 가슴이 애틋해진다. 수백 기가 안장되어 있는 국립묘지나 공원묘원에서는 느낄 수 없는 애잔함이다. 그분들로부터 이어져온 신앙의 핏줄이 나에게 연계되어 있다는 동류의식이 잡힐 듯 아스라한 느낌이다.

야생화를 숨어 피는 꽃이라 하여 은화隱花라고 하던가. 꽃이 숨어서 필 리야 없겠지만 사람 눈에 뜨이지도 않는 곳에서 저 혼자 피었다가 저 혼자 저버리니 그렇게 부르는 것 같다. 그리고 보니 야생화를 산속에 숨어 신앙을 지키다가 이름 없이 숨겨간 무명 순교자들을 상징한 꽃으로 삼았다는 것은 절묘한 착상이라 여겨졌다. 때 되어 피어나 찬이슬 맞고, 새벽달 보며, 바람 부는 대로 흔들리다 이름조차 없이 지고 마는 들꽃. 생긴 모양대로 며느리밥풀꽃(금낭화), 우산나

물, 노루귀에 난 털과 비슷하다 하여 노루귀, 동그랗게 피어 있는 꽃의 모습이 처녀가 여섯 폭의 치마를 입고 있는 모습과 흡사하다 하여 처녀치마. 방울 소리 들릴 것 같은 은방울꽃. 생긴 모양이나 빛깔을 보고 혹은 느낌대로 누군가 불러주면 그나마 다행이었다. 아예 이름조차 짓지도 않고 여자 아이니까 언년이고, 갓 난 아이니까 간난이고, 아기니까 아기라고 부르던 것이 평생 언년이와 간난이와 아기로 불리다 숨겨간 인생들과 무엇이 다르겠는가.

'… 별 꿈꾸는 기쁨이 너무 황홀해/ 처음부터 이름은 짓지도 않았네…' 안병숙 시인이 「야생화」에서 정말 그렇다고 노래하고 있었다.

성모광장에는 제대가 마련되어 있고 들꽃 모임에서 키운 야생화가 전시되고 있었다. 들에서 되는대로 자라는 식물을 화분에 앉혀놓고 키우는 마음들이 쉬우랴만 애지중지 키운 것을 여러 사람들이 볼 수 있도록 정성을 들이는 일이 저절로 되는 일은 아닐 것이다. 예쁘다, 예뻐. 분盆에 담긴 오목조목 앙증맞은 꽃들을 보고 즐기는 배경에는 크고 환한 얼굴의 꽃 사진들이 보란 듯이 얼굴 내밀고 있어 오랜만에 눈이 호사를 하였다.

층계 위편에는 미술가들의 그림이 이젤에 놓여 있고 몇 점의 조각도 앉아 있었다. 맑고 고운 야생화 무리도, 짚신 위에 함초롬히 피어난 꽃송이도, 십자가에 그려진 무수한 꽃 이파리도 모두 순교자들의 이미지와 같았다. 무심한 돌덩이가 작가의 손을 거쳐 방글방글 웃고 있는 얼굴로 보는 이를 미소 짓게 하는 감정의 소통이 즐겁다. 문자의 언어뿐만이 아니라 회화나 조각의 언어가 들려주는 다양한 메시지를 보고 느끼는 것은 보는 이의 기쁨일 터이고 무생물에 생명을 불어 넣는 작업은 작가의 몫일 터이다.

아름다운 것을 보고 있으면 마음이 차분해지며 진지해진다. 마음이 고요해지며 정갈해지는 느낌은 생경스럽기도 하지만 존재에 대한 고마움으로 가슴이 더워진다. 기막히게 아름다운 것을 볼 때나 좋은 것을 보고 느낄 때 가슴이 뻐근해지며 행복해지는 기분 좋은 통증이라면 말이 될까. 아름다움을 발견하는 눈은 선한 마음에서 비롯되고 그 마음은 진리를 쫓는 일이라 할 수 있을 것이다.

우리는 생김새와 성향이 다른 것처럼 색깔과 모양과 향기가 제각각 다른 꽃송이라 할 수 있을지도 모른다. 뿜어내듯 뭉클, 벙그는 목련이나 시멘트 보도 불럭 사이에서 온몸으로 치열하게 봄을 외치고 있는 민들레의 처지나 모두 의미가 있을 것이다. 매혹적인 빛깔의 장미꽃이 씹어 놓은 듯 자잘한 꽃다지를 보고 너는 왜 이다지도 작고 볼품없이 생겼느냐고 나무랄 일도 아니다.

개막 행사는 성가를 부르고 말씀의 전례로 시작되었다. 지혜서의 말씀이 봉독되자 번쩍, 빛살 하나가 머리를 관통하고 지나갔다. '눈에 보이는 좋은 것을 보고도 존재하시는 분을 알아보지 못하였고, … 피조물의 웅대함과 아름다움으로 미루어 보아 우리는 그들을 만드신 분을 알 수 있다…' 전시회를 여는 이유는 바로 여기에 있었다. 그제야 순교 성인들이 우리를 꽃 잔치에 초대하였다는 느낌이 들었다.

2부

매듭짓기

새

이른 아침, 머리맡이 몹시 시끄러워 잠이 깼다.

뜻밖에도 부산하게 움직이며 지저귀는 새소리였다. 참새인가, 제비 같기도 하고 까치 소리 같기도 하였다. 한여름 모두 열어젖힌 창문이다. 커다란 나무 꼭대기가 5층 우리 집 베란다까지 닿으니 소리는 귓전에서 들이붓듯 쏟아졌다. 눈도 뜨지 않은 채 가만히 귀를 기울이니, 날갯짓 소리, 나뭇잎 나부끼는 소리까지 합세하여 부서질 듯 소란스럽던 소리가 둥글둥글 편안하게 한다. 이 아침, 나를 찾아온 누가 있어 이리 부산한가. 아예, 소리에 귀를 열어 놓는다.

신경숙의 소설 『엄마를 부탁해』는 자식을 위해 희생과 헌신으로 살아온 우리 세대의 엄마 이야기이다. 남편 생일을 앞두고 아들네를 찾아가던 중에 서울역에서 지하철을 타다가 남편만 태우고 차가 떠나버려 아내가 길을 잃어버린다. 그제야 자식들은 엄마가 머리를 깨질 듯 아파했다는 사실과 이따금씩 정신을 놓아버리기도 했다는 것을 깨닫는다. 너무도 무심하여 있을 때는 몰랐던 엄마의 자리가 얼마나 컸었나 자책과 참회를 한다.

엄마 찾기도 지쳐갈 무렵, 정신을 잃고 떠돌던 엄마가 새가 되어 둘째 딸네를 둘러본다. 고만고만한 아이 셋을 키우며 도와주는 사람 하나 없이 고단하게 살고 있는 딸의 모습을 안쓰러워하며 혼잣말을 한다. "너는 이 에미에게 항상 기쁨이었지. 네 몫의 인생을 잘 살 거라 믿는다. 조금만 참고 견디렴. 반드시 좋은 날들이 오리니." 그 말들이 얼마나 정답고 따뜻한지 내게 속삭이는 소리 같았다. 힘을 내라는 외침 같았다.

누구에게나 엄마가 있다는, 있었다는 사실은 얼마나 다행스런 일인가. 비록 함께 하지 않더라도 이승에서나 저승에서 나를 지켜보며 지지하고 있다는 믿음은 신산한 삶에 위안이 된다. 심신이 건강하기를, 바라는 바가 이루어지기를 간절한 마음으로 쏘아 올리는 기도는 힘이 되기에 나를 위해 빌고 계시는 엄마 얼굴을 떠올리는 순간 어떤 고난도 견디어 낼 수 있다.

깃털 사이에 수많은 공기구멍이 있어 하늘을 날 수 있다는 날짐승. 가고 싶은 곳을 마음대로 날아가서, 보고 싶은 사람을 마음껏 볼 수 있는 새는 자유의 상징이다. 그런 새를 꿈꾸기도 하고 동경하는 독자의 심리를 알기에 작가는 새를 등장시켜 엄마의 마음을 전하고 있는지 모르겠다.

비둘기를 키운 적이 있다. 키운 것이 아니고 불청객이 찾아들었다. 학원 교실 창문과 책장 사이 공간에 둥지를 틀고 알을 낳았다. 늘 열어 놓은 창문으로 새들이 날아왔다 날아가기도 하여 그러려니 하였는데 녀석이 구석에 박힌 듯 앉아 있는 것을 아이들이 발견하고 소리쳤다. 그 바람에 놀랐는지 알 하나가 바닥에 떨어져 깨졌다. 아이들은 날마다 문안 인사하듯 녀석에게 다가갔다. 알을 품었는지, 암놈은 꼼짝 않고 쥐콩같이 까만 눈을 깜빡이고, 수놈은 해코지라도 할까보아 그런지 안절부절 못하고 구구거렸다. 먹이를 나르고, 지푸라기가 쌓이고, 솜뭉치도 보이며 배설물까지 교실 바닥과 창가가 지저분하였다. 비가 오는 날에는 비릿한 냄새가 진동했다. 생명이 태어나는 일은 인내하며 기다리는 일이란다. 우린 코를 막으며 조금만 참자 했다. 두 녀석은 지루하리만치 교대로 알을 품고 있었다.

"야! 새끼다." 어느 날 누군가 소리쳤다. 물에서 건져낸 듯 불그레한 살에 노랗고 거뭇거뭇한 털이 성글게 박힌 새끼가 눈도 뜨지 못한 채 늘어지듯 앉아 있었다. 먹이를 구하러 갔는지 어미 새는 보이지 않았다. 갓 부화한 새끼에게는 모이주머니에 있는 피전밀크를 먹이며 암수가 함께 양육한다던가. 성장 속도가 빨랐다. 하루가 다르게 자라는 것이 눈에 보였다. 차츰 노란 털이 없어지며 회색과 검은색 털이 돋아났다. 보드라운 털도 생겨났다. 새끼 혼자 있으니 아이들이 들여다보며 눈을 반짝였다. 그것도 잠시 며칠 후, 창가에서 날개를 몇 번 푸덕이더니 날아올랐다. 떨어질까 조마조마하던 순간, 곧 풍선이 날아가듯 하늘 속으로 사라졌다. 깃털 몇 개가 흔적처럼 남았다. "비둘기가 없네" 뒤늦게 들여다보던 아이가 서운한 듯 말했다. 보자기 펼치듯 드러난 노출이 싫었는지, 시선이 부담스러웠는지 둥지를 옮긴 듯싶었다. 불편한 동거는 그렇게 끝났다.

예전에는 거리에서 새 점을 보아주는 사람이 있었다. 조롱에 갇힌 새가 돈을 넣으면 차곡차곡 접혀진 괘사卦辭를 부리로 하나를 톡 뽑아내었다. 새가 뽑아 오는 괘상卦相으로 길흉화복을 점쳤다. 사주를 가지고 나오는 점괘가 아니라 우연의 일치로 판단하는 점이라 할 수 있다. 새의 부리에 따라 일희일비—喜—悲 하는 것이 실로 우습기도 하지만 장날이면 흔히 보는 풍경이었다. 요즘 무슨 카페에서 생년월일로 운세를 보아주는데 젊은이들에게 인기라고 한다. 예나 지금이나 미래에 대한 불안으로, 더러는 재미삼아 푼돈을 던진다. 그만큼 우리 삶이 답답 팍팍하다고 할 수 있고 심정적으로 불안하고 허약하다는 반증일 수도 있다. 바늘구멍 취업을 위해 뛰고 있는 청년 실업자 20만 명 시대에 살면서 오죽하면 그러겠는가, 새 점이든 콩 점이든 이해는 하면서도 그게 정도正道는 아니라고 생각한다.

길 가다가 새소리가 나면 눈으로 찾아보고 귀를 쫑긋 세운다. 무딘 청각이 답답할 뿐이다. 소리라도, 이름이라도 알고 싶어 하는 것은 함께 살아가는 생명에 대한 관심인지 모른다. 갈맷빛 여름 산이 더욱 싱그러운 것은 날갯죽지 파닥이며 비상하는 산새들을 품고 있기 때문이다. 꽃들이 향기와 빛깔로 우리를 환하게 하듯 새는 갖가지 소리로 우리의 가슴을 청량하게 하기 때문이다. 이 아침, 발치의 들꽃을 눈 여겨 보듯 귀를 열어 놓는다.

아들의 냄새

한겨울 매서운 아침바람이 플랫트홈을 훑고 지나갔다. 옷 속으로 파고든 바람에 으스스 한기가 느껴졌다. 잠을 설쳤는지 눈이 휑하고 볼이 까칠해 보이는 아이는 불안하고 겁먹은 표정이었다. 어제 저녁에서야 삭발하다시피 깎은 머리에 눌러 쓴 모자가 을씨년스러웠다. 싫은 일을 마지못해 하는 사람처럼 불만스런 모습으로 서성거리며 기차가 들어오기를 기다리고 있었다.

2003년 12월 16일. 우리 집 막내 요한이가 군대에 가게 됐다. 일학년 2학기 시험을 마치느라고 하필이면 제일 추운 때 가게 되었다. 어려서부터 밝고 명랑한 성격에 냇자갈처럼 야무지고 재치도 있어 우리 집의 귀염둥이였다. 그러나 원하는 대학에 들어가지 못하자 좌절을 하고 재수생활 하느라 고생을 하였다. 아이들을 기르는데 있어서 우리 부부는 서로 생각이 달라 아이가 오히려 혼란스러워 하였다. 공부도 건강해야 하는데 먹성이 시원치 않아 체력이 달리고, 비쩍 마른 아이는 장염으로 자주 배탈이 나서 애를 태우곤 했다. 나는 나대로 바빠 먹을 것조차 제대로 챙겨주지도 못하고, 학교에서 아이가 집에 오기도 전에 잠자리에 들기 일쑤여서 부실한 건강이 꼭 내 탓만 같았다.

할 것은 많은데 몸은 따라주지 않아 스트레스에 견딜 수 없었는지 어느 날 아이는 선언을 했다. 책상 앞에 앉아만 있는다고 공부가 되는 줄 아세요. 가슴이 터질 것 같아요. 바다에 가보고 싶어요. 네가 정신이 있니? 없니? 그래가지고 네가 원하는 대학에 갈 수 있을 것 같으냐? 조금만 견디어 보아 웃을 날이 있을 것이다. 서로가 힘든 세월이었다. 아침밥을 해 놓고 먹으라고 해도 잠 속에서 헤어나지 못하는 아이를 보고 저의 아버지는 우리 집 상전上典이라며 정신상태를 탓하고, 저 녀석은 군대에 갔다 와야 한다고, 군대만 갔다 오면 모든 생활 태도가 바로잡아질 것이라고 입버릇처럼 말했다.

그러나 입영 날짜를 받아놓자 매스컴에서는 기다렸다는 듯 군대 안에서의 성희롱과 폭력 사건이 연일 터져 나왔다. 상사의 구타로 얼룩진 군인의 벗은 모습을 뉴스에서 보여주고, 후유증으로 대인기피 증세를 보인다는 젊은이의 초점 잃은 눈동자가 화면에 클로즈업되면 가슴이 철렁 내려앉았다.

너만 가는 거 아니고 남들 다 가는 거 잘 견디어 내고 오너라. 그동안의 소회素懷를 편지로 써 안겨주기도 하였지만, 힘든 훈련과 어려운 일들을 잘 견디어 낼 수 있을지 염려가 됐다. 그 순간 할 수만 있다면 가지 말라고, 그냥 집으로 가자고 하고 싶었다. 수많은 말이 입안에서 뱅뱅 맴돌았지만 아무 말도 하지 못하고 키만 껑충하게 큰 아이 곁에 장승처럼 서 있었다.

뿌연 아침안개 속에서 기차가 소리도 없이 들어왔다. "엄마, 다녀올게요. 안녕히 계세요." 아이가 먼저 덥석 나를 껴안더니 황망히 인사를 하곤 차에 올랐다. 그래 잘 갔다 와라. 변변히 인사를 나눌 새도 없이 저만치 달려가는 기차 꽁무니만 바라보며 망연히 서있었다. 때로 네가 더 어른스럽구나. 너로 인하여 내가 어른이 되어가고 있다는 것을 느끼기도 하였었지. 꼭 쥐고 있던 입장권이 나풀, 낙엽처럼 떨어졌다.

타달타달 역 구내를 걸어 나왔다. 뛰다시피 계단을 걸어가는 사람, 무가無價지를 쌓아놓고 정신없이 나누어 주는 사람, 한 켠에서 모닥불을 피워 올리며 추위를 이기려는 사람들로 역 광장에는 활기가 넘쳐흐르고 있었다. 잿빛 비둘기 떼가 종종걸음으로 먹이를 찾고 있다가 인기척에 놀랐는지 하늘로 날아올랐다. 아무래도 함께 갈 걸 그랬나보다. 할 일 누구에게든지 맡겨놓고 떠날 걸 그랬나보다. 살아가는 일이 다 저마다의 몫이 있는 것을, 아무래도 잘못 했나보다. 훈련병 집결지인 의정부까지 함께 하지 못한 것이 못내 마음에 걸렸다. 저의 형이 동행했는데도 허전한 마음이 빈 들판 같았다.

받아놓은 날이라고 하루하루 어쩌면 그리도 빨리 지나갈까. 체력을 보강한다기에 서둘러 지어온 한약도 다 먹지 못한 채 입영 날짜가 코앞에 닥쳤다. 서울에서 불과 이틀 전에야 내려와 인사 다니기 바빴다. "다른 건 다 참을 수 있는데 추위는 정말 참을 수 없어요." 어쩌면 그런 것까지 다 어미를 닮았을까. 강추위에 노출되면 온 몸이 뼛속까지 얼어버릴 듯 고통스럽다는 것을 아는 것 같았다. 이런 때 훈련을 받게 되어 얼마나 고생을 할까? 걱정을 하였더니 요새는 군대도 편해졌다며 훈련 받기는 그래도 여름보다 겨울철이 났다고 택시기사는 위로한다.

얼마 전, 맏이를 훈련소에 데려다주고 돌아오던 친구 내외는 주체할 수 없는 허전함 때문에 차를 길가에 세워놓고, 엉엉 소리 내어 울었다고 했다. 그러고 나니 후련해지고 기분도 나아지더란다. 울 수도 없는 처지인 나는 일상에 투입投入되어 기계처럼 돌아갔다. 대한민국 남자라면 모두가 다녀오는 곳이고, 불과 몇 년 전엔 저의 형도 그 힘들다는 해병대까지 다녀왔는데 왜 우리 막내가 갔다고 생각하면 가슴이 서늘해지는지 모를 일이다. 거리에서 지나가는 군인만 보아도, 텔레비전에서 군인들이 나오는 프로만 보아도, 남들이 군대 이야기만 하여도 울컥하는 심정이 되곤 하였다.

며칠 후 의정부에서 보낸 편지가 왔다. 아니나 다를까 눈 위에서 마냥 대기하며 기다리는 이틀 동안이 너무도 춥고 지루하여 차라리 훈련을 받는 것이 낫겠다며 신병 훈련교육대가 있는 철원으로 간다는 것이다. 곱은 손으로 무릎에 대고 급히 쓴다는 말에 가슴이 아리고 올 겨울은 따뜻할 거라고 하더니 기온은 갑자기 곤두박질쳐서 철원은 연일 영하 20도를 오르내린다는 뉴스만 나오면 내 마음도 시렸다.

보름쯤 지났을까. 소포가 왔다. 겉면에 '이 소포물은 귀댁의 자녀가 입영 시 착용했던 옷과 신발입니다.'라는 글귀가 적혀 있었다. 상자를 보자 이미 알고 있었던 일이면서도 아이를 만난 듯이 반갑고 가슴이 두근거렸다. 무슨 의식을 치르는 사람처럼 경건(?)하고 조심스레 소포를 뜯었다. 갈 때 입었던 초록색 체크 남방과 갈색 라운드 티셔츠,

검정색 잠바, 청바지가 얌전히 개켜져 있고, 빨간색으로 배색을 한, 코가 살짝 올라온 회색빛 운동화가 익살스러운 녀석을 보는 듯 그대로였다. 옷 위에 하얀 편지가 겉봉도 없이 놓여 있었다. 배식 받을 때 흘린 물이 금방 얼 정도로 강원도 철원은 역시 춥지만 견딜만합니다. 밥도 잘 먹고 아무 탈 없이 지내고 있습니다. 성당에 가서 미사도 드리고 초코파이도 먹었습니다. 집에서는 먹지도 않던 초코파이를 먹었다는데 누가 무어라 한 것처럼 가슴을 턱! 치받는 느낌이 들었다. 집안에는 다행히 아무도 없었다. 방 한가운데에 옷을 꺼내놓고 그 위에 엎드렸다.

얼마를 울다보니 이상했다. 평소에 아이 옷에서 나는 담배 냄새 때문에 질색을 하였다. 옷은 물론 사용하는 컴퓨터나 방에서 나는 담배 냄새 때문에 담배를 끊으라고 잔소리도 많이 하였다. 다른 것은 말을 잘 듣는 아이가 담배만은 끊지 못하겠다며 요지부동이었다. 그 냄새가 희한하게도 싫지 않았다. 아니 구수하게까지 느껴지는 것이었다. 먼지내와 담배냄새가 어우러진 아들의 체취가 젖먹이 때 나던 냄새 같았다. 옷과 운동화를 빨아놓고 차마 버리지 못한 상자를 아들 옷장에 넣어 두었다. 그 뒤로는 길에서 군복 입은 사람을 보아도 훈련병 이야기가 나와도 그렇게 가슴이 먹먹해지지는 않았다.

아이는 틈나는 대로 하루하루의 일상을 소상히 적어 보냈다. 눈이 엄청나게 많이 내려 날마다 제설작업을 합니다. 집에서 챙겨주던 먹을 것 잘 먹지 않고 속 썩인 것 죄송합니다. 저와 동갑내기인데 벌써 결혼하여 아들이 있는 동기와 얘기를 나누다가 제가 얼마나 편협된 사고를 가지고 있었는가 반성도 하고, 여러 환경 속에서 살아온 다양한 사람들을 만나면서 얼마나 행복한 사람인가 알게도 되었습니다. 편지를 받을 때마다 가슴이 더워지곤 하였다.

보초를 서다가 달을 보며 갖고 싶던 장난감 총 엄마가 사주던 날, 기뻐서 잠결에 확인하던 어릴 적 기억을 떠올리며 미소 짓기도 하겠지. 이 세상에 자신이 얼마나 소중한 존재인가 깨닫기도 하고, 외로움에 젖어서 부모 형제가 얼마나 가슴 절절한 그리움의 대상인지 눈물 글썽이기도 하겠지.

전역 시까지 살게 될 경기도 포천에서 포병으로 있는 아들은 첫 휴가 날짜를 손꼽아 기다리고 있다. 적응해나가는 녀석이 대견스럽고 고마워 올려다 본 초저녁 서녘 하늘엔 눈썹모양 초승달이 그린 듯 곱다.

빨간 버선

자그마한 발에 무명 속버선을 신기고 빨간 버선을 신겼다. 속곳을 입히고 속치마를 두른 위에 겉치마를 둘렀다. 저고리를 입히고 두루마기로 감싸자, 노란 수의 속에서 빨간 버선볼이 유난히 환했다. 서두르는 기색 없이 차분하고 꼼꼼하게 수의 깃을 여미던 젊은 염습사는 이마의 땀을 훔치며 화장시켜 보안 어머니 얼굴만 내보였다.

"엄마! 가면 안 돼!" 시누이들의 통곡이 벼락같이 쏟아졌다. 이번 주에 가려고 했는데 고걸 못 참냐. 원망인 듯 푸념인 듯 소리쳤다. "엄마, 미안해요" 관 모서리를 부여안고 엎어져 남편은 눈물을 쏟아냈다. 어느 죽음인들 회한이 없으랴. 모두 눈시울을 적셨다. 펄펄하던 막내아들 가슴에 묻고, 남의 눈에 띌까 부끄러워 밖에 나가지도 못하고, 해거름에 산소를 찾아 울다 내려오곤 하였다는 어머니. 모시지도 자주 찾아뵙지도 못한 것이 죄스러운 자식들은 어깨만 들썩였다. 생전의 어머니는 물색 곱고 이쁜 것을 좋아하였는데 이 버선을 마음에 들어 하시겠다. 이승의 시름 벗어 놓고 안녕히 가시라고 인사를 드렸다.

어느 해 명절인가 꽃무늬버선을 사다드렸다. 솜이 들어 폭신하고 신축성이 좋은 그것은 아기자기 무늬도 고왔다. 옥조이는 무명버선을 신던 감각으로는 발이 편하고 따뜻했다. "야, 참 곱고 좋다" 무척 마음에 들었는지 몇 번을 말씀하시며 새신을 신은 아이처럼 방안을 걸어 보셨다. 엊그제 일 같다.

요양병원을 전전하던 시어머니께서 돌아가셨다. 부활절을 지낸 이튿날, 꽃샘추위도 물러가고 봄꽃 흐드러진 저녁, 위독하시다는 전갈을 받고 병원으로 달려가던 아들조차 상면하지 않고 서둘러 떠나셨다. 기어이 가시는구나. 책장 위에 올려 논 영정을 찾으려고 의자에 올라선 다리가 후들거렸다. 무엇을 어떻게 해야 하나, 마음도 허둥거렸다. 마지막 가는 길 자식들이 배웅이라도 하면 좋았으련만, 저녁까지 잘 잡숫고 잠자리에 든 시간, "하느님 이 발바라 감쪽같이 데려가 주세요." 평소의 입버릇처럼 혼자 영면하셨다. 아흔세 해 일생에 종언을 고하고 그토록 원하던 대로 아무도 모르게 감쪽같이 가셨다.

찾아 뵐 때마다 기력이 쇠하고 기억력도 희미해져 나중에는 아들만 알아보셨다. 누구냐고 물으면 며느리도 손자들도 모두 밥 주는 사람이라고 대답하곤 괘념치 않는다는 듯 돌아서 긴 끈을 입으로 빨고 계셨다. 저게 웬일인가 싶어 요양사를 바라보니 아무거나 입으로 가져가 빨아 대서 가지고 노시라 끈을 드렸다고 한다. 긴 무명 끈은 깨끗했다. 무의식중에 표출되는 행동이 평소의 습관이고 인간의 본성이라 하던가. 정신은 나들이 갔는데 어린 아이같이 단순한 행동을 긴요한 일이라도 되는 양 열심히 반복하고 있는 모습을 보며 가슴이 무너진다. 식사는 잘 하셔도 거동을 못해서 그런지 애처로우리만치 야위었다. 돌아오는 길엔 남편도 나도 아무 말 하지 않았다.

예서제서 사람보다 먼저 온 화환이 수문장처럼 양쪽 입구에 섰다. 휑하니 정적이 감돌던 빈청엔 국화꽃으로 빈소가 차려졌다. 혈육을 나눈 피붙이들이 오고, 지인들은 물론, 고인과 일면식도 없던 사람들이 이런 인연 저런 사연으로 몰려왔다. 문상객들은 조문을 하고 옆방에서는 연도소리가 이어졌다. 들이닥치는 사람들로 기도 소리는 끊이지 않았다.

생전의 허물을 탓하지 마시고 이 영혼을 불쌍히 여기시어 당신 품으로 너그러이 받아달라는 기도는 인간의 간절한 호소이다. 가차 없는 피조물이 나보다 더 나를 잘 아는 분께 자신을 온전히 내어 놓음이다. 천상의 성인 한 분 한 분을 호칭하면서 그를 위해 하느님께 빌어달라는 간구는 정녕 망자를 위한 기도의 정점이다. 기도문을 읽는 것도 아니고 노래로 부르니, 분초를 다투며 사는 현대인들에게 한 시간 가까이 되는 시간이 지루하리만치 길게 느껴지기도 하겠으나, 내용을 음미해 보면 구구절절 더할 수 없이 아름답고 가락이 구성지다. 죽음 앞에서 탄원하는 욥기의 말씀이 새롭게 가슴을 울리고, 나을 것도 없는 자신이 부끄러워 미구에 닥칠 문제에 옷깃을 여미게 된다.

누구나 예외 없이 가야 하는 길, 번다한 일상 잠시 접고 마음만이 아니라 입으로 부르는 기도는 망자를 위한 동시에 나를 위한 것이라는 생각이 든다. 애도하는 마음으로 바칠 때 언젠가 나를 위해서도 누군가 이렇게 성심껏 마음을 모아 주겠지. 그걸 알기에 가족은 물론, 천주교 신자들은 문상을 가게 되면 당연히 연도를 바친다. 초상집에 가는 것을 연도하러 간다고 하는 것도 같은 덕목이다. 기도를 바침으로써 순치되는 상호소통의 문제가 어찌 인력으로 가능할 것인가. 슬픔도 위안이 되는 소이가 여기 있다.

　착한 분이 가시니 날씨가 이리도 좋네. 햇살이 눈부신 듯 손차양을 하며 작은어머니께서 말씀을 하셨다. 고향 마을에선 동네 사람들이 모두 나와 내 일처럼 도와주셨다. 개나리가 피었어도 눈이 내리며 연일 을씨년스럽던 날씨가 오랜만에 화창했다. 날씨도 한 부조하여 산 일 하기에 그지없이 좋았다. 먼저 가신 아버님과 합장을 하기에 매장도 쉽게 끝났다. 어떻게 일을 치를까 땅 꺼지게 걱정하던 남편도 모든 일이 순조롭게 일사천리로 진행되어 시름을 놓았다. 큰일은 여러 사람들의 마음을 모으는 일이었다. 많은 사람들의 기도와 물심양면의 도움이 고맙기 짝이 없다. 어머니께서 복을 많이 받으셨구나. 그동안 당신이 자손 위해 드린 기도의 결실 같았다. 장례 기간 내내 어머니께서 우리에게 많은 선물을 주고 가셨다는 생각을 떨칠 수가 없었다. 앙증맞게 예쁘던 빨간 버선이 한동안 눈에 밟힐 것 같다.

감자의 반란

뒷 베란다에 있는 상자를 무심코 열어보다 질겁을 하고 말았다. 거기 있는 줄도 모르고 지내다가 순간 뒷통수를 한 방 얻어맞은 꼴이었다. 지난여름에 먹다 남은 감자를 까맣게 잊고 있었는데, 이건 감자가 아니라 자주색 피복을 입힌 굵은 전선이나 철사 무더기 같았다. 겨우내 웅크리고 있다 때가 되니 싹이 돋아나 서리서리 상자를 가득 채웠는데 변신도 이만저만이 아니었다. 두루뭉수리 제멋대로 생긴 감자에서 돋아난 싹이 연두색 여린 새싹이 아니라 칙칙한 검자주색으로 삐죽삐죽 가시까지 돋아 기세 좋게 번져 서로 뒤엉켜 있었던 것이다. 만지기도 저어되는 자줏빛 싹이 오뉴월 장맛비에 무성해지는 억새풀보다도 더 억센 것 같았다. 감자 속에 숨어 있던 섬유질이 일제히 독기를 내뿜으며 뻣뻣하게 질겨졌는지 우글거리는 파충류를 보는 듯 섬뜩해지며 무서운 느낌마저 들었다. 실제로 이른 봄에 발아하는 감자의 싹은 솔라닌이라는 독소가 있어 탈이 날 수 있으니 먹을 때 조심해야 한다고 하지 않는가.

둥글둥글한 모양새에 데굴데굴 제멋대로 구르기 잘하고, 팍신팍신 단백하여 먹기에 부드럽고 만만한 감자가 이토록 무서운 면을 숨기고 있다니, 두 번 다시 들여다보고 싶지도 않았다. 식물의 모든 싹이 여리고 부드러운 것만은 아니구나. 산뜻하고 신선한 것이 아니라 혐오스럽기까지 하다니, 사물에는 이처럼 극과 극의 양면성이 있다는 사실을 처음인 듯 감탄을 한다.

사람도 극단적인 상황에 처하면 인내심이 한계에 다다라 본성이 나온다. 침착하고 예의 바른 사람이 이해관계가 따르는 곳에서나 억울한 일을 당해 몹시 화가 났을 때 의외로 이성을 잃고 난폭해지는 것을 쉽사리 볼 수 있다. 평소의 점잖은 말이나 행동과는 전혀 다른 면을 보고, 어느 쪽이 이 사람의 본성이었던가, 새삼 인격이라는 것이 의심스러워진다. 타고난 기질이 거칠고 과격하다보니 그걸 감추려고 노력하여 남의 눈에 쉬이 드러나지 않았는지 모르지만 결정적인 순간에, 나 원래 이런 작자다 어쩔래? 하는 돌출행동으로 주위 사람을 당황하게 하면 두 번 다시 그 사람과 상종하고 싶지 않다. 그래서 오랜 세월 사귀어 보지 않은 다음에는 그 사람에 대하여 어떻다고 말할 수 없는 것이다.

또한 화목하고 경제적으로 넉넉한 가정에서 자라 온순 착실하며 다감하던 사람이, 경제적으로 어려움을 겪고 삶의 신산함을 견디며 성향이 전과 판이한 사람을 흔히 만나기도 한다. 자신의 뜻과는 무관하게 힘들고 오욕스런 삶을 견디어 내며, 아니 살아남기 위하여 치열하게 싸우다 보니 오기나 독기를 품은 흔적이 얼굴에 나타난다. 그래서 얼굴을 보면 그 사람의 지나온 세월을 짐작할 수 있다. 누군들 세상을 팍팍하게 살고 싶으며 진창에 구르듯이 살기를 원할 것인가. 인생살이가 풍파 없이 지날 수 있다면야 더할 나위 없겠지만 어찌 그렇게만 살 수 있을 것이며 그 또한 진정한 삶을 살았다고 할 것인가.

문제는 어려운 현실에 부딪쳤을 때 도피할 것이 아니라 헤쳐 나갈 수 있는 지혜라 할 것이다. 만신창이가 된 스스로를 보듬어 안고 일으켜 세울 수 있는 저력이며, 끝이 보이지 않는 절망 속에서 희망의 빛을 발견할 수 있는 촉수이다. 이 세상에 단 하나 뿐인 내가 해야 할 일이 분명 있을 것이라는 자기애이며 우리의 공부는 바로 이것이어야 한다. 삶의 쓴맛 단맛을 모두 맛본 사람만이 남의 아픈 상처도 이해하고 보듬을 수 있을 것이며 인생이 그리 수월한 것이 아님을 알게 됨으로써 더욱 성숙한 인격체로 거듭 날 것이기 때문이다.

그러나 선함과 악함, 흑과 백, 부드러움과 과격함, 우아함과 천박함 …. 상반된 성격의 이중구조는 누구에게나 내재해 있다. 경우와 처지에 따라 이분되고, 반응하는 양태는 얼마든지 다를 수 있을 것이고, 누구나 이런 감정을 잘 조절하여 품위를 지키며 살고 싶은 것이 인지상정이라 할 수 있다. 내 의지대로 경영하며 살아가고 우아하게 늙어가고 싶은 인생의 품위, 생각만으로도 가슴이 뛰지 않는가.

사람이 사는 곳은 말이 통하는 사회라 할 수 있다. 내 생각과 네 의견이 일치하지 않더라도 적어도 그럴 수 있겠구나 이해해 주는 분위기와 답답한 가슴 소통 할 수 있는 한 사람이라도 있으면 된다. 상대의 말을 진지하게 들어주려는 사람만 보아도 안도하게 되는 까닭이 여기 있다. 지극히 상식적이고 보편적인 일에 벽을 느끼며 절망

할 때가 있다. 흔한 말로 상식이 통하지 않는 사람, 남의 말을 들으려 조차 않으며 말 머리를 무지르고 억지를 쓰는 사람, 자기 목소리만 높이는 사람은 외면하고 싶어지는 것이다.

내 글쓰기의 방편은 혹여, 하고 싶은 말을 하지 못하는 것에 대한 발로인지 모르겠다. 인격체로 살아가며 자신을 표현하는 방법은 다양할 것이다. 그중 가장 쉬운 방법이 글쓰기라고 생각했을까. 그것이 얼마나 겁 없고 무모한 시도이었는지 깨닫기에는 그리 오랜 시간이 걸리지 않았지만 남이 읽어줄지 알 수 없는 이야기를 이 세월까지 써오고 있는 것은 더 나은 방법을 찾지 못했기 때문이다. 누가 내 말에 진지하게 귀를 기울여 주었다면 글이란 걸 쓰지 않았을 게다. 설령 혼자 흥얼거리다 마는 노래일망정 살아가는 한 방편이라는 자기최면으로 여기까지 온 것은 아닌지 모르겠다.

어느 날, 버스를 기다리다 아는 분을 만났다. 연배도 나보다 훨씬 위이고 가까이 지낸 분은 아니지만 말은 트고 지낸 사이였다. 삶의 곡절을 많이 겪고 대전에서 살고 있다는 얘기를 풍문에 들은 일이 있다. 서울 어디에서 잘 살았으나 빚보증으로 가산은 남의 손에 다 넘어가고 사글세방을 전전하다 이제 겨우 시원찮은 집 한 칸 마련하였다는 이야기가 수십 년 세월을 넘나들며 종횡무진 오고가는 것이었다. 묻지도 않았는데 사업을 한다고 욕심을 부리다 다시 경제적으로 고통 받은 이야기를 하더니, 재물은 움켜쥐는 것이 아니라 재물에 대한 욕심을 버리는 것이고 남을 미워하는 마음조차 버리고 나니 '고통이 꿀송이더라' 하며 활짝 웃는 것이 아닌가. 화장기 없이 매끄러운 피부와 웃는 표정이 영락없이 천진한 어린아이 같았다. 얼마나 마음을 비워냈으면 어쩌다 만난 사람에게 이렇듯 스스럼없이 마음을 털어놓을 수 있는 것이며, 결코 자랑스럽다고 할 수 없는 지난날을 남의 이야기하듯 유쾌하게 할 수 있는 것일까. 사람에 따라서 고통은 넘을 수 없는 벽이 되어 자멸해 버리기도 하지만 누구는 고통이 꿀송이가 되어 스스로를 향기롭게 하는 것을 본다.

나와 말이 통하는 사람이 없다고 넋두리하는 것은 어쩌면 쉽게 말문을 트지 못하는 성격 때문인지 모르겠다. 말이 많은 사람을 기피하다보니 생긴 성향인지도 모르고, 그 편이 마음 편하기 때문인지도 모른다. 내 마음을 쉬이 열어 보이지 않으니 누가 자기의 속마음을 털어놓겠는가. 멀리 갈 것도 없이 문제는 내 안에 있을 것이라 여겨진다.

감자 더미를 버리려고 마대자루에 우겨 넣노라니, 투툭, 한겨울 불쏘시개로 쓰던 삭정이 부러지는 소리가 난다. 더러는 고집스런 아이처럼 뻗대다가 휘어진다. 참다못해 터져 나온 함성 같기도 하고 무관심에 대한 반란 같기도 하다. 나 감자였다 어쩔래? 제자리를 찾지 못해 엉뚱한 곳에서 똬리 튼 정체들이 시위라도 하듯 팽팽해진다. 칠칠치 못하고 게으른 낙제 주부 본색이 드러났지, 약이라도 올리듯 기세가 등등하다.

콩국수

한낮의 햇살이 한결 수굿해지고 스치는 바람이 순해졌다. 어기차게 뻗쳐오르던 가로수도 잠시 멈칫 하고 서 있는 것 같다. 지루하게 계속되던 늦장마가 갠 하늘이 투명하고, 오가는 사람들의 표정 또한 차분해진 것 같기도 하다. 모처럼 바쁠 것 없이 걷노라니 보이는 풍정 모두가 마음을 선선하게 한다.

길모퉁이를 돌아서려는데 서 있는 깃발 하나가 눈길을 끈다. 파란색 천에 '국산 콩으로 만든 콩국수'라고 커다란 글씨로 써서 내 키만큼의 높이로 세워 놓은 간판이다. 반갑기도 하고 이제야 눈에 띄었다는 것이 이상하였다. 늘 번화한 거리를 오고가면서 즐비한 것이 음식점이고, 그 사이사이 이따금씩 보이는 것이 콩국수 간판인데, 어쩌면 여름이 다 가도록 그 간판을 보지도 못하고 콩국수를 생각조차 못하였는지 모를 일이다. 여름 내내 콩국수를 한번도 먹어보지 못하고 여름을 났다는 것이, 모두들 알고 있는 일을 나만 모르고 있었다는 것을 알았을 때처럼 서운했다. 그만큼 마음의 여유가 없이 세월에 휘둘리듯 살고 있다는 느낌이 들어 공연히 쓸쓸해지는 기분이었다.

별나게 맛있는 음식을 찾아다니거나 계절에 맞게 음식을 선호하는 미식가는 아니지만, 콩국수를 좋아해서 여름철이면 한 두 차례씩 만들어 먹거나 사먹으며 여름을 지낸다. 그것은 봄이면 햇쑥 파릇하게 버무린 쑥버무리라든지 가을이면 무채 넣어 쪄낸 무시루떡, 동지가 돌아오면 새알 넣은 팥죽 따위로 계절에 맞게 음식을 해주시던 어머니로부터 비롯된 식습관이며 어려서부터 길들여진 손맛, 입맛 때문인지도 모른다. 휘장을 쳐 놓은 듯 커다란 그 간판을 보자 불현듯 콩국의 고소하고 담백한 맛이 입맛을 돋우며 통통하고 쫄깃한 면발의 구수함이 입안에 가득해지는 기분이다. 노르스름한 콩국물의 톱톱한 향이 내 어린 시절의 정경을 불러오고, 아이와 함께 했던 어느 해 여름이 은밀한 추억처럼 떠오른다.

무더위가 한창 기승을 부릴 무렵이면 어머니는 알이 작고 노란 조선콩을 물에 담그셨다. 콩나물을 길러 먹는 나물 콩보다는 조금 큰 것인데 우리가 흔히 재래종이라고 말하는 우리 콩을 어머니는 그렇게 부르셨다. 크고 실해 보이는 푸성귀에도 일본을 상징하는 '왜' 자를 붙여 조선오이, 왜오이. 조선호박, 왜호박. 조선가지, 왜가지. 이런 식으로 우리 땅에서 자란 토종 농산물을 구분하여 불렀는데 아마도 일제시대를 살아온 어머니 세대의 선별방법이었던 것 같다. 우리 종자의 농산물과 일본 사람들이 씨앗을 가져와 우리 땅에서 기른 것들과는 크기가 다르듯이 맛이 달랐다. '조선'이라는 말이 붙은 야채나 곡물은 작고 볼품없을지라도 맛과 향이 은근하고, '왜'라는 말이 붙은 작물은 크고 실하지만 어쩐지 싱겁고 야무진 맛이 덜했다.

콩이 다 불으면 콩을 삶아 헹구어 맷돌에 갈았다. 어머니와 함께 마주 앉아 맷돌을 돌린다. 어머니는 국자로 연신 맷돌 아구리에 콩을 퍼 담고 걸쭉한 콩물이 나무 쳇다리 밑으로 흘러내리면, 고운체에 받혀서 콩물을 만드셨다. 그리고 밀가루를 반죽하여 쟁반 만하게 밀은 다음 멍석처럼 둘둘 말아 가지런히 썰어 놓았다. 끓는 물에 금방 흐트러질 것일망정 소반에 보기 좋게 담아 놓으셨다. 여러 식구가 먹는 국수의 양이 얼마나 많고, 무더운 날씨에 화덕에 불을 지펴 국수를 삶아 낸다는 것이 얼마나 힘들고 번거로운 일이었을까. 손님이나 식구들은 어머니 덕분에 한 여름의 이 별미를 즐겼고, 어머니는 힘들어하지 않고 여름이면 몇 차례씩 이 일을 즐거이 하셨던 것 같다. 두레상에 둘러앉아 웃고 떠들며 더러는 시끄럽다고 아버지한테 꾸중도 들어가며 와자하게 먹던 콩국수의 시원스런 고소함이 어제련 듯 떠오른다. 그런 일이 힘들고 짜증나는 일이 결코 아님을, 신바람 나고 즐거운 일임을 나도 아이를 낳아 기르며 알게 되었다.

그 해에는 여름이 일찍 돌아와 초여름인데도 날씨가 몹시 무더웠다. 우리 집 막내 요한이가 초등학교에 입학하고 맞는 첫여름이다. 어리기만 하던 녀석이 학교에 다니는 것이 대견하고 기특하여 돌아올 시간을 기다리곤 하였다. 문 밖에서부터 엄마! 하고 외치며 구르다시피 들어서던 아이의 얼굴은 빨갛게 익어 있었고 이마에는 땀방울이 송골송골 맺혀 있었다. 학교에서 있었던 일이 그저 신기하고 재미있는지 참새처럼 종알거리면 그랬구나, 나도 신이 나서 맞장구를 쳤다.

그 때쯤이다. 아이가 올 때를 가늠하여 콩을 불리고 삶아 믹서에 갈아 콩물을 만들어 냉장고에 넣어두고, 방망이로 밀어서 국수를 만들었다. 기계로 뽑아서 파는 소면을 사서 먹을 수도 있었지만 꼭 그렇게 어머니가 하셨던 것처럼 반죽을 하고 칼로 가지런히 썰어놓았다. 밀가루를 손으로 꼭꼭 누르며 반죽을 하면 끈기가 생기어 국수가 더 쫄깃하고 맛이 있었다.

"국수도 엄마가 만들었어?"

"그럼."

"야! 우리 엄마는 국수 기술자다. 정말 맛있다."

아이는 무엇인지 모르지만 손으로 만든 국수의 은근한 맛을 아는 것도 같았다.

도회지 한가운데 그 흔한 매미소리조차 들리지 않는 아파트 13층 한낮의 적요寂寥 속에서 어린 아들과 마주 앉아 먹는 콩국수의 맛이 더할 수 없이 좋았다. 볼우물 만들며 소담스레 콩국수를 먹던 아이의 모습이 보기 좋았다. 젖무덤 두 손으로 감싸 쥐고 엄마와 눈 맞추며 젖 빨던 아기 적 모습 그대로였다. 생글생글 눈이 먼저 웃던 아이의 얼굴에선 잘 익은 홍시 냄새가 났다. 더러는 새로 사귄 친구라며 데려오기도 하고 우리 엄마는 솜씨가 좋다고 자랑삼아 말하던 아이하고의 시간이 오붓하고 즐거웠다. 귀찮고 번거롭다는 생각이 전혀 들지 않았다.

산뜻하고 맛있는 음식, 자극적이고 새로운 음식이 넘쳐나는 세상에 다소 촌스런 느낌의 콩국수가 생뚱맞게 떠오르며 가슴을 아릿하게 한다. 이제는 내가 어머니께 콩국수를 만들어 드리고 싶어도 먼 길 떠나신 지 오래고, 아이 또한 제 갈 길로 가기 바빠 귀가 시간이 늦어지고, 눈 뜨면 일터로 나가야하는 나는 아이가 들어오기 전에 잠자리에 들기 일쑤이다.

　누구를 탓하랴. 돌이킬 수 없는 세월이 야속스러워 올려다 본 하늘이 한결 깊고 푸른 것 같다. 푸른 하늘 그 언저리 그리운 얼굴 눈물처럼 고여 있다.

내 마음의 풍경소리

밤새 눈이 내렸습니다.

아파트 마당가에 있는 나무들이 모두 눈꽃을 피웠습니다. 잎도 없이 피운 꽃은 나뭇가지에 다닥다닥 붙여 놓은 팝콘처럼 화사하였습니다. 숟가락질 겨우 배운 아이 입가에 붙어있는 밥풀 같았습니다. 호르르 불면 날아갈 듯싶은 솜사탕 같았지요. 윤기 흐르는 연둣빛 잎을 틔울 때나, 바람결에 하르르 분홍 꽃잎을 날릴 때나, 황자줏빛 단풍이 들었을 때나 마찬가지로 눈꽃은 아름답기 그지없습니다. 한 나무가 연출하는 풍경이 이렇듯 계절에 따라 달라지니 얼마나 즐거운 일인지요. 찬바람 불고 황량한 도시의 골목에도 자연은 꽃을 피워 놓아 우리 마음을 풍성하게 하여 줍니다.

언젠가 시골에서 며칠 머문 적이 있습니다. 새벽 공기가 쨍! 유리라도 깨뜨릴 듯 차고 매서운데 그 속을 걷는 것이 좋았습니다. 들판을 가로질러와 쌩, 휘몰아치는 신새벽의 칼바람은 얼굴을 빨갛게 달구어 놓았지만 그럴수록 오롯해지는 정신에 쾌감을 느꼈습니다. 육신도 가끔은 꽁꽁 얼려야 한다는 말도 떠올랐습니다. 얼릴수록 내성이 생긴다는 말이겠지요. 정신이 해이해질 때 등짝을 후려치는 죽비가 있다던데 그걸 맞으면 이와 같을까요. 화들짝 정신이 들었습니다. 서릿발 서걱대는 밭두렁 논두렁을 거닐며 내 정신도 하얗게 날이 서는 것 같았습니다. 나태와 안일, 지리멸렬한 일상에서 일탈하려는 몸부림이라 해도 좋았습니다. 가슴 밑바닥에서 용솟음치는 지적 욕구라 할 수도 있고 정신의 수련이라 할 수도 있겠습니다. 논바닥에 있는 벼 그루터기에서 쏟아놓은 낟알만큼이라도 무엇이든지 쏟아 놓으리라는 정신의 수확을 생각하였습니다. 그것이 무엇일까, 적어도 허황된 생각은 아니었습니다. 갈기 세우고 서슬 푸르게 달려드는 바람만큼이나 자꾸만 가슴이 벅차올랐습니다.

동녘이 어슴푸레해지더니 금세 해가 둥실 떠올랐습니다. 사방이 산으로 둘러싸인 산마을의 해는 성급하였습니다. 산길을 내려오는데 나무 아래 누군가 일부러 그렇게 놓은 것처럼 고욤이 소복이 떨어져 있었습니다. 앙상한 나뭇가지는 시린 손 비비며 하늘을 우러르고, 하얀 서리 위에 떨어진 검자줏빛 분명한 고욤 알맹이들이 참으로 신선하였습니다. 한꺼번에 떨어진 것이 아니라 분명 시차를 두고 떨어졌을 텐데 고스란히 그대로 있는 것이 신기합니다. 누구의 손길도, 날짐승들의 부리도 타지 않은 고욤알들이 그 겨울 서리 위에 시를 쓰고 있었다는 생각이 들었습니다. 오뉴월의 푸른 숲도, 칠팔월의 작열하는 태양의 열기도 스러진, 인적 없는 산길에 저 혼자 붉어 저 혼자 떨어진 고욤알들이 혼자 왔다 혼자 가는 우리네 인생과 무엇이 다르다 하겠습니까. 늦은 밤 서울 역 지하도를 지나다 본 노숙자들의 오소소한 모습과 다름없었습니다.

쪼글쪼글 마르긴 하였어도 하나를 집어 입에 넣으니 새콤달콤한 고염의 풍미는 그대로입니다. 어려서 방학 때 할머니 댁에 가면 기다렸다는 듯 오지항아리에 쟁여 놓았던 고염을 사발 가득 퍼다 주시던 그 맛에 비할 수야 없지만 깊은 맛이 은근합니다. 살아오며 잊혀진 맛이 어디 한둘이랴만 오래 전에 잃어버린 맛이 입안을 환하게 합니다. 예닐곱 가구에 불과한 삼태기 모양의 산마을이 활짝 깨어나 눈부시게 하던 그 아침을 잊을 수가 없습니다.

친지 몇이서 대청댐에 갔습니다. 댐 상류 전망대에는 추위에 아랑곳없이 나들이 나온 사람들이 더러 눈에 띄었습니다. 바람이 부는지 출렁이는 물결이 이랑을 만들며 반짝이고, 마침 청청한 하늘가로 기러기 떼 행렬이 지나가고 있었습니다. 수십 마리가 한 마리인 양 질서 있게 열을 지어 북쪽으로 날아가는 모습은 장관이었습니다.

"야, 저것만 봐도 우린 여기 온 보람이 있다." 일행 중 한 사람이 기분 좋은 듯 말했습니다. 그러자 "저거 한 마리 잡아다 구워먹었으면 좋겠다." 다른 한 사람이 오물 쏟아 붓는 소리를 하였습니다. "내가 저런 사람하고 산다우." 또 한 사람이 비감 어린 목소리로 말했고 우린 모두 한바탕 웃었습니다. 몸에 좋다면 이것저것 가리지 않고 먹어대던 사회 분위기와 특히 날짐승이 몸 어디에 좋다는 말들이 출처 없이 돌아다니던 때이기도 하였습니다. 한 가지 사실을 놓고 생각하는 방향이 이렇게 다를 수도 있음을 확인하였습니다. 또한 그 말을 한 사람도 진심은 아니고 우스갯소리로 한 것일지도 모르겠다고 생각이 미칩니다.

"일본 사람이 노벨문학상을 탔네." 성탄절 성가 연습이 끝나고 돌아가려 할 때 그가 불쑥 내민 책은 그해 노벨문학상을 탄 가와바다 야스나리라는 일본 작가가 쓴 소설 '설국雪國'이었습니다. 긴 편지가 들어 있었는데도, 이걸 왜 나에게 주었을까. 그게 몹시 궁금하고 남학생으로부터 책을 선물 받았다는 것이 무슨 잘못이라도 되는 양 마음이 편치 않았던 나는 그 책을 돌려주고야 말았습니다. 호의조차 받아들이지 못하고 매정하게 뿌리친 마음이 수십 년이 지난 이제야 미안해지는 연유는 무엇일까요. '국경의 긴 터널을 빠져나오면 설국이었다.'로 시작되는 그 소설은 엄청나게 눈이 많이 내리는 지방에서 있었던 사랑이야기입니다. 지금은 이름도 잊어버리고 얼굴도 기억나지 않는 그가, 무릎까지 빠지도록 엄청나게 눈이 많이 내린 그해 겨울이 감미로운 추억처럼 떠오르고 젊은 날의 미망이 부끄러워지는 것입니다.

나이 들어가는 일은 추억을 먹는 일이라고 합니다. 더 많이 먹기 위하여 더 많은 추억거리를 만들어야 한다면 웃으시겠습니까. 그칠 줄 모르고 하염없이 내리는 눈을 바라보는 일은 지난 세월에 대한 시간 여행이라 하겠습니다. 여행은 늘 우리를 설레고 행복하게 합니다. 생경스런 모습으로 당황하게도 합니다.

인적 끊긴 겨울 산사, 심심하다 못해 저 혼자 울리는 풍경소리처럼 내 마음에서도 생각난 듯 그렇게 풍경이 울리고 있습니다. 겨울이 깊어가고 있습니다.

호리병

　우리 집 거실 장식장에는 호리병이 하나 있다.

　이것은 도공이 심혈을 기울여 빚은 신비의 색을 지닌 청자나, 우아한 아름다움의 극치라는 백자도 아니고, 현대적 문양을 넣은 도자기는 더더욱 아니기에 집안을 장식하기에 뭐 그리 대단한 것도 아닌, 투박한 손으로 아무 흙으로나 빚어서 구운 듯 싶은 검은 색의 오지그릇이다. 병목은 좁고 주둥이가 넓적하며 몸체가 동그란 이것은 동동주가 한 되쯤 들어가겠는데 옛 농가에서 서민들이 쓰던 술병이다.

　지난 가을, 고향 집을 지키며 사시는 친정 작은어머님 댁에 갔다가, 항아리가 올망졸망 앉아 있는 장독대에 숨어있듯 물구나무 서 있는 것을 발견하고 얻어 온 것이다. 세제로 잘 닦아 놓으니 아담한 키에 질박한 모습이 마음에 들었고, 달리 놓을 곳이 마땅치 않기에 장식장에 올려놓았었다. 요새같이 가볍고 값싼 주전자나 편리한 병이 많아진 세상에 무겁고 깨지기 쉬운 이 술병은 기실 소용가치조차 없어진 무용지물일지 모른다.

그러나 예전에는 농사철, 모를 찔 때나 모내기와 김을 맬 때, 또 추수를 할 때 여인들이 광주리에 밥을 담아 머리에 이고 들로 나갈 때 술이 채워져 나들이 떠나듯 함께 떠났을 것이다. 그리곤 활활 달아오르던 뙤약볕의 무더위와 입에서 단내가 나도록 힘든 노역에서 벗어난 남정네들이 잠시 쉴 때, 이 병의 술은 그들의 갈증을 풀어 주었을 것이다. 그것은 힘든 순간에 하나의 구원이었고 재충전의 윤활유였는지 모른다. 또한 주체할 수 없으리만치 큰 기쁨일 때 남정네들은 흠뻑 취기에 젖어 천하를 얻은 듯한 호기를 부렸을 게다. 술의 맛을 모르는 내가 어찌 술을 말할까마는 예나 지금이나 이렇듯 술은 서민들과 희로애락을 함께 하였으리라.

이 호리병의 짧고 좁은 목에선 흥겨움의 노랫가락이 솔솔 흘러나올 듯싶고, 어두운 밑바닥에는 술 찌꺼기 앙금으로 가라앉듯 아직도 못다 푼 회한이 똬리를 틀고 앉아 있을 것만 같다.

머리칼 같은 짙은 갈색 빛의 투박한 질감과 번쩍이지 않는 윤기. 그건 어쩌면 비단옷이 아닌 검정 물감 들인 무명 두루마기 입고 휘적휘적 마을 어귀를 돌아 나가시던 우리 할아버지 모습이기도 하다. 진짓상에 늘 반주를 곁들여 드시면서도 한 번도 취하거나 흐트러진 모습을 보여주지 않고 부지런히 일만 하시던 할아버지. 아침, 저녁 지루하리만치 오래도록 신공(기도)을 드리시던 분. 검은 빛이 주는 시각적인 중량감과 안정감 때문일까. 어쩌면 이 병을 가장 많이 애용하셨으리라는 추측 때문일까. 과묵하셔서 어렵기에 불편하기까지 하던 분. 그러나 은근한 사랑을 느끼게 해주시던 할아버지 모습이 떠오르는 것이다.

가만히 들여다보노라면, 이 호리병에선 청솔가지 타들어가는 매캐한 연기 냄새가 배어 있고, 겨울 새벽녘 탁! 탁! 뒤란에서 장작 패시던 할아버지의 가쁜 숨소리가 들어 있다. 이른 봄 잔설 속에 고개 내밀던 봄나물의 성급함이 숨어 있고 산골짜기를 감아 흐르던 물안개의 부드러움이 묻어 있다. 가을 저녁 어스름, 어미 찾는 송아지의 안타까운 음매 소리와 가마솥에서 설설 여물죽 끓는 냄새가 스며 있다. 아궁이 앞에서 입가에 숯 검댕이 묻혀가며 감자 구워 먹던 아! 이 호리병 속엔 가슴 저리도록 그리운 내 고향 마을이 숨어 있었다.

구울 때 실수였는지 문양을 놓다 일부러 그랬는지 오짓물이 채 발라지지 않은 몸통 위 부분이 붉은 빛을 띠고 있다. 그걸 보면 꼭 무늬 놓은 것처럼 아름답기도 하고 슬며시 미소가 번지기도 한다. 오지그릇 하나에도 무늬를 놓아 보려는 옹기장이 나름대로의 미적 감각에서였는지, 실수였는지 순수한 심성 그대로인 것 같아 오히려 정겹다.

그리고 지나온 우리의 역사가 그렇기 때문일까. 옛분들의 삶이 고단해서일까. 이 호리병 뿐만 아니라 옛날 서민들이 쓰던 물건에서는 가난과 인고의 세월이 배어 있고 체념과 달관의 세월이 응집되어 있는 것 같다. 그래서 희귀의 서화나, 고가高價의 옛 가구, 진귀한 골동품이 아니더라도 옛 사람들이 쓰던 손때 묻은 물건 한 두 개쯤 곁에 두고 살고 싶다.

이재理財로서의 가치를 떠나서 고서古書나 자그마한 목기나 놋그릇들이 주는 의미, 오랜 세월 지나온 소품들이 은밀히 전해주는 옛분들의 인고의 세월, 달관의 세월 그 잔잔한 의미를 깨닫고 싶다. 그것들이 풍기는 세월의 흔적은 부담감 없는 친구를 대하듯 친근감이 있고, 유머 있고 마음 너그러운, 그래서 편안한 어른을 마주하고 있는 것 같기도 하다. 그러기에 우리 집 아이들에게도 생활 속에서 옛 물건들이 눈에 띄지 않게 자아내는 은은한 분위기나 모과 향같이 소박한 향취 같은 것을 느끼게 해주고 싶기 때문이다.

주위에 보이는 것 모두가 차가운 금속성과 살벌한 시멘트의 회색 공간뿐이어서 눈길 하나 줄 곳 없어 공허한 바람이 가슴 한 자락 훑고 지나 갈 때, 옛 물건들은 뜻밖에도 이렇듯 새로운 감흥과 정서를 우리에게 안겨 줄지도 모른다.

우리 것을 전승한다는 거창한 명제가 아니더라도, 편리한 생활만 쫓다가 자칫 귀중한 것을 잃어버리고 사는 우리들에게, 손때 묻은 물건들은 향수를 불러일으키고 정신적으로 자그마한 위안이 되겠기에 말이다. 그래서 설령 값어치 나가는 것이 아니라 해도, 당신들이 쓰던 물건 하나라도 의미를 부여해서 자손들에게 물려주려는 품격을 지닌 어른을 뵈면 존경스럽고 부럽기조차 하다.

나 혼자만 살다 끝나버리면 그만인 삶 같지만, 실상 유한한 삶 속에서 무한의 삶이 공존함을 이런 작은 물건에서 깨닫게 되는 것은 아닐까. 지금 이 순간 참으로 보잘 것 없는 호리병 하나가 더욱 귀하게 느껴져 온다.

물꼬

    회색빛 하늘이 낮게 내려앉은 우기雨期에 접어들자, 깃을 접고 둥우리에 들어앉은 날짐승처럼 집에 들어앉았다. 날씨만큼이나 마음도 가라앉는다. 이런 때는 차분히 앉아 잔잔한 감동과 여운을 주는 글을 쓰고 싶지만, 마음뿐임을 잘 안다. 참신한 생각이 떠올랐을 때, 그대로 이어져 글이 된다면 얼마나 좋을까.

    그러나 좋은 글감이구나 생각하고 펜을 들어도 서두부터 막막한 기분을 떨칠 수가 없다. 재능이 문제인지 서두는 늘 어렵다. 처음 글을 어떻게 시작하느냐에 따라 글의 향방은 물론 내용이 달라지기 때문이다. 담박에 써내려가서 머리 끄덕여줄 만한 글을 쓴다는 것이 어디 그리 쉬운 일인가, 답답하고 안타깝기 짝이 없는 노릇이다.

    유난히 힘이 들 때가 있다. 방안을 서성이며 생각을 고르노라면, 멋없는 사내 혼자서 저만치 앞장 서 가듯 야속스레 시간만 흐르고 있다. 이런 때 마감이 임박한 원고를 써야 한다면 입맛까지 잃고 가슴만 바작바작 타들어 간다. 이쯤 되면 승패 없는 싸움이다. 후회해도 소용없는, 외롭고 처절한 절애가 있을 뿐이다. 누가 나에게 이걸 하라고 강요했던가. 강요한다 한들 이 또한 할 것인가. 밑도 끝도 없는 질문에 스스로 답을 하며 부심을 한다.

언젠가 며칠째 원고지만 붙들고 앉아 있는 내가 딱해 보였던지, 한심했던지 남편이 한 마디 했다.

"밑천 떨어졌어?"

그 말의 뉘앙스가 농담 같기도 하고 어찌 들으면 야유 같기도 하여 한 대 얻어맞는 기분이었다. 내색은 하지 않았지만 발끈 화도 났다. 내 글을 보고 남편은 이게 수필이냐고 기죽여 놓기도 했고, 더러는 그만하면 괜찮다고 용기를 주기도 했었다. 그러나 그날 그 말은 예사로이 들리지 않았다. 보이고 싶지 않은 치부를 드러낸 기분이랄까, 스스로 너무도 잘 아는 허점을 들킨 심정이었다. 묘한 느낌은 쉬이 가시지 않았다. 남편 말마따나 내 알량한 밑천이 다 드러났는지도, 아니, 처음부터 밑천도 들이지 않고 무슨 수를 보려 하거나 자만심과 허영기까지 부추겨 여기까지 온 것인지도 모른다는 생각이 들었다. 그리고 새삼 글을 쓰는 사람의 밑천을 생각해보았다.

독서로 인한 지식의 축적과 심도 있는 사고력, 지성에의 통찰과 체험의 산물일 수도 있을 것이다. 그 직접 간접의 체험 안에서 생각을 걸러내어 삭혀서 얼마나 많은 글의 정수를 찾아내야 하는가. 여지껏 회피하고 싶었던 갖가지 상념들이 한번 따져보자는 듯이 꼬리를 물고 이어졌다.

내게 있어서 글을 쓴다는 것은 자연이나 사물에 대한 느낌의 표현이고, 생활 속에서 일고 잦는 이야기를 모아 놓는 것이다. 새로운 것을 보았을 때 마음에 와 닿는 미세한 떨림이나 가슴 두근거림은 무언가를 쓰게 하는 동기가 되었다. 함께 어우러져 살아가는 내 주위 사람들에게서 따뜻한 마음들을 만났을 때 표현 욕구를 자극 받기도 하였다. 머리보다 가슴으로 글을 쓴다는 말이 맞는지 모르지만 남에게 공감을 주기 이전에 내 쪽에서 그것이 편했고 수월했다.

그러나 마음이 조급하거나 편치 않아서는 한 줄도 써지지 않았다. 아무 꺼리 낄 것 없는 편안함 속에서 키워온 생각을 써내려가다 보면 마음이 흐르듯 글이 이어지기도 하였다. 이러한 느낌이나 여유가 없어 글을 쓰지 못한다는 것은, 그만큼 내 생활이 감동이 없고 실속 없이 번다한 생활이라는 반증이기도 했다. 현실에 대한 직시와 비판의 결여도 커다란 맹점임을 안다. 나에게는 그 모두가 역부족임을 실로 인정하지 않을 수 없었다. 좋은 글을 쓰기는 고사하고 떠오른 상념의 실마리조차 찾지 못해 고심하는 꼴이 한심하기 짝이 없었다. 퍼내도 퍼내도 계속 흘러넘치는 감성의 범람. 끊임없이 솟아나는 지성에의 갈구. 펜만 들면 면면히 이어지는 사념의 줄기. 그 어느 것도 마뜩찮은 스스로의 자괴지심에 누가 보는 양 얼굴이 붉어지고 있었다. 그래서 쓴다는 일은 갚을 길 없는 채무만 같다. 어찌해 볼 도리 없는 막막함이다.

나는 펜을 놓고 일어섰다. 원고지만 끌어안고 있는다고 글이 써지는 것이 아님을 왜 모르랴. 차라리 몸을 움직여 일을 하면서 허심의 말미를 가질 일이다. 바닥난 심전에 서정의 샘물이 고이기를 기다릴 일이다.

빨래나 다림질을 하거나 바느질을 한다. 손으로 하는 집안일을 하면서 정신을 분산시킨다. 그러다 어느 날, 가슴을 치는 충동 하나 펜을 들게 해서 단숨에 써내려가게 하는 날도 있으리. 쓰지 않고는 견딜 수 없는 문학에의 열정 분수처럼 뿜어나게 하는 순간도 있으리. 뭇사람들의 박수갈채가 아니더라도 혼자 부르며 흥겨워지는 노래처럼 자기도취에 빠지기도 하리.

자신을 온통 드러내야 하는 자기 고백적인 수필이 때론 부끄럽고, 회의가 일기도 하지만, 자신을 올곧게 지키며 살아가는 한 방법으로 여겨지기도 한다. 삶에 대한 절실함만이 아니더라도 우리는 살아가는 것처럼 감동을 주는 글 한 편 쓰지 못하더라도 쓴다는 일에 위안을 삼고 싶다. 자기만족이나 구원까지는 아니더라도 마음이 흐를 수 있는 통로가 되기 때문이다. 가슴에 쌓인 것이 많은 사람이 글을 쓴다고 했던가. 하면 글을 쓰는 일은 마음을 흐르게 하는 일이라 할 수 있겠다.

물이 흐르는 동안 자정작용을 계속 하듯 씀으로써 사고하며 살아가는 내 삶의 물줄기도 정화작용을 할지 모른다. 그 물줄기에 비추이는 마음이 부끄럽지 않기 위하여 내밀한 불면의 밤을 또 밝혀야 할까보다.

끊임없이 생성하고 소멸하는 내 사고력의 한계, 그 밑천을 생각하며 원고지 네모 칸 그 막막한 허무를 사랑하고 싶다.

매듭짓기

더위가 한층 성깃해진 늦여름, 뜻밖에도 시고모님께서 모시옷을 한 벌 지어 우편으로 보내셨다. 흰색 통치마에 길이가 좀 긴 연보라색 저고리의 생활한복이다. 우선 색깔이 산뜻하고 시원해보여 마음에 들었다.

지난 번 시골에서 뵈었을 때 모시적삼을 입고 계셔서, 깨끗하고 시원하여 여름옷으로는 모시옷이 그만이더라고 얘기하였더니 기억하였다가 만드신 것 같았다. 이 옷을 입기에는 철이 지났으니 아무래도 내년에나 입어야 할까보다 생각하며 저고리 소매를 펼쳐보았다. 곱솔로 박아 지은 적삼에 고름 대신 달아 놓은 은행알 크기의 앙증맞은 매듭단추가 눈길을 끈다. 같은 천으로 만든 것이 나란히 두 개 달려 있는데 풀을 먹였는지 딱딱해서 영락없이 동그란 단추 모양새다. 끈목이 어긋어긋하게 매듭지어진 단추가 옷을 한결 돋보이게 한다.

시고모님께서는 솜씨가 좋아 젊었을 때에는 삯바느질을 하셨고 지금도 가끔 소일거리로 바느질 하신다는 소리를 들었지만, 칠순이 넘은 노인이 돋보기 쓰고 앉아 옷을 지었을 것을 생각하니 미안하고 고마운 마음이 들었다. 그런데 단추 맺는 방법을 잊었다고 하시더니 다시 배웠는지 맺음새가 단아하다.

언젠가 시댁 식구들이 모여 얘기를 나눌 때 여자 어른들은 예전에 다들 단추매듭을 지을 줄 알았는데 지금은 잊어버렸다고 한 마디씩 하셨다. 그때 작은어머니만 소싯적에 익힌 것을 아직까지 소상히 기억하고 계셨다. 시누이들과 나는 신기하고 재미있어서 그걸 배우려고 비닐 끈이나 헝겊 끈을 하나씩 들고 작은어머니 둘레에 모여들었다. 끈목을 손바닥이나 무릎 위에 놓고 대여섯 번씩 되풀이하여 순서를 배우고는 혼자 매듭을 지었다 풀었다 매듭짓기에 골몰했다. 처음엔 어설프고 엉성하던 것이 차츰 모양새를 잡아가서 잘 여문 곡식알처럼 야무져 보였다. 예쁘고 개성적인 단추가 지천인 세상이고 한복도 자주 입는 옷이 아니기에 별 소용없는 일이긴 하지만, 한 여름 흰 모시적삼에 꽃심처럼 박혀 있는 매듭단추가 아름다워 언젠가는 한 번 배워 보고 싶었다.

곁에서 보고 계시던 고모님이 작은어머니께 그걸 어찌 여태 기억하고 있느냐고 물으셨다.

"형님, 단추매듭 짓는 거 잊어버리면 죽게 된대요."

그래서 잊어 버릴까봐 가끔 혼자서 끈으로 매듭을 지어본다고 하며 웃으신다. 처음엔 그 말이 무슨 뜻인가 의아해 했는데 생각해보니 참으로 의미있는 말이었다.

과연 그랬다. 지금까지 맥을 이어오는 여인들의 솜씨는 바로 그

잊어버릴까봐 혼자서 반복해 보는 데서 정확할 수 있었고, 잊기 전에 누군가에게 알려주었기에 그대로 대물림 될 수 있었다. 그런 마음들이 의식의 저변에 흐르고 있었기에 음식 솜씨나 바느질, 매듭, 수놓는 솜씨들이 고스란히 전수되어 왔다. 죽음과 연관 지어서까지 기억하려고 애쓰는 여인들만의 어떤 필연성이라 할까. 이런 작은 것에 대한 섬세한 마음들이 전통을 지키고 역사를 이어가는 것이라는 생각이 들었다.

의복을 손수 지어 입으며 살았던 시대에 옷 여밈은 필요했기에 고리나 끈을 매달아 보기도 하고, 이리저리 궁리해보다가 실용성과 미감을 고려해서 매듭을 지어 보았을 것이다. 그래서 단추매듭 짓기는 생활의 한 부분이라 할 수 있다. 그것을 잊어버린다는 것은 생활의 일부를 잊어버리는 것이고, 그만큼 기억력이 떨어진다는 것은 곧 생의 쇠퇴를 의미했는지 모른다. 그건 희미해져가는 기억력과 자신의 삶에 대한 무언의 확인 작업이라고 할 수 있다. 기억력 상실은 바로 죽음에 대한 예고로 생각되었던 것이다. 잊어버릴까봐 아이들 손장난 같은 매듭짓기를 혼자서 해본다는 작은어머니의 말씀은 매우 뜻이 깊었다.

"나도 갈 때가 다 되었구먼."

고모님도 따라 웃으며 말씀하셨다. 두 분에게서 은근하고 끈기 있게 이어져오는 우리네 삶의 모습, 한국 여인의 전형을 본다.

실을 얼기설기 엮어서 만드는 콩알 만한 매듭 하나가 모처럼 나에게 손으로 만드는 즐거움을 주고 생각을 키운다. 배워 익혔다 해도 쓰지 않으면 잊어버리기 마련이다. 집에 오자 나는 잊어버릴세라 백지에 엮는 방법을 그려놓고 설명을 덧붙여놓았다. 언젠가 잊어버릴 때를 대비해서—.

두 가닥의 긴 실로 엮어나가는 매듭은 시작의 설레임인 동시에 끝맺음의 안도와 완성에의 아름다움이다. 매듭에는 오색의 실로 무늬 놓아 집안 장식이나 여인의 장신구인 노리개로 쓰는 영구성의 매듭이 있고, 짐을 싸느라 묶었던 매듭을 가위로 잘라버리며 짐을 푸는 일회성의 매듭도 있다. 신랑 집에서 신부 집에 보내던 사주단자四柱單子를 싸던 청실홍실의 매듭은 백년가약의 상징이다. 그러기에 두 사람이 서로 만나 엮어나가는 결혼 생활은 또 다른 매듭짓기라 할 수 있을 것이다.

친정 쪽으로 당숙모되는 시고모님은 남편과 내가 만날 수 있도록 주선을 해준 분이기도 하다. 나의 무엇이 당신 조카와 어울릴 것이라고 생각하였는지 어느 해 늦여름 조카를 뒤세우고 우리 집에 오셨다. 그 젊은이와 친정집 안방에서 포도를 먹으며 소위 맞선이라는 것을 보았다. 얼굴이 가무잡잡하고 체격이 왜소해 보이는 그가 썩 마음에 들지는 않았지만, 씩 웃는 얼굴이 순박해 보이는 인상이었다. 후에 느낌을 묻길래 그대로 말하였더니 시고모님은,

"걔가 요새 학교에서 운동회 연습하느라 그리 새카맣게 됐겨."

하고 둘러치며 웃으셨다. 그의 얼굴이야 운동회와 상관없는 겨울에도 여전했지만 나는 그와 연이 닿았는지 이듬해 결혼을 했다. 그러나 순박해 보이던 첫인상과는 달리 그는 급하고 강한 성격으로 내게 버거운 상대였다. 기대와 설렘으로 시작한 결혼생활은 실망과 후회가 더 많았다. 정반대의 성격은 늘 부딪히며 상처받기 일쑤였고 턱없

이 억울하기만 했다. 산다는 게 이게 아니지 싶은 순간들이 얼마나 많았던가. 그러나 그것이 서로를 맞추어 가는 삶의 한 과정이었음을 삼십 년 가까이 살아온 이제야 깨닫는다. 내가 다른 누구와 살았다 해도 지금보다 더 잘 살았으리라는 확신이 없고, 성격상의 그런 마찰이 아니라면 또 다른 문제에 힘들어 했을지도 모를 일이다.

생각해보면 부부의 관계보다 더 소중하고 질긴 인연의 매듭이 어디 있으랴. 티격태격하는 사이에도 세월은 흐르고, 그 끈끈한 매듭 사이에서 아이들은 하나, 둘, 셋 등불 켜지듯 혈연으로 매듭을 지으며 태어났다. 그들은 때로 발목을 잡기도 하였지만 온 집안을 환히 밝히며 자라났다.

살아가는 일은 이런 우연, 저런 인연으로 만나는 사람들과 얼기설기 매듭을 짓는 일인지 모른다. 좋은 사람과의 만남은 아름다운 매듭을 짓게 해서 좋고, 만나지 말았어야 할 사람과의 악연은 서로에게 불행한 일이기도 하다.

주어진 운명을 끌어안으며 주위 사람들과 순간순간 고운 매듭을 지으며 살아가는 사람들이 있다. 그런 사람들과 마주하면 늘 편안한 마음이 들고 내 삶에도 충전을 받는다. 남을 미워하는 마음을 풀지 못해서 자신은 물론, 남에게까지 불편하게 하는 사람이 있다. 이런 사람의 가슴속 매듭은 스스로가 풀어보려는 의지를 가질 때에야 실마리가 보일 것이다. 한恨이라 부르기도 하는 이런 옹이진 마음이 건전한 방향으로 자라 오르면 예술이란 이름으로 꽃을 피워 삶의 질을 한층 격상시켜 놓기도 하지만, 그 굴레에서 벗어나지 못하면 평생을 불행 속에 살기도 한다. 남을 미워하는 마음은 남보다 자신이 먼저 괴로움 속에 살기 때문이다.

　살아가는 일은 매듭을 맺으며 풀어가며 또 다시 맺어가는 매듭짓기. 고운 매듭, 아름다운 매듭은 지으면서 살고 싶고, 미운 매듭 서러움의 매듭은 풀면서 살고 싶다.

가로수

빌딩 숲에 들어서면 가로수가 낯선 거리에서 아는 얼굴을 만나 듯 반갑다.

키 자랑하는 빌딩, 무표정한 시멘트 공간 속에서 하늘 한 번 올려 다볼 새 없이 바쁜 도회지 사람들에게 계절에 따라 표정이 다른 가로수는 새로운 의미를 안겨주고 마음에 여유를 준다. 아무 상념 없이 길을 걸을 때나 터질 듯 복잡한 머리로 그를 바라보면 다정스런 느낌이 들어 어떤 위안 같은 것이 자리해 오기 때문이다.

그런데 바람도 을씨년스러운 늦가을 어느 날 거리에 나섰다가 은행동의 플라타너스 가로수가 모조리 잘려 나간 것을 보고 깜짝 놀랐다. 그루터기를 보니 한 아름이 넘을 듯싶은데 한두 그루도 아니고 수십 그루씩이나 왜 잘랐을까. 고사목이 되기에는 아직도 청청하던데—.

그것은 우리 집 로사가 네댓 살 되었을 때 한두 살 더 먹은 옆집 아이가 머리 깎아 준다고 긴 머리채는 물론 앞머리까지 이마가 훤하도록 싹둑 잘랐을 때 보고 놀랐던 당혹감, 그 참담함과 같았다.

오후였던가, 집안일을 하느라 분주했다. 옆에서 곧잘 엄마를 도와주던 아이가 보이지 않았으나 놀러나갔나 보다 생각했다. 그것도 잠시 "엄마!" 의기양양하게 부르는 소리가 났다. 고개를 돌린 순간 "어마나 세상에…" 아이의 모습은 기가 막혔다. "누가 이랬니?" "……초롱이 언니가, 예쁘게 해준다고……." 놀란 내 표정에 아이도 놀랐는지 목소리가 기어 들어갔다. 앞머리의 반은 이마가 훤히 드러났고 반은 깡충 올라갔다. 그 긴 머리를 예닐곱 살 먹은 아이가 어떻게 잘랐을까, 어린 아이가 한 짓이라고는 믿기지 않을 만큼 황당했다. 로사를 데리고 그 아이한테로 갔다. 눈이 초롱초롱 예쁜 초롱이가 말끄러미 나를 바라봤다. 무엇을 잘못했나요? 묻는 듯 바라보는 아이에게 무어라 말할 수도 없었다. 이를 어쩌면 좋으냐고 초롱이 엄마가 미안해서 어쩔 줄 몰라 했다.

딸아이를 키우는 재미 가운데 하나가 아이를 예쁘게 치장시켜 흐뭇이 바라보는 일이다. 옷 색깔에 맞추어 끈이나 리본 색깔을 고르고 머리를 묶거나 땋아 주며 그 순간을 즐겼다. 유난히 숱이 많아 날마다 빗겨주려면 귀찮기는 해도 모양새를 다양하게 연출할 수 있기에 아이도 나도 긴 머리를 좋아했다. 레이스 달린 공주풍의 옷과 긴 머리를 좋아하는 아이에게 울 수도 웃을 수도 없는 우스꽝스러운 이 모습을 어쩌란 말인가, 볼수록 속이 상했던 기억이 났다.

길고 추운 겨울의 동굴을 벗어났을 때 생기를 주던 것은 아름아름 번지듯 피어나던 연둣빛 여린 잎눈이었다. 갈맷빛 무성하던 여름이면 반쯤은 빌딩 그림자에 묻히어 한껏 푸른 서기를 뿜어내기에 거칠 것 없는 위세 당당함이 부러웠다. 버스를 기다리는 잠깐의 무료함을 가로수에 기대서서 우러르면 늘 그렇게 있어 주는 것이 대견하고 고마웠다. 그 커다란 나뭇잎 쇠락하여 하나 둘 고엽으로 뒹구는 가을날 거리를 걷노라면 잊고 지나온 세월이 회한으로 남고, 인생은 무엇인가 하는 철학적인 명제가 아니더라도 허술하게 살아 갈 수만은 없지 않느냐는 준열함이 가슴을 쳤다.

성근 눈발 민들레 홀씨처럼 날리던 지난 늦겨울, 나뭇가지 전기톱에 잘려나가고 나목으로 서 있었다. 스스로 떨어뜨린 낙엽 한 장 받아들일 수 없는, 자연의 윤회마저 허용하지 않는 콘크리트 바닥 아래 뿌리 내리고 몇 십 년 이 도시를 지키며 우리와 공존해 온 그대는 이 도시의 파수꾼이었다. 만추의 햇살 속 잘려진 그루터기에 드러난 나무의 속살이 무언의 항변을 하듯 하얗게 빛나던 것도 순간, 거리에는 굴삭기와 포클레인이 진을 치고 있었다. 도시 계획에 따라 지하도가 뚫리고 지하상가가 들어서기 때문이란 것을 안 것은 얼마 지나지 않아서였다. 사방팔방으로 뚫려진 거리에 늘어선 가로수는 이곳에서 살다간 사람들의 애환을, 도시의 역사를 묵묵히 지켜오고 있었다.

우뚝우뚝 서가는 거대한 빌딩들과 늘어만 가는 차량들이 도시를 이루는 것도 중요하지만, 앞서간 세대들이 심고 가꾼 자연경관을 잘 보호하고 가꾸는 것도 중요한 일이다. 첨예화되어 가는 과학 문명 속에서 자연의 아름다움을 조화롭게 이루어 나갈 때 우리 정신에도 숨통이 트이게 되는 것은 아닐까.

도시의 가로수가 아니더라도 거리의 가로수는 생각에 잠겨 걷는 사람에게 길동무가 되어 따라오고, 먼 길 떠난 나그네가 잠시 앉아 쉴 때는 시원한 그늘의 휴식처가 된다. 끝 간 데 없이 이어지던 한

여름의 신작로 양쪽 미루나무를 보면 아득한 마음이 들며 한없이 달리고 싶다.

머나먼 삶의 도정에서 한여름 가로수 그늘 같은 사람을 만남은 얼마나 복된 일인가. 인생의 갈림길에서 하나의 선택을 하여야 할 때, 자신의 경험에 비추어 명쾌한 해답을 줄 수 있는 스승을 만나는 일이나, 어설픈 삶의 넋두리나마 참을성 있게 들어 주고 사는 것이 그리 복잡한 것만은 아니라고 위무해 주는 어른을 보면 더욱 그렇다. 방황하는 젊은이에게 이정표를 제시해 주는 진솔한 말 한마디. 무심코 펼친 책 한 귀퉁이에서 '이것이다'하고 섬광 같은 한 구절을 발견했을 때의 기쁨. 그럴 수는 없다고 차마 그럴 수는 없다고 절망에 내던져졌을 때 함께 아파하고 손잡아 주는 이웃을 보면 인생에 있어서의 가로수는 아닐까 생각하게 된다. 우리가 가는 길 자갈밭길이라 해도 가로수가 있어 위안이 되듯이 곁에 있어 줌으로 해서 위안이 되는 사람이 있다면 삶이 그리 고달프지만은 않으리라. 가로수가 알게 모르게 쇄락한 기분을 전염시키듯이 너그럽고 사려 깊은 사람이 풍기는 향취를 전염 받을 수 있기 때문이다.

오래지 않아 아이의 머리는 자라났고 지금은 그때보다 더 치렁거린다. 세 갈래로 쫑쫑 땋아 내리며 나비 끈으로 묶자, 싫어 딸기 방울로 묶을래, 학교 가는 아침마다 즐거운 실랑이를 벌인다.

휑하니 뚫린 번화가 공간 속으로 머물 곳 찾지 못한 바람 한 무리 노여움인 듯 매섭게 얼굴을 때리고 달아나는데, 차도와 인도가 말끔히 단장된 어느 봄날 가로수가 서 있던 자리에 그가 살다 간 표적인 양 눈부신 듯 깨어나는 어린 나무 볼 수 있기를 희망한다.

독자의 눈

바닷가에 살고 있는 글벗이 도서상품권을 보내왔다.

농사를 지으면서 시도 쓰고 수필도 쓰는 친구인데, 최근에 나온 시 동인지를 보내며 책 속에 끼워 보낸 것이다. 책 선물이야 받아 보았지만 이런 것은 처음 받아 보기에 책을 받았을 때와는 느낌이 달랐다. 가을 바다가 보기 좋은데 보러오지 않겠느냐는 편지가 들어 있어 더욱 반가웠다.

고맙다는 인사를 하려고 그에게 전화를 걸었다. 웬 걸 그렇게 사 보냈느냐고 말하니 뜻밖에도 모르는 사람이 여러 장 보내와 쓰고 남 아서 보냈다고 한다. 그는 틈나는 대로 책을 읽어 독서량이 많고, 지금도 그저 책이나 실컷 보는 것이 소원인 사람이다. 또한 아무리 많아도 나쁠 것 없는 것이 상품권의 효용가치인데 쓰고 남을 리가 있겠는가.

"모르는 사람이라니요?"

내가 물었다. 책에서 자기 글을 읽었다는 독자가 편지와 함께 그것

을 스무 장이나 부쳐 왔단다. 책 몇 권 사고, 아이들이 댓 장씩 가져가
고도 남아 나에게 보냈다는 거다. 그 액수만큼의 돈이었다면 기분이
덜 좋았을 거라고 말하며 보고 싶은 책이나 사보라고 한다. 처음에
받았을 때는 너댓 장쯤 보내려고 했는데 아이들이 가져가는 바람에
겨우 고거 보냈다고 오히려 미안해한다. 그의 말에 어이가 없었지만
오랜만에 정말 기분이 좋았다.

그는 참으로 열심히 글을 쓰고 성실하게 사는 사람이다. 농촌생활
이 얼마나 바쁜지 잘 알고 있는 나는 여러 지면에서 글을 대하며 늘
부끄러움을 느낀다. 그에 비하여 시간이 훨씬 많은 내가 드문드문
수필 한 편씩 쓰면서 게으름의 죄를 짓고 있다는 생각까지 들기도
한다. 비슷한 시기에 글을 쓰기 시작하였고, 앞서거니 뒤서거니 등단
이라는 절차도 밟았지만, 글을 써서 발표하는 양에 있어서는 비교할
수 없으리만치 그가 많이 쓴다.

젊지 않은 나이에 시작한 글쓰기라서 그토록 열심히 쓰는 것일까.
그의 왕성한 작품 활동이 참 좋다. 끊임없이 솟아나는 사고력과 문학
의 치열함에 늘 감탄을 한다. 많은 글을 쓰다보면 부실해질 수도 있
다는데 그렇지도 않다. 글을 읽다보면 살아가는 우리의 모습 모두가
수필감이구나, 생각하게 된다. 그만큼 소재가 다양하고 이야기를 끌
어가는 솜씨 또한 막힘이 없다.

미지의 독자가 읽었다는 글은 얼마 전에 나온 수필 동인지에서라
고 한다. 그 곳엔 두 편의 글이 실려 있는데 물론 나도 읽은 글이다.
속내를 그대로 드러낸 진실한 표현들이 마음에 들었을까. 거침없이
입심 좋게 써 내려간 필력이 좋았던 것일까.

그는 독자를 많이 가지고 있는 수필가이고 나 또한 그의 글을 좋아한다. 같은 지면에 글을 발표하기도 하는데 내게서 책을 받아 읽어 본 사람도 대개는 그의 글에 대해서 이야기를 한다. 원고지 열다섯 매 남짓의 이야기로 사람의 마음을 빨래집게처럼 꼭 잡았다 놓아준다. 직관력이 있으며 비판적이기도 한 그의 글은 많은 독서량에서 연유한 것이기도 하지만, 독자의 관심과 성원이 힘이 되는 것 같다.

몇 년 전, 그의 글을 읽어 본 ㄱ출판사 사장이 글을 모아 수필집을 내주었다. 그것은 『쑥 같은 사람』이라는 이름으로 세상에 나왔다. 한겨레신문에서 책 광고를 보고 내 일처럼 기뻐 축하전화를 걸었다. 갯바위에 붙은 따개비처럼 시골에 묻혀 사는 그에게 그런 기쁨을 준 출판사 사장이 그렇게 고마울 수가 없었다. 난 책을 사서 주위 사람들에게 나누어 주는 것으로 기쁨을 대신했다. 첫 수필집 상재 후로 글들이 훨씬 나아진 것은 말할 나위없다.

언젠가 원로 수필가 한 분이 하신 말씀에 공감을 한 적이 있다. 누군가 당신 글을 읽고 어디에 실린 어떤 글을 읽으니 어떻더라고 소감을 얘기하면 그 글을 다시 한 번 찾아 읽게 된다는 말씀이었다. 그분은 책을 보내드리면 꼭 읽어보고 전화를 해서 좋은 말씀으로 용기를 주신다. 전화를 받을 때는 남들한테서 책을 받을 때 나도 그렇게 해야지, 생각하지만 그게 마음먹은 대로 되는 일은 아니다. 발등에 떨어진 이런저런 일에 기회를 놓치고 세월만 흐른다. 다만, 누가 내 글을 읽고 느낌을 말하게 되면 나 역시 다시 읽어보게 된다. 글이 어떻더라는 까닭을 헤아려 보게 된다.

자신이 쓴 것이라도 글을 쓸 때의 생각이나 감정을 언제까지나 지니고 있는 것은 아니다. 그러기에 얼마의 시간이 지나서 읽어보면 어느 정도 주관을 배제할 수 있어 비판력이 생긴다. 하여 부끄러움에 얼굴이 화끈 달아오르기도 하고 고개를 끄덕이기도 한다. 쓰고 났을 때는 보이지 않던 허술한 구석이 훤히 보여 반성의 계기가 되기도 한다.

신문에 '독자의 눈'이라는 난이 있다. 독자가 신문에 난 기사를 보고 비판을 하기도 하고, 독자의 눈으로 본 세상의 잘잘못을 지적하기도 한다. 더 나은 신문을 만들기 위한 신문사의 노력인 동시에, 밝은 사회를 지향하는 우리 모두의 마음 같아 즐겨 읽는다. 그것들을 읽노라면 독자들의 눈은 날카로우며 따사롭다.

남의 글을 읽고 감동을 받아서 어떻게든지 반향을 보낼 줄 아는 사람이라면 괜찮은 독자다. 그런 독자들이 있는 한 기꺼움 속에서 글을 쓰기도 하고, 문학은 해볼 만한 일이라고 입을 모으기도 한다. 원고료 한 푼 없이 글을 쓰고, 때로는 날밤을 하얗게 밝혀도 좋아서 하는 일이기에 당연하게 생각되는 문학 풍토에서 내 글을 읽은 독자로부터의 선물은 얼마나 가슴 흐뭇한 일인가.

누군가 관심을 갖고 읽어준다는 사실 하나만으로도 의욕을 갖게 되는 것이 글 쓰는 사람들의 순수한 심성이고 정신의 노역에 대한 보답이라 해도 무방할 것이다. 자신의 글에 긴장을 하게 되는 것도 바로 독자로부터 이런 반향을 체감하게 되는 때가 아닐까.

봄꽃으로 떠난 사람, 강봄내

아파트 뜰에는 꽃분홍 철쭉꽃이 물색없이 고왔다. 흐드러지게 피
어난 꽃들이 하도 고와 한 송이를 따서 코에 대본다. 나팔꽃 모양으
로 벙싯 벌어진 꽃잎에서 날듯 말듯 번지는 은은한 향기, 갑자기 불
어오는 한 줄기 바람에 꽃무더기가 물결을 이룬다. 눈부시게 돋아나
는 연록의 초목들과 사태지듯 피어나는 꽃들의 함성. 한 사람의 종언
도 아랑곳없이 세상은 흡사 축제일 같다.

'그대는 참으로 좋은 계절에 떠났구나.'

문득 그런 생각이 들다가 어이없어져 누가 보는 양 무안해진다.
4월이면 일어날 것 같다더니 꽃 피는 계절에 그대는 나들이 떠나듯
떠나갔는가. 삶과 죽음, 이승과 저승의 차이란 도대체 무엇일까. 동
전의 앞면과 뒷면 같은 것, 건드리지 않으면 언제까지나 그대로 있다
가 누군가 뒤집어 놓음으로 해서 달라지는 모양이나 현상 같은 것이
라 할까. 그러나 아니다. 내가 어찌 감히 거론하랴, 절대자의 몫인
신비와 그 두려움의 실체를.

그의 영면 소식을 들었을 때는 하루가 지난 아침나절이었다. 당장 해야 할 일이 있는 데도 영 손에 잡히지 않았다. 소설가 L여사와 함께 성모병원 영안실로 갔다. 차마 울지도 못하고 앉아 있던 어린 상주가 우릴 보고 일어섰다. 키가 멀쑥하니 큰 두 아들의 모습이 애처로워 눈시울을 붉혔다. 저 어린것들이 어떻게 이 세상을 살아가라고 엄마는 눈을 감았을까. 아무도 대신 채워줄 수 없는 자리를 어떻게 하라고 그는 총총히 떠나갔을까. 살아가며 순간순간 느끼게 될 허전함을 무엇으로 메꾸어야 하리. 일순 가슴이 답답해지며 안쓰러워지는 것은, 저들이 중학교에 다니고 있는 철부지 우리 집 아이들 또래이기 때문일 게다.

　그는 열심한 기독교 신자였는데 한 달 전에 영세를 받아 '마리아'라는 세례명을 얻었다고 했다. 교우들의 연도 소리가 구슬프게 이어지고, 향불을 피우고 앉으니 사진 속의 그는 여전히 환하게 웃고 있다. 불현듯 신정순의 「조화弔花」라는 시가 떠올랐다.

　'…뉘 손에 들려왔나. 국화 바구니/ 검은 리본 한숨처럼 늘이고/ 졸음 참는 어린 상주와 빈청을 지킨다….'

　나는 그의 얼굴보다 수필을 먼저 보았었다. 좋은 글을 쓰고 싶은 갈증을 느끼고 있을 때에 우연히 눈에 띈 한 편의 수필은 반가움이며 기쁨이었다. 그것이 그의 데뷔작인 줄을 후에 알았지만, 「보색부부」는 깔끔한 문장이 마음에 들었다. '아, 수필은 이렇게 쓰는 것이구나.' 하는 생각이 들어서 읽고 또 읽고는 감동의 여운이 남아 전화를 걸었다. 이미 여러 사람으로부터 찬사를 받은 듯 했지만 퍽 고마워했다. 그렇게 말문을 튼 우리는 문학행사에서 만나면 인사를 나누는 사이가 됐고, 서로의 글에 대해 이야기를 나누었다. 이따금 지면에서 대하게 되는 그의 글은 나에게 읽는 기쁨을 주는 동시에 긴장을 주곤하였다. 누군가에게 자극이 되고 긴장을 준다는 일은 얼마나 고마운일인가. 무턱대고 써대던 나의 글에 반성을 하게 되었다.

그러다 지난 해 봄, 아프다는 소식을 듣고 전화를 걸으니, "좀 아파요." 말하며 힘이 없었다. 젊은 사람이 좀 앓았으면 일어나야지 이좋은 날 누워 있으면 되겠느냐고 하니, "글쎄 말이에요." 하며 웃는다. 그러나 그의 병이 예사로운 것이 아니었음을 안 것은, 정작 그의수필 「바위를 녹이는 소나무」를 읽고나서였다.

병명을 알게 된 과정과 항암제 주사를 맞으며 머리에 빗을 댈 때마다 머리칼이 한 줌씩 빠지는 기막힌 심정을 소상히 쓰고 있었다. 구순의 친정할머니와 어머니 앞에서 젊은 자기가 앓아야 하는 불효의어이없음과 병을 이겨 내겠다는 의지가 처절하기까지 했다. 말하기조차 쉽지 않은 이야기를 솔직하고 차분하게 써내려가며 자신의 심정을 드러내고 있었다.

'…수술이 잘 되었다고 하면서도 남편의 눈에 왜 자꾸 눈물이 고이는지, 친척들이 왜 술렁거리고 쉬쉬하였는지….'

때로 말보다 소리 없는 글이 얼마나 우리 가슴을 젖어들게 하는가. 미세한 마음의 움직임까지도 감지하게 하는가. 그 후에도 투병생활을 수필로 써서 한 달에 한 편 정도 발표하고 있었다. 신앙심으로병을 이겨내겠다는 의지와 지난날에 대한 회한의 글들이 가슴을 뭉클하게 하였다. 그런 와중에서도 글을 쓸 수 있다는 용기가 대단하게생각되고 부럽기까지 하였다.

투병 중에 쓰는 글들이 생생한 글로 독자들에게 조금이라도 도움이 되리라고 생각하며 병석에서 쓴다는 글에 차라리 존경과 경외심을 갖게 되었다. 항암제를 투여하고 더는 견딜 수 없어 혼절했다가도 제 정신이 돌아오면 다시 펜을 들게 하는 힘, 그 문학이란 도대체 무엇이며, 그런 열정과 정신력은 도대체 어디에서 나오는 것일까, 의구심이 들기도 하였다.

식이요법으로 금식을 하는 동안 자신을 다스리고 정화시키던 모습이 퍽 맑고 순수해 보였다. 현재의 자기 자신을 받아들이려는 겸허함이랄까, 내면에서 풍기는 절제된 정서랄까, 신앙을 바탕으로 한 정신에서 오는 초연함이 투명하게 느껴지기까지 했다.

병문안 갔을 때, 조용조용히 얘기하던 그의 모습이 눈에 선하다. 꼭 일어나리라고 생각했었는데, 건강한 모습을 보여주리라고 믿었었는데 그는 인사도 없이 총총히 떠나가 버렸다.

그의 동생이 마지막으로 떠나는 누나에게 주려고 수필집을 서둘러 만들었다. 『바위를 녹이는 소나무』는 나에게도 보내졌다. 나는 글벗을 잃은 아쉬움을 달래며 그를 대하듯 책을 펼친다. 행간마다, 갈피마다 살아나는 그의 숨결을 느끼며 나직한 목소리를 듣는다. 그리고 한창 나이에 떠난 애석함과, 더는 볼 수 없는 글에 대한 안타까움과, 알 수 없는 부러움으로 그의 명복을 빈다. 아파트 뜰에는 꽃분홍 철쭉꽃이 여전히 물색없이 곱다.

3부

버찌가 익어가는 계절

'9610' 번호를 달며

"엄마! 됐어요. 제 등에 업히세요."

아이가 합격했다는 소식을 듣고 현관에 들어서는 내게 큰아이가 소리치더니 등을 내밀었다. 얼떨결에 아이 등에 업혀 거실을 한 바퀴 돌았다. "그래, 수고했다." 어느 부모가 안 그러랴만 아이가 대학에 합격했다는 것이 그렇게 좋을 수가 없었다. '사노라면 이렇게 좋은 일도 있는 것이로구나!' 감사의 기도가 절로 나왔고, 그동안 삶의 어려움들이 이 기쁨으로 모두 보상받는 것 같았다. 그러면서 한편 많은 것을 참아내야 하는 수도생활이 쉽지만은 않으리라고 염려스러운 마음이 들기도 하였다.

소식을 들은 수녀 이모께서 말씀하셨다. "네가 그동안 열심히 살더니 그애가 신학교에 가게 되었구나." 그 소리를 듣자 얼굴이 확 달아올랐다. 아이를 가지면서부터 신학교에 가기를 바라기만 했지 실지로 아이한테 해준 것이 없다는 생각은 부끄러움이었다.

첫아이로 아들을 낳자 수녀 이모한테 세례명을 지어 달라고 편지를 썼다. 이모는 생일에 맞는 두 분 성인의 세례명을 적고, 성인에 대한 설명을 자세히 적어 보냈다. 그 중에서 주교이며 학자인 '알베르토' 성인이 맘에 들었다. 아이가 자라 이 성인처럼 학자 신부님이 되기를 감히 원했다.

별 탈 없이 아이는 건강하게 자랐다. 주일학교에 다니며 첫 영성체를 하고, 복사를 하기 시작하더니 신학교에 가서 신부가 되겠다고 했다. 내심 반가웠다. 새벽미사에 빠지지 않으려고 애쓰는 모습이 대견스럽기도 하고, 아직 어린 아이의 말이니 두고 보자는 생각이 들기도 했다.

복사를 하려면 미사 시간 이, 삼십 분 전에 가서 준비를 해야 하기 때문에 일찍 일어나야 한다. 아이는 새벽미사에 갈 수 있도록 깨워 달라고 부탁하고 잠자리에 들곤 하였지만, 아침잠이 많은 나는 미사가 시작될 무렵에 깨어나곤 하여 아이를 낭패스럽게 하였다. 시간을 지켜서 깨우기가 그렇게도 어려웠다. 습관 때문인지 저녁 늦은 시간까지는 얼마든지 있겠는데 새벽에 일어나는 일은 형벌처럼 힘이 들었다. 엄마 때문에 오늘 복사도 못 했다고 투덜거리며 징징거릴라치면 네가 맡은 책임이면 알아서 해야지 남을 탓할 게 무어냐고 큰 소리를 쳤다. 그 뒤로 엄마를 믿었다가는 안 되겠다 싶었는지 자명종을 맞춰 놓고 스스로 일어나 미사에 가곤 하였다. 그러다 어느 땐 혼자가기가 싫은지 일 학년짜리 제 동생에게 함께 가자고 졸랐다. 형이 성당에 가자고 하면 녀석은 싫다 하지 않고 부스스 일어났다. 한 겨울 새벽, 밖은 캄캄한데 미사를 보러 집을 나서는 어린 것들이 안쓰러워도 아침밥을 해야 한다는 핑계로 동행해 주지는 못했다. 찻길 조심해서 다녀오라는 말밖에 하지 못했다.

아이에게 성소의 싹이 틀 수 있었다면 오히려 주일학교에서 들은 수녀님이나 신부님들의 좋은 말씀과 권유이다. 특히 새벽미사에 잘 다니는 아이가 기특해 보였던지 어느 날 수녀님께서 "알베르토야, 신학교에 가지 않을래?" 하고 말씀하신 것이 아이를 기쁘게 했다. 신부님이 되면 얼마나 좋은지 모른다며 특별한 사랑으로 용기를 주시던 K신부님의 영향 또한 컸다.

어느 해 성소주일이었다. 제의실에서 복사를 하려고 서 있는 아이들에게 본당 신부님이 물으셨다. "앞으로 신학교에 가서 신부님 될 사람 손 들어 봐." 그때 알베르토가 손을 들었다고 한다. 그리고 미사는 시작됐다. 신부님은 미사 중에 강론을 하고 나시더니 곁에서 복사를 하고 있는 녀석을 가리키며 "이 아이가 나중에 신부가 된다고 하니 우리 장래신부님을 위해서 모두 박수를 쳐 줍시다."고 하셨다. 어린 마음에 기분이 좋았던지 그 얘기를 하며 아이는 무척 자랑스러워하는 것 같았다.

합격 통지서를 받은 지 며칠 후, 아이는 검은 글씨로 '9610' 학번이 새겨진 하얀 무명천을 가져왔다. 가로, 세로가 일, 이 센티미터 쯤 되게 미싱자수로 번호를 새긴 것이 백여 개가 되는 듯싶었다. 이 숫자는 소지품이나 옷에 붙일 번호였다.

나는 어려서 우리 집에 다니러 온 수녀 이모의 모든 소지품에 빨간색 실로 수를 놓은 번호가 그렇게 예쁠 수가 없었다. 아이가 통지서를 받아오자 그 생각이 났다. 그래서 학번을 수로 놓아주리라 생각하고 빨강색과 초록색 수실을 사가지고 왔다. 그런데 이를 어쩌랴. 아무리 눈의 초점을 모아도 옥양목의 올을 세어 수를 놓을 수는 없었다. 세월은 어쩔 수 없이 눈을 흐려놓고 말았으니 안타깝기 그지없었다. 할 수 없이 명찰 새기는 집에 맞추었다.

번호를 하나 오려서 와이셔츠 앞자락 맨 아래 부분에 감침질을 하여 꿰맸다. 또다시 오려 내어 속옷에 달았다. 잠옷에도 붙이고, 티셔츠에도, 양말에도, 손수건에도 번호표를 달며 이 숫자가 평생 아이와 함께 하리라고 생각했다. 이것과 함께 새로운 인생을 시작하리라. 며칠 동안 저녁이면 이 헝겊조각을 옷마다 붙이며 참 행복했다. 그러면서 번호가 수순을 정하고, 공동생활을 하는 집단에서 분류의 간편함으로 쓰이기도 하지만, 이름 대신으로 그 사람을 나타내기도 한다는 생각이 들었다. 고유 번호를 갖는다는 것은 스스로에 대한 책임이며 의무인 것이다. 아이 소유의 모든 소지품에 붙여질 작은 표지들이 차츰 새로운 중량감으로 다가왔다. 그것은 96년도에 함께 입학한 21명의 대열에서 낙오되어서는 안 된다는 절대 명제의 소명이었다. 아이를 위해서 끊임없이 인내하고 기도해야 한다는 어미로서의 각성이기도 했다.

알베르토야, 지금 네가 갖고 있는 지순한 마음이 평생 변함없기를 바란다. 낯선 신학교 공동생활에 잘 적응해야 한다. 교수 신부님들께 순명하며 설령 마음에 안 드는 것이 있더라도 참아야 한다. 공부를 열심히 해 좋은 성적을 얻도록 하여라. 너를 위해 기도하는 부모와 형제들, 본당 신자들이 있다는 것을 잊지 말아라. 평탄하게 일생을 살아도 인생은 고해苦海라고 하거늘 남다른 길을 살아가며 어찌 유혹과 괴로움인들 없겠느냐. 어려운 일이 있으면 혼자 해결하려 하지 말고 항상 네가 존경하는 신부님께 말씀드리고 의논하여라. 고민을 상세히 털어놓는 순간 해결의 실마리가 보이기도 하고, 신부님께서 좋은 생각을 주실 것이다. 또한 너를 택하신 주님께서 항상 돌보아 주실 것이다.

바늘로 한 땀 한 땀 수를 놓듯, 떨어질세라 촘촘히 번호표를 달며 어미의 당부와 기원을 함께 꿰맨다. 더 큰 삶을 살기 위해 집을 떠나려는 아들에게 주님의 보살핌이 있으리라는 믿음도 새겨 넣는다. 이십 년 전 첫아들의 기쁨을 주시더니 이런 기쁨까지 주신 주님께 감사의 기도를 드린다.

미각에의 향수

특히 마음 써야 할 일도, 피곤할 것도 없는데 입 벽이 허는가 싶더니 혓바늘이 돋았다. 입안이 온통 덴 듯이 얼얼하여 무엇 하나 입에 당기는 것이 없어 식욕까지 잃었다. 무더위 탓인가. 밥알을 씹으면 꼭 모래알을 씹는 것 같다. 가슴속은 헛헛하고 내딛는 다리까지 허둥거리는 기분이다. 바람이라도 쐬일 겸 시장에 가려고 아파트 후문으로 나섰다. 번화가 큰 시장 사람들 틈에 낄 기운도 없지만, 작은 시장의 분위기가 마음에 들기 때문이다.

지줄대던 장맛비가 개인 하오의 햇살이 투명하고 성하의 나뭇잎들이 건장한 사내마냥 우람하다. 모처럼 비가 많이 내려서인지 시내를 가로 지르는 대전천 물살이 제법 거세다. 천변의 허섭스레기까지 깨끗이 쓸려 나가고 물도 맑다. 다리 난간에 서서 물 구경을 하노라니 어질어질 멀미가 난다. 불과 20여 년 전만 해도 이곳에서 아이들이 물놀이를 즐기고 아낙네들이 빨래를 하였다는데 요즘은 노상 시커먼 하수만 졸졸 흐르고 있다. 우리가 버리는 물이 모두 이곳으로 모아진다고 하니 어찌 안 그렇겠는가.

시장 안은 왁자하진 않아도 활기가 있었다. 할머니가 특히 많은 시장 바닥에 벌여 논 좌판엔 푸성귀가 한창이다. 바쁠 것 없이 걷노라니 많은 여자들 틈에 혼자 앉은 사내 수줍어하듯 푸성귀 사이에서 황토빛 노각이 눈길을 끈다.

아! 어느새 세월이 이쯤 됐구나.

반가움에 크고 실한 놈으로 집어 드니 까슬한 감촉이 영락없이 베옷을 만지는 느낌이다. 늙은 오이를 보면 베적삼 입고 텃밭에 가시던 외할머니 모습이 보인다. 소쿠리 들고 뒤따르던 나의 유년이 쏴 – 매미소리와 함께 살아난다. 앞마당 살구나무에서 하늘이 찢어질 듯 우렁차던 매미소리. 둥그런 대소쿠리 속엔 애호박, 가지, 풋고추, 애오이 몇 개. 그리고 볼품없이 늙은 오이가 들어 있었다. 외사촌 오빠들과 여름 들판을 종횡무진 누비고 돌아다니다 둘러앉은 두레상엔 노각무침이 놓여 있었다. 길죽하게 썰어 소금에 살짝 절여 꼭 짜서 고추장 양념에 버무리면 아삭아삭 씹히며 매콤하면서 감칠맛이 있었다. 그 얼큰달큰한 노각무침이 입맛 잃은 이쯤의 계절에선 추억처럼 생각났었다. 어릴 적 먹던 입맛이 상기되며 입안에 군침이 돌았다.

앞뒤 가릴 것 없이 노각을 사들고 왔다. 발갛게 양념을 하여 식탁에 올렸다. 고추장과 마늘, 파와 깨소금으로 어우러지는 노각의 풍미는 풋오이 맛에서는 느낄 수 없는 은근한 맛이 있다. 뜻밖에도 아이들도 잘 먹었다. 부실한 위장에 대한 염려도 잊고 화닥거리는 입에 연신 물을 마셔가며 밥 한 그릇을 다 비웠다. 근래에 느끼지 못한 희한한 식욕이었다. 모처럼 깔깔하던 입맛을 돌게 하고 식욕을 자극

한 노각무침이 고마울 지경이었다.

입맛의 귀소성일까. 나이 마흔을 넘으면 유년의 입맛으로 돌아간 다고 하던데 그런지도 모르겠다.

지난 봄, 외국에서 살다온 남편 친구 내외를 저녁 식사에 초대했 다. 아욱 토장국을 끓였더니 맛있게 먹으며 남편 친구가 말했다. 초 등학교 4학년 때 감기에 걸렸는지 열이 몹시 나서 학교에도 못가고 끙끙 앓아누웠단다. 저녁때쯤 어머니께서 호박순을 따서 토장국을 끓여 주시는데 어찌나 맛이 있던지, 그걸 먹고 기운을 차리고 일어 날 수 있었단다. 평생 그 이상 맛있는 음식은 못 먹은 듯싶고, 이상하 게 열나고 아프다 싶으면 꼭 그 토장국이 생각난다며 웃었다.

토장국을 먹으며 아득한 유년의 기억이 되살아났을까. 낯선 외국 생활에서 얼마나 그 맛이 그리웠고, 고국이 그리웠을까 미루어 짐작 할 수 있었다. 미식가가 아니더라도 구미에 맞는 음식을 찾는 것은 인간의 자연스런 욕구이고 본능일 것이다. 어릴 적 먹던 음식에의 그리움은 원천적으로 다시 돌아갈 수 없는 유년에의 그리움이다.

미각에의 향수. 그것은 자라온 고향과 부모 형제와 이름 불러 주던 주위 어른들의 사랑에 대한 가슴 아린 추억이다. 우리가 평생 물리지 않고 생각나는 음식들은 어머니 손끝에서 우러나온 맛과 정성에 어 려서부터 길들여진 때문일 것이다. 먹을 것이 귀하던 시절, 명절에 먹던 색다른 음식은 추억처럼 각인되어 그 시절을 생각하는 것만으 로도 행복하게 한다.

나는 시골 음식을 좋아하고 철 따라 나오는 야채나 나물을 잘 먹는 다. 봄이면 겨울눈 털고 나온 홑잎을 갖은 양념에 무치길 좋아하고 초고추장에 조물조물 무친 씀바귀의 쌉싸래한 맛을 즐기기도 한다. 두릅순의 향긋함이 좋고 도토리묵의 구수함이 반갑다. 비교적 자극이 덜하고 담백한 음식이 좋아 그렇게 식탁을 차리다보면 맵고 얼큰한 음식을 좋아하는 남편은 제대로 된 매운탕 한번 못 얻어먹었다고 불평도 하지만 그 또한 식성도 좋고 시골 태생이라 잘 먹는다.

그러나 바쁘고 간편하다는 이유로 맛맛으로 먹게 내버려둔 아이들 입맛에 대한 방임은 우리 고유의 음식 맛까지 상실하고 있다. 아이들 입맛과 어른 입맛이 확연히 다른 지금 우리의 음식문화는, 주부들이 관심을 기울이지 않은 곳에서 싹 터 왔는지 모른다.

신토불이, 우리 땅에서 난 것들이 우리 몸에 좋다는 말에 깃발까지 들 생각은 없으나 음식 고유의 맛을 즐기는 것은 나름대로 의미가 있다. 이제 입병쯤 자연히 치유되리라는 예감이 들었다.

물이듯 구름이듯

그건 무슨 바람이었을까.

언제부터인지 어려서 떠나온 고향 산마을에 가보고 싶어 그렇게도 연연하였다. 내 삶이 추스를 수 없이 복대기 칠수록 그런 마음은 더했고, 일상을 벗어남으로 늪처럼 정지해 있는 사고에 물꼬가 트일 것 같았다.

그러다 지난해 겨울, 작은아버님 내외분이 사시는 그 곳에 갔다. 내가 시집 갈 때 솜이불을 해주시려고 이태 동안이나 목화농사를 지으셨던 분들이다. 가도 되겠느냐고 전화로 말씀드렸을 때 두 분은 전화기를 번갈아 받으시며 반색을 하셨다. 목소리를 들으며 이 분들도 사람들이 몹시 그립구나 하는 느낌이 들었다. 노인들의 외로움에는 얼마쯤 가슴 저릿하게 하는 연민 같은 것이 있다. 노인을 경원시하는 세태 탓일 수도 있겠지만 인간의 근원적인 외로움이랄까, 긴긴 겨울을 산마을에서 나는 사람들의 쓸쓸함이 내게도 전해져 왔다.

혼자 있으면 사람이 그립고 사람 무리 속에 사노라면 홀로 있고 싶어지는 인간의 양면성. 사람으로 인하여 실망과 환멸을 느끼다가도 인간이기에 또다시 돌아설 수밖에 없는 애증의 번복이 또한 인간의 성정이리라. 벼르다 결행한 떠남이었기에 기분이 다소 들뜨기는 하였지만 어떤 큰 기대를 하지는 않았다. 그러나 두 분의 환대와 집안 구석구석에 아롱져 있던 유년의 기억은 나를 안온하게 감싸 안던 강보 같았다.

집은 부엌만 아궁이에서 입식으로 수리가 되어 있었고 거의 예전 그대로였다. 집 앞 은행나무에서 아침을 여는 까치소리나 외양간의 암소 되새김질소리 또한 여전했다. 우물가 삭정이 같은 감나무에 깃발처럼 매달려 있던 하얀 반달. 광에서 꺼내주시던 빨간 홍시. 사랑방 가마니 속에서 꺼내다 아궁이에 구워주시던 고구마를 까먹으며 나는 누구의 아내도 어미도 아닌 영락없이 수십 년 전 겨울 방학 때 할머니댁에 놀러온 열 살짜리 소녀로 착각이 들었다. 세월은 멈추어 있었고 나만 변해 있는 것 같았다.

토끼털 배자 입은 할머니 치마꼬리 잡고 따라간 잔칫집엔 송화다식이 맛이 있었지. 가을 날 엄마와 함께 간 목화밭엔 툭 툭 불거진 목화송이가 눈이 내린 것 같았어. 마을을 휘돌아 나가는 개울물 돌멩이 밑에는 가재가 지천이었어. 오빠 따라 칡뿌리 캔다고 야산을 누비고 다녔지. 뒷집 오빠가 큰 썰매에 싣고 씽씽 달릴 때는 무서워서 그 오빠 허리를 꼭 잡았지.

세월은 사람들을 산지사방으로 흩어놓고 가슴엔 그리움만 남겨 놓은 채 그것이 인생이라고 짐짓 시치미를 떼고 있었다. 고살 처처에서 사금파리를 줍듯 유년의 추억을 주우며 까닭도 없이 울먹울먹 유정한 마음이 되곤 하였다.

그러다 봉창 문이 어슴푸레해지는 어둑새벽이면 누가 부른 듯 대문을 나섰다. 산야는 온통 밤새 찾아온 하얀 손님으로 가득 찼고 기다렸다는 듯 겨울바람이 달려들며 환호성을 질렀다. 내가 잠자는 동안에도 누군가 깨어 있었다는 고마움이 혼미한 내 의식을 명징하게 깨우곤 하였다. 참으로 오랜만에 도회지의 소음과 오탁에 찌든 심신의 때가 한꺼번에 씻겨 내리는 기분이 들었다.

겨울바람을 온 몸으로 받으며 들판을 걷노라면 가슴에 뻐근히 차오르는 감동의 물살을 감당하기 어려워 장승처럼 서 있곤 하였다. 사람으로부터 받아 안는 감동과는 또 다른 청신한 기쁨. 나와 자연이 유리되지 않고 자연의 일부분으로 동화되어 가는 순화력이라 할까, 청정한 합일이라 할까.

가을걷이가 끝난 황량한 들판이나 앙상한 나무들의 겨울 숲에도 무언가로 채워지는 충만함이 있었다. 생명의 약동이랄까. 보이지 않게 움직이는 질서랄까. 고요 속의 충만, 정지 속의 율동, 어둠 속의 빛남 같은 것이 대기 속에 스멀스멀 감돌고 있었다. 살아 있는 숲의 내향성, 묵묵히 서 있는 나목들의 말없는 정밀 같았다. 눈에 보이고 귀에 들리는 자연의 모든 것과 마음 안에 감지되는 관념적인 것들까지 끌어안으며 나는 그 시간들이 그렇게 소중하고 좋을 수가 없었다. 닷새를 머무르면서 여명의 시간에 습관처럼 눈이 떠지던 그곳의 분위기는 다분히 어떤 예지를 느끼게 하였고 충분한 사색의 시간을 만끽함으로써 생활의 의욕을 충전시킬 수 있었다.

아랫마을에선 재보랏빛 연기가 골짜기에 솔솔 피어오르고 있었다.

어둠발이 걷히며 깨어나는 신새벽의 숨결. 나 여기 이렇게 살고 있듯이 너 거기 그렇게 숨쉬고 있음을 알리는 어기찬 깃발. 산발치에 앉은 산마을이 조신한 아낙처럼 깨어나고 있었다. 산마을 사람들은 아침, 저녁 연기를 피워 올리며 서로의 안부를 확인하는 것은 아닐까. 그러다 어느 날 연기처럼 하얗게 사위어 갈 자신을 생각하며 오늘의 삶을 끌어안는 것은 아닐까.

　낮은 병풍처럼 둘러쳐진 산 아래 다소곳이 앉아 있는 집들의 고만고만한 삶들이 눈물겹도록 고마우면서 분명해지는 내 삶의 자리. 돌아갈 가정이 있다는 것은 얼마나 행복한 일인가. 살아있다는 것은 얼마나 축복받은 일인가.

　시원치도 못한 시력을 가지고 가까이서는 보지 못하고 멀리 떠나와서야 뚜렷이 인식되는 삶의 아이러니. 그것은 떠나온 거리만큼 벌어진 틈서리에 들어차던 마음의 여유, 삶과 자연에 대한 외경이었고 감사였다. 본질적인 삶의 문제를 생각해보는 시간은 나를 바로 보는 일이었다. 나와 인연의 매듭을 짓고 있는 사람들과의 관계를 재조명해 볼 때 투명해지던 나 자신에로의 회귀였는지 모른다. 잘 살아간다는 일은 역시 사람들과의 좋은 관계를 유지하는 일이며, 물이듯 구름이듯 바람이듯 순리대로 살아가는 일이라고 마음을 모을 때 차오르던 내적 충일의 시간이었다.

　그건 안으로 불어오던 침잠의 바람이었을까.

옹이마저 고운 결이 되도록

책꽂이를 정리하는데 얇은 종이 한 장이 툭 떨어졌다. 펼쳐보니 돌아가신 박규환 선생님께서 몇 년 전에 보내신 편지였다. 봉투가 없는 것을 보니 책을 보내며 책 속에 끼워 보낸 것 같았다. 그분을 생각하면 송구하고 미안한 마음을 지울 수가 없다. 살아계실 때에 한 번이라도 찾아뵈었어야 했는데 그렇게 하지 못한 게으름과 실속 없이 번다한 생활이 부끄럽기 때문이다. 늘 지난 다음에 후회하는 버릇은 여전하다.

십여 년 전쯤부터 계간으로 나오는 수필지를 구독하고 있다. 수필이라는 장르가 주변에서 일어나는 이야기를 펼쳐 놓는 것이기에 진솔하고 유머러스하게 풀어가는 글은 흥미 있기 마련이다. 철마다 받아보는 책은 세월과 더불어 이제는 일상이 되었다.

그 당시에 선생님의 글은 거의 매 호마다 실리는 것 같았다. 분량이 길어서 지루할 만도 한데 전혀 그렇지가 않았다. 같은 사람의 글을 몇 편 읽다보면 얼굴은 알지 못해도 지은이와 얼마큼은 익숙해진다. 생각이나 취향, 현재의 생활 모습도 알게 되고, 자기 정서와 맞는 글은 따로 있기 마련인지 수십 편의 글 속에서도 자연히 그분의 글을 찾게 되었다. 처음엔 나와 비슷한 연배의 글인가 보다 생각했었는데 어느 날인가 내용을 보니 연세가 많이 드신 어른이었다. 그만큼 글이 젊고 솔직하여 연세를 가늠할 수 없었다.

내 나이 사십 중반의 시기였다. 어느 날 남편은 다니던 직장을 덜컥 그만 두고 말았다. 이제 어찌 해야 한단 말인가 처지는 암담했다. 현실은 엄연했고 노여움을 풀 새도 없이 무엇인가 일을 해야 했다. 서둘러 시작한 일은 너무도 바쁘고 힘이 들었다. 모르고 서툴러서도 더욱 그랬다. 환경과 리듬이 바뀐 생활은 버거웠다. 아이들 셋이 중·고등학교에 다니고 있었다. 연달아 이어지는 입시생으로 새벽밥을 지어주어야 했고, 해 뜨면 나갔다 해지면 돌아오는 생활이 반복되며 집안일까지 하느라 심신이 지치기도 하였다. 글을 쓴다는 것은 요원한 일이었다.

나에게 수필은 짝사랑이었다. 혼자만 애태우다 자지러지는 가슴앓이 같았다. 어찌해보려 할수록 막막해지는 아득함이었다. 껴안으려면 오히려 손사래 치며 달아나는 안타까운 연인 같았다. 등 돌리고 단념하기엔 애증 또한 깊었다. 시간도 재능도 어림없이 내면의 갈등만 괴어오르는 술독처럼 부글거렸다. 삭일 수 없는 울분과 턱없는 열정만이 목까지 차올랐다.

책은 어김없이 배달되어 왔고 고달픈 현실은 나만 그런 것이 아니었다. 처지나 사연이 다를 뿐이지 네 인생이나 내 처지나 애닳기는 마찬가지였다. 자기 몫의 짐은 자기가 짊어지고 가야하는 것이 인생이라고 일깨워주는 것 같았다. 그걸 알았다는 것이 즐거움까지는 아니라 해도 적어도 견딜 수 있는 힘이 되었다.

언젠가 이런 글을 읽은 적이 있다. '작가의 작품행위는 마음의 발신發信이고 독자가 그의 작품을 수용하면 마음의 수신受信이 되는 것이다. 이렇게 해서 마음과 마음 사이에 통로가 가설되는 것이며, 생을 절망하지 않고 살아갈 수 있다는 암시도 받는다.'

박선생님의 글은 나에게 보내는 편지 같았다. 부글거리는 심정 다독이며 숨죽인 감수성을 어루만져주었다. 내 이야기를 하는 것도 아니고 비슷한 내용일 것도 없는데 힘들고 어려운 마음 그가 알고 위무해 주는 것 같은 생각이 들었다. 아직은 젊고 할 일이 있으니 참고 견디면 기쁨의 날이 오리라는 희망의 메시지 같았다.

'…바람이 세게 부는 날이면 아내의 무덤 위에 떠는 풀잎을 생각하고, 은실 봄비 내리는 날은 비에 젖을 아내의 무덤을 슬퍼하며, 떡가루 같은 눈이 내려 쌓이는 날은 행여 무덤 속에서 춥지나 않을까 걱정한다….'

'…감관感官의 노쇠에서 오는 갖가지 변화에 대한 고요한 슬픔과 아쉬움을 말로야 어찌 다 표현할 수 있겠는가! 눈이 갑자기 어두워져서 장님이 되었다면, 하루아침 자고나니 귀머거리가 되어 있기라도 했다면, 그야 당연히 소란한 슬픔일 수도, 떠들썩한 경악驚愕일 수도 있겠지만 온 줄도 모르다가 만나고 보면 그저 조용히 슬프기도 하고 애달픈 일이기도 할 뿐이다….'

이런 글을 읽으며 어찌 가슴이 젖어들지 않겠는가. 그분의 글에서는 항상 비가 내린다. 마른 땅을 촉촉이 적시는 봄비 같기도 하고,

흙먼지 날리는 한여름 소나기 같기도 하고, 때로는 포도 위를 뒹구는 낙엽에 추적이며 내리는 가을비 같기도 하다. 노쇠한 육신으로는 장수가 결코 축복일 수 없다고 말하는 녹진한 외로움이, 조용한 체념이 천둥처럼 들리는 것이다.

산책길에서 매일 보이던 이웃이 보이지 않으면 홀연히 저 세상으로 가버렸다는 이야기나, 지루하고 추운 겨울이 지나고 정작 기다리던 따뜻한 봄이 왔어도 찾아갈 곳도 찾아올 사람도 없다는 이야기는 딱하기 짝이 없는 노릇이다. 새 봄을 예찬할 사람도, 이야기 주고받을 친구 하나 없이 뜰 앞 잔디밭에 햇볕 쪼이며 외로이 섰거나 햇빛 서물거리는 마루 바닥이 얼마나 따뜻한가, 손바닥이나 대어 보며 혼자 놀아야 될 봄이 걱정이라는 말은 새삼 설법 같았다. 지금 그냥 놓아버린다 해도 아쉬울 것 없는 인생이지만, 그래도 봄날의 하루는 다이아몬드보다도 소중하기 이를 데 없다는 말은 그대로 내 가슴에 다이아몬드로 박혔다.

나는 펜을 들었다. 그동안 글을 읽으며 느낀 소회와 무료한 시간 잠시라도 잊어보시라는 의미에서 장문의 서신을 썼다. 수 년 동안 읽은 글에 대한 답신이라 할 수도 있고 순간적인 충동의 발로라 할 수도 있다. 그러나 한 시대를 살아가는 사람으로서의 예의라 하기는 거창하고 동류의식이라 할까. 이 편지를 읽는 동안만이라도 시름을 잊어보시라는 의미에서 그리하였다. 오지랖 넓게도 이번에는 내가 그분에게 위로를 드리고 싶었다. 앞으로의 인생이 어떻게 전개될 것이라고 누가 장담하겠는가. 나 또한 언젠가 마음대로 움직여지지 않는 몸을 짐짝처럼 부려놓고, 찾아갈 곳도 찾아올 사람도 없는 처량한 신세가 되어 의식만 또렷이 살아 시간을 축내고 있을 때 누군가 이만큼의 글을 써서 위로해 주지 않을까, 시답잖은 생각이 용기를 갖게 하였는지도 모를 일이다. 일종의 자기 암시라고 할까. 그건 미구에 닥칠 자신에 대한 배려요 술책이었는지 모른다.

그런데 그분은 뜻밖에도 편지와 함께 두 권의 책을 보내셨다. 『아직도 봄을 기다리며』와 『이제는 봄을 기다리지 않는다』라는 수필집이었다. 출간한지 오래되어 수중에는 책이 없기에 부천 시내 책방을 돌아다녀서 겨우 구할 수 있었다며 저간의 사정을 써 보내셨다. 신경 계통의 지병으로 보행이 불편하기에 지팡이를 짚고 조금씩 움직일 수 있는 분이라는 것을 알고 있던 터에 너무도 고맙고 미안하여 가슴이 다 뭉클하였다.

뜻밖에 좋은 책을 얻은 나는 횡재 같았다. 약력을 보고서야 이분이 모 대학에서 수십 년 봉직하고 정년퇴임한 분이라는 것을 알 수 있었고, 이따금씩 맛보던 맛난 음식을 양껏 포식하는 기분으로 책을 읽을 수 있었다. 노인들의 말씀에는 삶의 경륜에서 나온 지혜가 녹아있기 마련인데, 특유의 유머 속에서 진솔한 고백체의 수필이 편 편마다에서 지혜의 빛을 발하고 있었다.

고마운 마음에 서신을 드렸는데 어찌된 영문인지 그 편지는 받아 보지 못하였다고 하여서 안타까웠다. 내가 전화를 드리기까지 책만 받아 챙긴 꼴이 되어 얼마나 섭섭하게 생각하셨을까. 생각하면 가슴이 다 서늘해진다. 어디서 잘못되었는지 수신인 찾지 못한 편지, 골목을 헤매는 미아처럼 떠돌 것 같은 생각이 들면 애석하기 짝이 없다. 얼마의 세월이 흐르고 몇 번 서신도 드렸지만 그때는 보행도 불편하여 자리에 누워계셨다. 병석에서도 간간히 작품을 발표하여 근황을 알고 있었으나 귀도 어두워지셔서 통화마저 여의치 않았다. 찾아뵈어야지 차일피일 생각만 하다가 그만 지면으로 부음을 들었다. 다행히 그 수필지에서는 추모특집을 꾸며서 몇 사람이 추모하는 글을 썼는데 애독자가, 특히 여성독자가 상당히 많은 분이라는 것을 알았다.

살아가며 어려운 고비는 누구에게나 있다. 지나고 나면 별거 아닌 일도 그 순간은 헤쳐 나가기 어려운 것이 인생이다. 그걸 잘 이겨내면 그렇지 않았을 때보다 훨씬 사고의 폭도 넓어지고 인생의 의미도 알게 된다. 글에서나 언행에서나 누군가에게 영향을 줄 수 있는 품격을 지녔다는 것은 얼마나 고마운 일인가. 내 삶이 옹이 졌을 때 그 옹이마저 고운 결이 되도록 위로가 되고 도움을 준 박 선생님의 주옥같은 글들이 고맙기 그지없다. 다시 한 번 선생님의 수필집을 꺼내 읽으며 추모의 정을 드린다. 바야흐로 누리는 봄빛으로, 꽃향기로 넘쳐나는 계절이다.

퀼트 이야기

누구나 자기가 좋아하는 일이 있다. 하고 싶은 일을 할 때는 가슴
이 뛰고 눈이 반짝인다. 누가 무어라 해도 즐겁다. 취미생활은 그래
서 삶에 활력을 주고 윤기를 준다고 할 수 있다.

신록 우거지던 초여름부터 서늘한 기운이 느껴지는 지금까지 틈만
나면 바늘을 잡고 살았다. 지난여름은 유난히 더웠다. 가만히 앉아서
도 이마에 땀이 흐르고 손에 물기가 배어나 바늘이 뻑뻑해지면 손을
닦아가며 바느질을 하였다. 주머니를 만들고 방석을 만들고 옷이나
가방을 만들었다. 동색 또는 보색 계열로 색깔을 맞추어 조각을 이어
붙이는 일이 즐거웠다. 단색과 꽃무늬로 새로운 문양을 만들어내는
일은 신이 났다.

퀼트는 넓은 천을 조각내 배색하여 이어 붙이고, 솜을 넣어 홈질로
입체감을 주는 수繡의 기법이다. 이집트에서 시작된 퀼트가 팔레스
타인을 거쳐 십자군에 의하여 유럽으로 전해졌다. 아름다우면서 실
용성이 있어 귀부인들이 즐겼다. 한 곳에 둘러 앉아 이야기를 나누며

바느질을 하다 보니 서로 친숙하게 되고 또한 생산적인 일이기도 하였다. 아메리카 신대륙으로 건너가 서부개척시대를 지나며, 헌옷에 새 천으로 무늬를 놓아 재생해 입으면서 더욱 확산되었다. 미감을 고려하여 수를 놓고 솜을 넣은 채 홈질을 하면 보온성이 있으며 튼튼하였다. 우리나라 옛 여인들이 바느질하고 남은 조각 천을 이어 붙여 조각보나 조각이불을 만들고, 솜을 넣어 누비질을 하던 것과 비슷하다.

한 땀 한 땀 천을 누벼나가는 일은 무진 시간이 걸리지만 완성의 기쁨은 각별하였다. 아기자기하게 모습을 드러내는 소품들이 다정했다. 오목오목 파인 바늘땀 자국이 어린 아이의 볼우물처럼 정겨웠다. 포근히 손에 닿는 무명의 감촉이 그지없이 좋았다. 저녁에 정신없이 바느질을 하다보면 어느덧 훤히 창문이 밝아 와 무엇에 놀란 듯 서둘러 불을 끄고 잠자리에 들었다. 밥 먹는 시간도 아깝고 잠자기도 싫었다. 어떤 모양이 될까, 궁금해지는 마음으로 빨리 완성하려고 바늘을 놀리기도 하였지만 그 시간들이 좋았다. 능률 안 오르는 일에 혼을 빼앗기다니, 알 수 없는 일이었다. 한 가지 일에 그토록 몰입하는 자신이 신기했다.

흰 무명천과 고운 빛깔의 색실을 보면 수를 놓고 싶다. 한가한 시간이 주어지면 바느질이 하고 싶어진다. 이 버릇은 손수건 귀퉁이에 씨앗수를 놓으며, 어른들 헌옷을 뜯어서 여동생의 원피스를 만들어 입히고 좋아하던 초등학교 때부터인 것 같다.

어릴 적, 설에는 꼭두서니 뉴똥 치마에 색동저고리를, 추석이면 금박물린 갑사 치마저고리를 만들어 입히고 흐뭇이 바라보던 엄마의 표정이 잊혀지지 않는다. 무명실을 갓 뽑아낸 저고리 앞섶 코의 매끈함이 날아갈 듯 했다. 반짇고리에 있는 알록달록 고운 헝겊 조각을 장난감인 양 가지고 놀았다.

결혼을 하고 낯선 곳에서 둥지를 틀었을 때 아는 사람도 없고 시간은 많았다. 시간 메우기로 시작한 것이 병풍에 수놓는 일이었다. 내 키보다도 큰 여덟 폭 짜리 수판에는 골동품을 소재로 밑그림이 그려졌다. 크기도 하려니와 질감을 살려야하는 기법이 조밀하여 시간이 많이 걸렸다. 첫아이를 가져 유난히 잠이 쏟아졌다. 두 식구의 살림이라 집안일은 없었고 남편은 늘 늦게 들어왔다. 저녁이면 기다리는 일이 일상이 되었다. 수를 놓다가 잠이 들고 자고 나서 수를 놓았다.

바늘 끝에서 옛 물건들이 봉긋봉긋 돋아나는 것이 그렇게 재미있을 수가 없었다. 도도록 배부른 도자기의 자태를 감쪽같이 살려낸 것 같아 환호하였다. 수판에 위 아래로 바늘을 꽂는 일은 세월을 보내는 일이었다. 그것이 아니었다면 지루하고 따분한 그 세월을 어찌 견디었을까. 한 폭을 놓는데 한 달쯤 걸렸다. 일곱 폭을 수놓고 한 폭을 남긴 채 친정으로 갔다. 첫아이라 그런지 예정일을 넘기고 있었다. 아이를 기다리는 그 사이에도 수를 놓았다. 사내 아이일까? 여자 아이일까? 하고 많은 인연 가운데서 이 아이는 어떤 연으로 나에게 온 것일까. 산고에 대한 두려움과 아이에 대한 기대와 신비로움이 수틀 위에 아롱졌다. 병풍 속에는 신혼의 달콤함보다는 새댁의 마음을 몰라주는 남편에 대한 야속함과 기다림의 여정이 들어 있다.

「엄마가 수놓은 길」이라는 글은 재클린 우드슨이라는 미국 작가가 쓴 동화이다. "수니 증조할머니는 일곱 살 때 버지니아에서 사우스캐

롤라이나 주에 있는 농장으로 팔려갔습니다. 엄마가 준 헝겊 하나를 품에 안고 주인집에서 얻은 바늘 두개와 산벚나무 열매로 물들인 붉은 색실을 가져갔어요…."로 시작된다.

팔려간 어린 흑인 노예들이 달과 별과 길을 수놓아 조각보를 만든다. 그 속에는 자유로 가는 비밀지도가 숨어 있다. 딸 또한 먼 곳으로 팔려가며 엄마의 조각보에서 별 하나와 길 한 조각을 떼어갔다. 엄마가 그리울 때면 별을 뺨에 대고 길을 끌어안았다. 남북전쟁이 일어나고 인종차별 법을 바꾸기 위해 사람들이 줄을 섰다. 이야기 속에는 더 나은 세상으로 가는 길이 있다는 믿음이 담겨 있다. 네거리, 북극성, 날아가는 기러기, 통나무 오두막집이라는 갖가지 문양으로 조각을 이어 붙여 수를 놓으며 고단한 삶을 견디어낸다. 그것은 억압 받는 일상 안에서도 기쁨을 만들어 내는 일이며 희망을 잃지 않는 일이다. 그렇게라도 하지 않으면 견딜 수 없었던 흑인 노예들의 삶이 애잔하게 그려져 있다.

수를 놓는 일은 생각을 무늬 놓는 일이다. 손으로 하는 작업만이 아니라 상상의 세계를 종횡무진 오가며 나래를 펼 수 있는 공간이기도 하다. 기댈 수 없는 마음에 안정을 주고 위안을 주는 일이다. 나를 표현하는 방편이며 혼자 거니는 마음의 산책로라 할 수 있다. 완성의 기쁨은 어찌 보면 의외의 수확이라 할 수 있다. 호젓한 그 길을 거닐다 보면 숨어 있던 들꽃도 보게 되고 아름다운 새 소리도 듣게 되고 뜻밖에 정다운 얼굴도 만나게 된다. 좋아하는 일을 한다는 것은 좋아하는 사람을 만나는 일 만큼이나 즐거운 일이다.

삶의 여울목에서

걷기에 좋을 만큼 비가 내리고 있어 가벼운 마음으로 집을 나섰다. 오랜만에 내리는 비라서 그런지 거리는 활기에 차 있고 가로수 은행나무가 추적추적 내리는 가을비를 함초롬히 맞고 서 있다. 싸늘한 가을비 속에서 타오르듯 선명한 해바라기빛 은행잎이 사뭇 눈이 부셨다.

뜻밖의 강렬함이었다.

순간, 그것은 수천, 수만 송이의 꽃이 되어 다가왔다. 기다렸다는 듯이 한꺼번에 노랗게 피어난 꽃송이들, 꽃다발이었다. 인위적으로가 아닌 자연적으로 조화를 이룬 아름다움이었다. 내지르듯 뿜어나는 꽃들의 함성이었다. 또한 생각난 듯 날리듯 떨어지는 은행잎이 흡사 촛농이 녹아내리는 촛불 같았다. 바람이 불었는지 나뭇잎들이 일제히 흔들었다. 나는 눈을 감았다 떴다. 또 여러 잎들이 유연하게 나부꼈다. 환히 불 밝힌 촛불이었다. 활활 타오르는 촛불이었다. 그들은 소리가 아니고 온몸으로, 노란 빛으로, 이 가을을 환호하고 있었다.

칙칙한 도시 공간, 빗물로 번들거리는 아스팔트를 질주하는 차량들 속에서 이러한 느낌은 참으로 신비로웠다. 사람을 지질리게 하도록 무성하던 신록의 푸르름도, 결실의 풍성함도 아닌 조락의 한 순간이 어째서 이리 아름다울까. 불 밝힌 촛불처럼 경건하게 느껴지기도 하고, 촛불의식처럼 축제의 의미로 다가오기도 하는가.

정녕 알 수 없는 일이었다. 격정적이긴 하지만, 맑은 모습으로 서두름 없이 생을 마감하는 은행나무의 초연함이 가슴 한 가운데를 떠나지 않았다. 마지막을 아름답게 마무리하려는 모습으로 보이고 자연에 순응하려는 겸허한 자세로 보였는지 모를 일이다.

언제부터인지 만성 위염을 무슨 보물단지라도 되는 양 품고 살고 있다. 그런데 지난 봄 햇살이 나른하다 싶을 때 찾아온 불청객은 막무가내로 강타한 폭군이었다. 집안 일 외에는 하는 일도 없는데 늘 피곤하였다. 눈만 감으면 잠의 홍수 속에서 헤어날 수가 없었다. 누워 있으면 몸뚱이가 물먹은 솜처럼 무거워져 땅속으로 푹 꺼져 내리는 느낌에 소스라치게 놀라기도 하였다. 온 몸이 바람 든 무처럼 구멍이 숭숭 뚫려 찬바람이 돌았고, 몸의 진기 같은 것이 푸슬푸슬 증발해버려 어디론가 가뭇없이 사라질 것만 같았다. 위염이 도져서 우울증이 온 듯싶고 우울증이 위염을 건드려 통증에 시달리는 것 같기도 하였다. 더욱 못 견디게 한 것은 약으로 치유될 성질이 아닌 마음의 병이랄까. 공연히 가슴이 두근거리고 심란했다. 시름시름 앓으며 뚜렷이 이름할 수 없는 마음을 도무지 가눌 수가 없었다.

몇 해 전엔 내 삶의 기둥이라 여겼던 친정어머니의 쓰러지심으로 심적 타격이 컸던지 호되게 앓기도 했었지만, 지금은 병을 얻을 만큼 삶이 그리 신산스런 것도 아닌데 기운을 차릴 수가 없었다. 간헐적으로 찾아들던 삶의 회의나 초조감이 이런 모습으로 드러내는 것인지, 식욕은 물론 아무 것도 하고 싶지 않은 무기력과 의욕상실의 늪에서 질식할 것만 같았다.

위를 내시경으로 본 의사도 이상이 없다고 하는데 소화가 되지 않아 음식물을 먹을 수가 없었다. 자연 몸은 야위어갔다. "팔자가 너무 편해서 그래. 누가 보면 죽은 줄 알고 마포 갖고 덤비겠다." 몰골이 시원찮아 비아냥거리듯 말하던 남편의 눈에도 예사로 보이지 않았던지 한약을 지어오고 선심 쓰듯 조용한 곳에서 쉬었다 오라고 하였다. 그러나 한참 손이 가는 초 · 중등학생이 셋이나 되는 집안에서 주부가 빠져나간다는 일이 어디 그리 쉬운 일인가. 몸을 보신한다는 그 약도 위장과는 맞지 않는지 속을 후벼 파듯 쓰라려 먹을 수가 없었다. 자신의 건강을 지키며 산다는 것은, 자신은 물론 주위 사람에게까지 고마운 일이라는 자각이 온 것도 그때였다.

언젠가 늘 따뜻한 시선으로 나를 지켜보시던 어른을 뵈었을 때 내 손을 꼭 잡아주시며 말씀하셨다. 건강한 모습이어서 고맙다. 그때는 그 말의 의미를 몰랐다. 그러나 정작 내 건강이 허물어진다고 느꼈을 때 그 말은 화두처럼 살아났다.

봄 내내, 여름이 오고 가도록, 겨울 내복을 벗지 못하고 약탕기를 끼고 살며 병원을 드나들었다. 찌는 듯한 무더위가 계속 되어도 몸에서는 한기가 돌았다. 그러다 탕약의 효험인지, 나을 때가 되었는지, 서늘한 계절 탓인지, 바윗돌로 짓누르는 것 같던 체증도, 진저리쳐지도록 몸을 감싸던 무기력에서도 벗어날 수가 있었다. 고무공처럼 튀어 오르는 생기는 아니더라도 적어도 무기력에서의 해방, 그것만으로도 살 것 같았다. 그 봄, 여름의 기억은 두 번 다시 겪고 싶지 않은 괴로움인데 그 병치레가 이유 있는 것이었음을 안 것은 실상 며칠 전 한의원에서였다. 인상이 맑아 보이던 한의사는 문진을 한 다음 진맥을 짚어보더니 빙그레 웃으며 말했다.

"이제 늙어 가시는군요. 갱년기현상입니다. 아직 그럴 나이는 아닌데…, 사람마다 다르기는 하지요."

그제야 퍼득 정신이 들었다. 늙어가는 데도 마음의 준비가 필요하다는 말도 떠올랐다. 그랬구나. 늙어가는 증세였구나. 까닭 없이 우울하던 것도, 몸에 바람이 들어 무릎이 시리고 허리가 아프던 것도…. 왜 여태 그걸 몰랐을까. 여름이 지나면 가을이 오듯 너무도 당연한 인생의 순리를 어째서 눈치조차 채지 못하였을까. 어이없을 것도 없는데 어이없는 기분이었다. 이제 감기 몸살에 감기약 하나 먹고 푹 자고 나면 거뜬히 일어날 건강도, 나이도 아니라는 생각이 들었다. 무엇이나 마음만 먹으면 할 수 있다는 젊음도, 오기도 겁나는 일이었다. 앞만 보고 달려가던 성급함에 주위를 돌아보게 하는 제동이었다. 오만하리만치 담담히 흐르는 세월은 마디마다 새로운 모습을 보여주며 깨달음을 주는가. 병치레 후의 세상은 달라 보였다.

여자의 갱년기, 그것은 결코 자랑스러울 것도, 부끄러울 것도, 그렇다고 서러울 것도 없다. 길고 먼 인생의 도정에서 누구나 겪는 한 과정일 뿐이다. 심신이 쇠잔해지며 지나 온 세월에 대한 자기반성과 삶에 대하여 진지함을 갖는 일이다. 한 고비를 무사히 넘기며 자신을

돌아보는 정직한 자기투시의 시간이라 할 수 있다. 어쩌면 앞으로
살아갈 나머지 생에 대한 뜨거운 애정의 확인은 아닐까.

   은행나무는 자신을 활활 태우며 가능한 만큼의 빛 둘레를 이루고
있었다. 소리 없이 내리는 빗속에서 깨끗한 소멸을 명징하게 보여주
고 있었다. 그 모습이 가히 장관이었다. 정녕 이 가을 은행나무는,
꽃으로 화化하여 촛불의 환희로 생의 찬가를 부르고 있었다. 그만
눈시울이 뜨거워졌다.

봄에 쓰는 편지

거실에 놓아둔 화분에 춘란 두 송이가 활짝 피어났습니다. 다소곳이 올라온 꽃대에 피어난 연록의 꽃송이가 나래 접고 쉬는 나비인 양 앙증맞습니다.

조금 떨어져 바라보면, 꽃인지 잎인지 분별이 안 되는 고 자그마한 목숨 붙이가 계절을 알리고 있으니 얼마나 고맙고 대견스러운 일인지요. 오동잎이 지면서 천하에 가을을 알리듯이 이 작은 꽃송이가 온 천지에 봄이 왔음을 보여주고 있습니다.

꽃 가까이 코를 대보니 향기가 나는 듯 마는 듯 은은하기 그지없습니다. 평소에는 있는 듯 없는 듯 별로 그의 존재를 모르다가 내가 곤경에 처했을 때에야 그가 얼마나 소중한 인연지기이었나를 깨닫게 하던 사람을 떠올리게 합니다. 깊은 속마음 알려하지 않고 늘 현상적인 것만 인정하려 하는 경박함이 스스로를 부끄럽게 합니다.

여느 잡초와 그다지 다를 바 없는 난초가 꽃을 피워 올림으로 자신의 존재를 드러내고 방향芳香을 풍기며 하나의 의미가 되는 근원이 무엇일까요. 뿌리나 흙에 감추어진 생명의 비밀, 누군가 부추기고 있는 물리적인 힘을 감지하며 새삼스러운 듯 감탄을 합니다. 많은 사람들과의 만남 속에서도 내게 도움을 주었던, 내 삶의 원동력이 되었던 사람들을 생각하게 합니다.

자연은 때가 되면 꽃피고 열매 맺으며 잎 떨구어 어느 것 하나 야단 스러울 것도 없이 보이는 그대로 일 뿐입니다. 그래서 자연 앞에서면 자연스럽다는 말이 자연스레 깨달아집니다. 산 능선의 유연함이 그렇고, 계절 따라 변하는 산빛이 그렇고, 변화무쌍한 구름의 움직임이 그렇고 막히면 돌아가는 시냇물의 흐름이 그렇습니다. 달이 차면 기울 듯, 겨울이 지나면 봄이 오듯 자연의 순환법칙에는 거스름 없이 흐르는 순리가 있습니다. 모자라면 채워주고 넘치면 덜어내는 일이 자연의 이치인가 봅니다. 서로 보완하고 조절하며 움직이고 있는 거대한 힘, 보이지 않는 질서가 있습니다. 채워지지 않는 욕망에 늘 허기져 있는 것은 인간들뿐인지 모릅니다.

그래도 순리라는 말과 가장 잘 어울리는 사람이 바로 농부들이라는 생각이 듭니다. 씨 뿌리고 애정을 쏟는 대로 잘 자라주는 생명의 순수성과 흙의 정직성이 바로 자연에 순응하며 살아가는 농부의 심성과 같기 때문이겠지요. 씨 뿌려 싹 틔우는 일이야말로 얼마나 경이롭고 위대한 일인지요. 눈에 띌 듯 말듯 아주 작은 파씨, 상추씨, 담배 씨앗에까지 새로운 세계가 감추어져 있다는 것은 놀라운 일이지요. 그 생명의 조건인 터를 마련해주는 농부야말로 창조주의 창조작업에 동조하는 생명창조의 동반자라 할 수 있겠습니다.

올해는 담배를 심어 보기로 하셨다지요. 손이 많이 가고 힘이 들어

남들이 다 손 털고 나서는 일에 뛰어든다는 것이 모험을 하는 일이라고 쓸쓸해하던 모습이 아직도 아릿하게 남아 있습니다. 비닐하우스 속에서 자란 여린 담배 싹들을 흙, 땀 범벅되어 밭고랑에 이식시킬 모습이 눈에 선합니다. 한 포기 한 포기가 체념한 삽, 한 숨 한 줌이 아니라 희망의 다발로 무성해지길 바랍니다. 수익성을 고려해서 택했을 작물이 투자한 노동력만큼 이번 가을에는 만족할 만한 소출이 었으면 좋겠습니다.

'농사는 온 세상 사람들이 생활해 나가는 근본'임을 강조하고 농사에 힘쓴 옛사람들은 참으로 지혜로웠다고 할 수 있습니다.

사람살이에서 먹고 사는 것보다 더 중요한 문제는 없고, 농사를 지으면서 사는 생활은 바로 자연의 일부분으로 살아가는 살이라 할 수 있지요. 그 자연 속에서 어우러져 살아가는 삶이야말로 생명을 소중히 생각하고 인간을 귀히 여겨주는 심성이 자연스레 우러나오리라 생각합니다. 이런 이야기를 하다보면, 겉으로 보는 농촌의 모습과 생활속의 실상이 얼마나 거리감 있고 피상적인가 생각되어 몹시 저어됩니다.

그러나 하루가 다르게 변화하는 사회와 삶의 다양성 속에서 가치 있는 삶이 천시 받는 사회구조도 문제이겠지만, 농촌을 보는 사람들의 시선이 따사로워야 한다고 여겨집니다. 어느 시인이 " '농자천하지대본'은 말 뿐이요, 실정은 '농자천하지대똥'이다."라고 했는데, 농민들을 대변한 이런 분노에 찬 비하의 감정을 누군가 다독여 주어야하겠습니다. 농산물 수입개방이라는 국제 정세에 맞물려 아무런 희망도 대책도 없는 농촌현실에서 자조적으로 비탄에 빠진 농민들의 목소리가 절망에 가까운 줄 압니다. 대대로 지켜온 삶을 등지고 도시로 향하는 농민들의 행렬에 소시민들조차 농촌에 대하여 위기의식을 느끼고 있습니다. 정부 관계자들은 눈앞의 이익에만 눈 돌리고 모르쇠하고만 있을 것이 아니라 이유 있는 항변에 귀를 기울여야 하겠지요. 도회지의 삶이라고 해서 농촌의 생활과 유리될 수 없는 것이고, 우리 모두는 동시대를 살아가는 사람들이기 때문이지요.

문득 언젠가 발표하셨던 임 시인의 「농부는」이라는 시 구절이 떠오릅니다.

"…굶어 죽어도 씨앗 자루는/ 안고 죽는다는/ 농부는/ 새싹 돋는 소리를 들으며 삼동三冬을 난다."

굶어 죽을지언정 마지막 남겨둔 씨앗까지는 차마 털어 먹을 수 없는 농부의 숙명과 품은 목숨까지도 함부로 하지 않는 생명에의 경외심이, 시린 결기가 가슴을 울립니다.

힘든 노역과 현실의 어려움 속에서도 끈기 있게 이어져오는 농부의 운명줄 같은 것은, 씨눈 터지는 생명의 소리와 환희의 소리 때문이라는 것을 이 봄 깨닫습니다. 생명의 신비, 우주의 비밀을 품에 안으려는 사람들의 너른 가슴이라는 것을.

이러한 사유思惟를 포유한 농부이며, 시인인 그대와 함께 이 시대를 살아가는 한 우리에겐 희망이 있음을 믿습니다. 우리 삶의 최후의 보루는 농촌임을 상기하면서.

아름다운 작별

아주머니 한 분이 고스란히 비를 맞으며 걸어가고 있다. 우산도 없이 서두르지도 않고 천천히 걷고 있다. 설령 우산이 있다하더라도 들 수 있는 처지는 아니다. 오른손은 불편하여 요지부동이고 한 손으로는 지팡이를 짚었으니 도리가 없다. 아마 걷기 운동을 하느라 집을 나섰다가 소나기를 만난 것 같았다. 우산을 받쳐드리니 고맙다고 하는데 시선을 피하신다. 말소리가 또렷하여 정말 다행이라고 생각한다. 나는 우리 어머니가 저렇게 말이라도, 의사소통이라도 할 수 있다면 얼마나 좋을까 뼈저리게 느낀 적이 있다.

그해 늦가을, 막 잠자리에 든 시간이었다. 어머니가 쓰러져서 충남대병원으로 가고 있으니 그곳으로 오라는 동생의 전갈이었다. 태안에서 대전으로 이사한 우리 짐을 정리하고 가신 지 일주일만이다. 마음은 쿵쿵거리고 허둥거리며 달려가니 구급차에서 식구들이 내렸다. 어머니는 눈을 감은 채 미동도 하지 않았다. 원래 고혈압이 지병으로 있었다. 가을걷이를 하러 시골에 가셨다가 얼굴에 경련이 일어나고 말이 어눌해졌다. 산속의 갑작스런 기온변화는 치명적이었다. 차도 많지 않은 벽촌에서 읍내로 나오기에는 시간이 걸렸고 한의원에서 응급조치를 하였으나 의식이 없어 큰 병원으로 온 것이다.

검사결과 뇌졸중, 소위 중풍으로 병명이 나왔다. 한방병원으로 옮긴 후 일주일 만에 의식은 돌아왔으나 예전의 어머니는 아니었다. 뇌혈관이 막히어 말도 못하고 표정도 없는 멍한 상태였다. 어머니가 이렇게 되다니 생각할수록 기가 막혔다. 병원은 우리 집 옆에 있었고 아버지와 교대로 간호하는 병원생활이 이어졌다. 아침이면 세 아이들 도시락을 싸서 학교에 보내고 병원으로 가면 아버지가 식사하러 집으로 가셨다. 집안 살림과 아이들 건사하며 간호하는 생활이 기계처럼 돌아갔다.

아버지께서는 환자를 정성껏 간호했다. 오른쪽 반신이 마비되어 음식을 줄줄 흘리는 어머니께 조금이라도 먹이려 애를 쓰고, 병에 좋다면 무엇이든지 해드리고, 대소변을 처리하며 지극정성을 다했다. 수족을 움직이게 하려고 병실에서나 물리치료실에서 운동을 시키며 잠시도 쉬지 않았다. 깔끔하고 부지런하여 병원에서는 간호 잘하는 할아버지로 소문이 났다. 한약을 먹으며 침과 뜸, 재활운동으로 다소 호전되는 듯하였으나 신체의 반은 야속하리만치 꼼짝을 안했다. 원래 말수가 적은 분인데 혀가 굳으니 아예 입을 다물어 버렸다. 말이라도 할 수 있다면 얼마나 좋을까. 이렇게 저렇게 말을 시켜도 소용이 없었다. 어머니 스스로가 체념 한 것 같았다.

어느 날, 병원 문을 나서는데 어머니 연배의 아주머니 둘이 청소를 하다가 마주 보며 까르르 웃었다. 순간 건강한 그 웃음소리가 그렇게 부러울 수가 없었다. '저 아줌마가 우리 엄마라면 얼마나 좋을까.' 말하고 움직일 수 있는 사람이라면 누구라도 좋을 것 같았다. 너무도 부러워 눈물이 나왔다. 그 길로 하염없이 걸었다. 지나가는 사람이 툭툭 어깨를 치고 갔다. 한쪽 날개 꺾인 날짐승의 처지가 이러할까. 내 인생이 무너지는 느낌이 왔다. 우리 아이들은 어리고 아이들을 위해 할 일이 많은데 누구를 의지해서 살아간단 말인가. 내 어려움을 알아주는 사람은 어머니밖에 없었다. 삶의 고비마다 심정적으로 의지가 되었다.

어머니는 3개월 만에 퇴원을 하고, 3개월간 우리 집에서 통원 치료하다가 온양으로 가셨다. 지팡이 짚고 혼자 걸을 수 있는 것으로 만족해야 했다. 더 이상 나빠지지 않으면 다행이라 하였다. 애쓴 보람도 없이 몸이 그 지경으로 된 것이 내 탓만 같고, 의지 없는 몸이 되었다는 서러움과 지칠 대로 지친 심신이 견딜 수 없었는지 나도 몸져눕고 말았다. 온몸이 천근만근이나 되는 듯 물 먹은 솜처럼 가라앉아 일어날 수가 없었다. 한 달여를 앓았다.

나는 엄마가 없다는 것이 얼마나 큰 슬픔인지 일찍 깨달았다. 초등학교 1학년쯤 되었을까. 학교에 갔다 오니 엄마가 없었다. 아버지께서 시골 할머니 댁에 일하러 갔다고 하셨다. 밖에서 실컷 놀다 돌아오니 집이 허전하였다. 아버지가 시키셨는지 내가 하였는지 수돗가에서 쌀을 씻고 있었다. 처음 씻어보는 쌀인데 함지박 물위에 엄마 얼굴이 어른거렸다. 눈물이 툭 떨어졌다. 방으로 뛰어 들어갔다. 늘 입던 엄마 치마가 벽에 걸려 있는 것이 눈에 띄었다. 앙, 울음을 터뜨리며 치마를 안고 뒹굴었다. 반찬 냄새, 땀 냄새 어우러진 치마에선 엄마

냄새가 났다. 엄마! 엄마! 울다울다 잠이 들었다. 집안에는 아무도 없었다. 엄마가 없다는 것이 얼마나 가슴 뻥 뚫리는 슬픔인지 그때 알았다. 휑하고 서늘한 느낌은 지금까지도 불도장처럼 남아 있다. 성장하면서 엄마하고 상충되는 의견으로 불편할 때에도 어릴 적 그때를 생각하면 풀어지곤 하였다. 엄마는 태산이었다. 그것이 무너지는 상실감을 겪은 사람이라면 적어도 자식을 두고 떠나는 일은 없을 것이라 생각한다.

우리 집에 오시면 김치, 고추장을 담그며, 청소를 하고, 이불 빨래를 하며 일만 하셨다. 아이들 옷을 사주고 살림살이를 사주셨다. 술과 친구 좋아하는 남편이 늦게 들어오고 돈만 쓴다고 속상해하면 "너는 돈도 못 벌면서 뭘 그러니? 자기가 번 돈 자기가 쓰는데 너무 뭐라 하지 마라." 다독이곤 하셨다. 나보다 늦게 결혼을 한 친척 오빠가 신혼여행을 다녀오는 길에 우리 집에 들렀다. 반갑고 고마워 식사 대접을 하였다. 떠나고 나니 새언니에게 여비 한 푼 드리지 못한 것이 두고두고 후회스러웠다. 엄마가 오셨을 때 그 말을 하였더니 "밥 먹여 보낼 손님 따로 있고, 여비 주어 보내야 하는 사람 따로 있단다." 그 말은 살면서 사람을 어떻게 대접해야 하는가, 지침이 되었다. 그런 엄마가 말을 하지 못하다니 믿을 수 없고 그럴 수 없는 일이었다. 서러웠다.

사리분명하고 자손 위해 늘 기도하던 어머니는 어디로 가시고, 주는 대로 먹고, 입혀 주는 대로 입고, 가자는 대로 따라가는, 말 잘 듣는 덩치 큰 아기만 남아 있단 말인가. 그렇게 7년을 살다 돌아가셨다. 쓰러진 이후의 삶은 어머니의 삶이라고 할 수 없었다. 그건 살아

있어도 산 것이 아니고 서로가 못할 노릇이었다. 안타깝고 가슴 아픈 세월이었다.

돌아가신 지 일주일 만에 꿈에 뵈었다. 소복을 하고 하늘로 올라가셨다. "엄마는 좋겠다. 엄마는 참 좋겠다." 부러워서 내가 큰 소리로 외쳤다. 어머니께서 무어라고 하시는 것 같았는데 알아들을 수가 없었다. 깨고 나니 생시처럼 선명하고 기분이 아주 좋았다. 그때부터 나는 어머니가 하늘나라로 가셨다고 믿었다. 이건 사는 것이 아니라고, 서로가 못할 노릇이라고 푸념하던 불경스런 마음들이 죄송스럽기 짝이 없다. 이승에서의 고통은 어머니 생전의 허물에 대한 보속이었을까. 그 허물을 씻고 가느라 잠시 지체한 것일까.

언제부터인가, 우리 집안에서 일어나는 좋은 일은 모두 어머니의 기도 덕분이라고 생각하고 있다. 하늘나라에서 우리를 위해 빌고 계시기 때문이라고.

버찌가 익어가는 계절

버찌가 까맣게 익어가고 있다. 갈맷빛 무성해지는 나뭇잎 사이로 조롱조롱 매달린 열매가 밤하늘의 별처럼 빛을 발한다. 어느 열매라고 대견스럽지 않으랴. 봄바람에 흔들리던 꽃송이만큼 검보라색으로 익어가고 있다. 붉다 지친 넝쿨장미도 이우는 첫여름, 소식 전하듯 달콤 쌉싸래한 풍미가 입안에 번진다.

"그건, 요새 병도 아니래요. 가벼운 수술이라 병문안도 가지 않는대요."

위로인 듯 말했다가 무슨 말이냐고 정색을 하며 묻는 내게 미안한 듯 입을 다무는 그를 보며 가슴이 철렁 내려앉았다. 그 길로 달려갔다. 의외로 아들은 담담했다. 건강검진에서 발견되었고 초기라 수술하면 괜찮을 거라 했다. 젊은 사람이 벌써 병원에 드나들면 어떻게 해. 글쎄 말이에요. 시선을 돌리는데 수심이 묻어 있다. 마침 후득후득 빗낱이 듣기 시작했다. 이틀 후에 수술 날짜가 잡혔으니 걱정하지 말라며 가라고 했다. 다리가 후들거려서 더 서 있을 수도 없었다.

아들은 신부神父가 된 지 4년차가 되어 D본당 보좌신부로 있다. 삶의 가치나 기준이 다양한 현대사회에서 자리를 지키며 살아주는 것이 고마웠다. 아무하고나 격의 없이 어울리고, 우스갯소리도 잘하여 교우들이 좋아한다고 풍문에 들려오기도 하였다. 한 본당에서의 보좌생활은 2년이다. 첫 번 성당에서 임기를 마치며 교우들과 헤어지기 섭섭하여 더 있고 싶어하더니, 얼마 전 만났을 때에는 내년이면 떠나야 되는 이곳에 그냥 있었으면 좋겠다고 하여 나름대로 열심히 살고 있구나, 안심이 되었다. 어디서 살게 되든지 사제로서 도리를 다하고 신자들에게 영적인 도움을 주며 무리 없이 어울리면 될 듯싶었다.

사제는 하느님의 부르심에 응답하여 그분의 대리자로 사는 사람이다. 군복무기간까지 합쳐 10년 동안의 공부와 수련기간은 수없는 자기와의 싸움이며 부르심에 대한 순명이라 할 수 있다. 돌아가신 김수환 추기경님께서는 원해서 신학교에 간 것도 아니고 아무리 달아나려 해도 이런 저런 이유로 신부가 되었다며, 신부는 자기가 되고 싶다고 해서 되는 것도 아니고 되기 싫다고 아니 되는 것도 아니라고 말씀하셨다. 성소聖召인 것이다. 얼굴 모습이 다르듯 개성이 달라도 신부들의 말이나 행동에선 어딘지 모르게 예수님의 모습이 보인다. 필요해서 택하셨기에 능력도 함께 주시리라고 생각한다. 새내기 신부라 해도 어느 순간 그걸 감지하기에 신자들은 옷깃을 여미고 경외심을 갖게 된다. 그대가 있어 내가 산다는 느낌이 다가올 때 위안을 받는다. 아니 나를 위해 가장 낮은 자세로 기꺼이 땅에 엎드렸다고 생각하면 나는 내가 아닌 그 무엇이 되어 할 말을 잊는다.

이미 맡겼다 해도 마음을 진정하기는 쉽지 않았다. 아들이 아픈데 아무 것도 해줄 수 없다는 것이 안타까웠다. 가만히 앉아서도, 일을 하면서도, 누워서도 생각을 떨칠 수가 없었다. 신학생 때 방학을 맞아 집에 오면 마음 편하게 해주지 못한 것이 이런 결과를 가져온 것만 같았다. 우리 부부는 성격이 판이했다. 자연 매사에 부딪쳤다. 서로를 이해하기에는 현실이 각박했고 도량도 없으니 힘이 들었다. 언젠가 서로 말 않고 지내는 우리가 한심했던지 아들이 말했다. "저는 남들에게 사랑을 얘기해야 되는데 우리 집에서는 이렇게 지내시니 어찌해야 합니까?" 그 말은 화살처럼 가슴에 박혔다. 얼굴에 화톳불을 뒤집어쓴 듯 부끄러웠다. 그 뒤로 화해는 바로 하기로 마음먹었다.

미안하다. 이불 위에 엎어졌다. 왜 이런 일이 일어났느냐는 원망보다 내 탓만 같아 견딜 수가 없었다. 처음 그 소리를 듣고 얼마나 놀랐을까, 어미에게도 말하지 않았다는 서운함보다는 차마 말할 수 없었던 막막한 심정이 애처롭고 안타까웠다. 젊은 나이에 할 일도, 하고 싶은 일도 많을 것이다. 엄청난 소명 앞에 감당할 길 없이 솟구치던 활화산 같은 서약인들 없었겠는가. "나를 따르라"는 말에 그물을 버리고 따랐던 베드로 사도처럼 예수님을 따랐건만 난데없이 건강이 제동을 걸다니, 그가 겪었을 당황스러움과 수술날짜를 앞에 두고 혼자 견디어야 되는 고통을 생각하니 가슴이 터질 듯 했다. 기도는 어찌 할 바 모르는 인간의 소리 없는 외침이다. 태연할 수 없는 간절함이다. 견딜 수 없는 몸부림이다. 보이지 않는 분께 온전히 나를 내어 놓음이다.

보호자 대기실에는 대여섯 명의 보호자들이 무거운 얼굴로 앉아 있었다. 전광판에는 수술실에 있는 환자들 명단이 계속 돌아가며 현재의 상황을 알리고 있었다. 내가 거기 있고 네가 여기 있어야 하거늘 어찌하여 네가 거기 누워 있단 말이냐. 이건 순서가 잘못되지 않느냐고 누군가에게 항변하고 싶었다. 그러나 현실은 젊은 그가 온전히 의사에 맡긴 채 저기 있고 나는 가슴만 파닥이며 우두커니 앉아 있었다. 한 시간을 넘기며 초조해졌다, 갑상선암은 흔하고 수술도 쉽다지만 항상 예외도 있는 법이고 체질에 따라 다를 수도 있는 것이다. 완치율 99%라 하더라도 1%가 걱정되는 것이 당연한 마음일까. 수술은 잘 되는 것인지, 마취가 깨어나지 않으면 어쩌나, 노심초사 심란한 마음에 묵주 알은 저 혼자 굴러가고 있었다. 지루하리만치 시간이 흐르고 수술완료라는 문자가 뜨고 잠시 후 현재 위치가 병실로 바뀌었다. 환자가 나오는 문은 따로 있었나보다. 뛰다시피 병실로 오니 마취에서 깨어나고 있었다. 고생했네. 살아났다는 것이 너무도 고마워 손을 덥석 잡았다.

알록달록 고운 맹꽁이 신발 신고 걸음마 배우던 모습이 앙증맞았다. 중학생 교복 입고 어색한 듯 씩, 웃던 모습도 의젓하였다. 바람결에 검은 수단자락 너풀거리면 공연히 가슴만 두근거렸다. 그러나 보기 싫은 것 중 하나가 자식이 환자복 입은 모습이라는 것도 이때 알았다.

"젊어서 회복이 빠르시네요." 간호사 수녀님 목소리가 아침 새소리인 양 명랑했다. 며칠 후면 아무 일 없었던 듯 일상으로 돌아갈 것이다. 스트레스가 최대의 적이라니 여유 있고 느긋한 마음으로 사셔야겠네. 영·육간 건강에 대한 일침이라 할 수 있고 경고라 생각한다. 일주일이 한여름 소나기처럼 지나갔다.

아파트 마당가 즐비한 벚나무에서 버찌를 바라보는 일은 즐겁다. 콩 점을 찍으며 익어가는 버찌가 알알이 마침표로 다가온다. 병실은 이제 그만 …. 일상의 안녕은 익어가는 버찌에게조차 대견하고 고맙다.

맨드라미와 자리갯돌

　색色은 연상 작용을 한다. 환한 노란색에서 개나리를 떠올리고 봄
이 왔음을 느끼듯이 빨아들일 듯 짙은 녹색을 보면 청정한 여름 숲을
연상하게 된다. 주황색에서 푸른 하늘 배경으로 서있는 감나무의 아
름다움을 상상하기도 하고 검정색 리본을 보고는 엊그제 세상을 떠
난 망자를 생각하기도 한다. 하나의 사물이나 사건이 의식의 심층에
잠재해 있다가 어떤 색깔과 마주하며 그날의 일들이 그림처럼 펼쳐
지는 것이다. 지역적 관습이나 개인의 경험, 성격, 취향에 따라 느낌
이 다를 수 있지만 일반적으로 그렇다.

　시댁으로 들어가는 길섶에는 맨드라미가 줄지어 피어 있다. 해마
다 이맘 때 보게 되는 이 꽃은 누가 씨 뿌리지 않아도 산과 들에 피어
나는 야생화처럼 가꾸지 않아도 늘 그렇게 피어난다. 선뜻 꽃이라
이름 붙이기도 망설여질 만큼 두루뭉수리 별 볼품없이 생겼지만 그
빛깔은 매혹적이리만치 고운 꽃자주빛이다. 현란하지도 않고 향기도
없으면서 투박지게 피어나는 맨드라미가 고 만큼의 키와 빛깔로 서

서 가을을 증언하듯 서 있다. 한여름 현란하게 피어나는 꽃들과는 다르게 한결 차차분해진 가을 햇살 속에서 하마 자지러질 듯 서슬 붉게 피어난 꽃, 적자색 맨드라미를 보면 그 해 가을이 선명한 빛깔로 다가선다.

태안에서 살고 있던 어느 날, 해미읍성 서문 밖에서 '순교자리갯돌' 귀환식이 있었다. 평범한 바윗돌이라 할 수 있지만 길이가 사람 키보다도 큰 너럭바위를 그것이 있던 원래의 자리로 가져다 놓는 조촐한 행사였다. 성 밖으로 흐르는 도랑물을 가로질러 놓아 다리 구실을 하던 이 돌이 천주교인에 대한 박해가 한창일 때 사람을 죽이는 도구로 이용됐다. 이후 누군가 서산 본당에 옮겨 놓았는데 다시 제자리를 찾아온 것이다.

자리개질이란 곡식 단을 묶어서 타작하는 일을 말하는데 자리갯돌은 사람의 팔, 다리를 곡식 단처럼 들어서 자리개질을 하던 받침돌이었다. 병인박해 때 천주학을 믿는다는 죄목 하나로 목 잘라 죽이거나 그 목을 호야 나무에 매달아 놓기도 하고, 곤장으로 쳐 죽이기도 하였다. 그것도 힘이 들었던지 산사람을 그대로 커다란 구덩이를 파서 몰아넣고 흙과 자갈로 메꾸어 생매장을 하였다. 자리개질은 그 당시 죄인의 처형 방법 중 하나였다. 산 사람을 그대로 바윗돌에 메어치다 보니 포졸들의 옷과 얼굴에 피가 튀고, 살이 뭉그러져 핏덩이와 핏물이 시내를 이루어 흘러갔다는 곳. 그러나 동료 신자가 그 지경으로 죽는 것을 차마 눈 뜨고 볼 수가 없어서 서로 먼저 죽게 해달라고 애원하였다는 형장의 광경이 내겐 쉽게 상상이 되지 않았다. 지금도 비가 많이 오는 날이면 핏물이 불그스름하게 배어나와 얼룩지게 한다는 자리갯돌.

그것은 150여 년 전, 이 땅에 살던 사람들이 무지막지하게 저지른 행실과 목숨 바쳐 신앙을 증거 한 뭇사람들의 피의 현장이었다. 부끄러운 역사의 표징이며 자랑이기도 하였지만 자리갯돌은 짐짓 아무렇지 않은 듯 덩그러니 서 있었다. 그 돌의 내력을 설명하는 사회자의 말을 들으며 나는 미묘한 기분에 젖어들었다. 먼 옛날에 일어났던 사건이고 상황일 뿐 감이 닿지 않는 답답함이라 할까. 아무 생각도 들지 않는 담담함이라 할까. 그러면서도 뚜렷이 이름할 수 없는 열기 같은 것이 느껴지기도 하였다.

그 때, 빙 둘러선 사람들 틈새로 소담스레 피어있는 맨드라미가 눈에 들어왔다. 내가 서있던 옆 길가 같기도 하였고 보호막으로 둘러친 철책 가장자리 같기도 하였다. 자리갯돌을 위하여 꾸민 조경은 아니 것 같았다. 시골 집 어느 꽃밭에서나 흔히 볼 수 있는 금잔화, 분꽃, 다알리아 따위의 일년초 사이에서 그 꽃은 새로운 느낌으로 다가왔다. 세밀히 말해서 그 꽃이 아니라 그 꽃의 빛깔이었다.

자글거리는 가을 햇살 속에서 맨드라미의 적자줏빛은 더욱 선명하게 빛이 났다. 눈부시도록 강렬한 아름다움이었다. 그제야 대춧빛 같기도 하고 자보라색 목단꽃 같기도 한 맨드라미의 꽃빛은 바로 너럭바위를 피로 물들이며 이름 없이 죽어간 무명 순교자들의 핏빛 신앙심이라는 생각이 들었다. 순교자들의 피의 상징. 성당의 건축물들이 붉은색 벽돌을 쓰는 연유도 바로 이와 같은 피의 상징성 때문이라는 것도 생각났다.

꽃 가장자리가 꼬불꼬불하게 수탉의 벼슬을 닮고 주걱 모양의 별 볼품없는 맨드라미가 아름다운 빛깔로 계절을 알리듯이 자리갯돌은 하느님을 향한 사랑 한 점 가슴에 품고서 참혹하게 죽어간 사람들의 의연함으로 성밖 고샅을 지키고 있다. 모든 유물이나 유적지가 그렇듯이 그것은 존재만으로 가치가 있다 할 것이다.

해미에는 순교 유적지가 참 많다. 천주교 신자들을 국사범으로 대량 처형한 오명만 남긴 해미 진영. 고문대로 쓰던 호야 나무. 산 사람을 죽이던 진둠벙. '예수 마리아'하고 부르던 기도소리를 여수 머리로 알아듣고 '여숫골'이라 하였다는 생매장터. 돌아보고 느끼는 것은 각자의 몫일 터이다.

맨드라미의 자줏빛으로 연상되는 자리갯돌과 순교의 정신은 잠자는 내 의식을 흔들어 깨우며 해마다 이맘때 되살아난다. 감히 그 언저리조차 근접할 수 없이 형편없는 나의 신앙과 일상의 안일을 재우치며 성찰의 시간을 갖게 한다.

적자색은 어수선한 마음 차분히 가라앉히며 사색에 잠기게 하는 정적인 색이다. 받아들이고 품어서 상념의 가닥을 조율시키는 서정성의 색이기도 하다. 불현듯 이 가을 시골 어느 고샅길에서 맨드라미 한 무더기와 만나고 싶다. 생활에 찌든 내 심신을 그 꽃빛에 헹구어내어 정신의 중량을 가늠해보고 싶다.

책갈피

가방을 정리하는데 책갈피가 나왔다. 빨간 매듭실로 매화 문양을 짓고 진줏빛 구슬을 달았지만 세련되지는 않았다. 그래도 버리기는 아깝다는 생각이 들어 수첩 속에 끼워두었었다. 그것은 중국 상해에서 홍구공원 안에 있는 매헌 윤봉길의사 기념관에 들어갈 때 준 입장권이다. 앞면에는 기념관 정경 '매정'이 사진으로 나와 있고 뒷면에 한문과 한글로 그의 행적이 간략하게 적혀 있다.

"한국 충청남도에서 태어난 윤봉길 의사(호;매헌)는 1932년 4월 29일 일본 침략군이 이 자리에서 거행한 상해사변 전승축하식 때 폭탄을 투척하여 상해 주둔 일본 파견군 사령관 시라카와 대장 등을 폭사시키고 현장에서 체포되어 그해 12월 19일 일본 가네자와에서 25세의 장렬한 일생을 마쳤다."

여행 마지막 날에 들른 공원에는 연못에서 물안개가 피어오르며 어느새 봄기운이 느껴졌다. 겨울이 한창이지만 남쪽지방이라 그런지 사철나무도 풍성하고 바람도 그리 차지 않았다. 반짝 해 든 날 없이 안개 낀 듯 늘 흐린 것이 그곳의 날씨라지만 이방인의 눈에는 뿌연 공기 속에서 모든 사물이 부유하는 듯 보였다. 비가 내리는 듯 그친 듯 축축한 날씨다. 그래도 집안 공기보다는 바깥 공기가 따뜻해서 집집마다 빨래를 밖에 널어놓았는데 여기도 사람 사는 곳이구나 하는 생각이 들어 과히 보기 싫지는 않았다. 그런 날씨 속에서도 걷거나 기구를 이용하여 운동을 하고 있는 노인들의 모습이 여유로워 보였다.

한 곳만 들르면 되기 때문에 다른 날보다 좀 늦게 호텔을 나섰지만 급한 걸음은 우리뿐이었다. 그건 급해서라기보다 몸에 밴 습관 같았다. 이번 여행길에서 누구랄 것 없이 우리 일행은 빨리 걸어 다녔고 구경도 빨리빨리 하였다. 다른 나라 사람들 속에 있으니 그건 확연히 구별되었다. 일행으로부터 떨어져 본의 아닌 피해를 줄까 봐 조심스런 마음에서 그렇다고도 할 수 있지만 몹시 서두르는 것은 사실이었다. 일정이 그리 촉박한 것도 아니면서 무엇에 쫓기듯 급히 서둘러 다닌 것이 아쉬움이라면 아쉬움이었다.

윤봉길 의사의 폭탄 투척사건으로 잘 알려진 홍구공원은 홍구구 지역 이름을 따서 붙여진 이름이었으나 몇 년 전 노신공원으로 명칭이 바뀌었다. 근대화의 아버지라 불리며 문학가이자 사상가, 혁명가이며 중국인들이 가장 존경하는 인물인 노신魯迅이 그들에게는 더 가깝게 느껴지고 자부심을 갖게 하였을 것이다. 역사의 굴레 속에서 신음하고 있는 민중들과 운명을 함께 하고 격동기의 중국 현대사에 뚜렷한 족적을 남긴 인물이다. 공원 입구에 노신 동상이 있는데 원래는 그 자리가 기차역이었고 역 광장을 공원으로 조성한 것이다. 70여

년 전 폭탄이 떨어진 바로 그 역사적인 현장이었다. 동상 밑에는 노신 시신이 안치되어 있다. 언젠가 '노신 산문집'을 읽으며 그의 인품과 정신에 감화되어 온몸이 더워지는 것을 느꼈는데 인자한 모습의 동상을 보니 감회가 새로웠다. 남의 나라 사람도 이럴진대 자국의 젊은이들이야 말해 무엇하랴. 누가 가져다 놓았는지 꽃다발이 놓여 있었다.

걷기도 할 겸 호수 주변을 한 바퀴 돈 다음에 매정으로 향하였다. 충남 예산군 덕산면에 충의사가 있기에 충청도 사람이라면 한두 번씩 다녀온 곳이고, 그래서 너무도 잘 알고 있는 역사적인 인물이 윤봉길 의사라 할 수 있다. 그런데 상해에서 생전의 유물을 둘러보며 그곳 안내원에게 일생에 대한 설명을 듣는다는 사실이 가슴 뿌듯하면서도 기분이 야릇하였다. 우리나라 사람이 남의 나라 땅에서 그 나라 사람들에게 존경과 기림을 받고 있다는 것은 다분히 어깨가 으쓱해지고 기분 좋은 일이다. 훌륭한 조상을 둔 후손들의 마음이 이러할까. 자긍심이 우러나오는 것은 자연스런 일이었다. 연변 출신 안내원의 말투가 어눌하기도 하였지만 하도 말을 많이 하다보니 외워버린 것인지 설명이라기보다는 외워두었던 것을 좔좔 풀어놓는 형국이고 시종 무표정한 얼굴이었다. 진정성 없는 기계적인 언동에 감동인들 있겠는가. 굳은 표정이길래 궁금했으나 말 못할 복잡한 심사가 있나보다, 생각하며 혼자 유물을 둘러보았다.

거사 때 썼다는 폭탄을 감추었던 도시락과 물병의 모형이 그대로 있다. 물병 폭탄은 일본군 요인들을 명중 폭사시켰고 도시락 폭탄은 자폭하기 위한 것이었으나 현장에서 붙잡혀 뜻을 이루지 못하였다.

"남아로서 당연히 할 일을 다 했으니 만족함을 느낄 따름이고 미련은 없으나 어린 혈육이 애처롭다." 일본 오사카 군법회의에서 사형을 선고 받고 처형 전 마지막 남긴 말이었다. 이미 결혼을 하여 종淙, 담淡이라는 아들 둘을 두었는데 처자를 둔 사람으로 그처럼 용감할 수 있는 기백을 무엇이라 할 수 있을까. 제가 할 일이 무엇이겠습니까? 한인애국단 단장인 김구 선생을 찾아가 나라와 민족을 위하여 할 일을 달라 하였다는 열혈청년. 일본치하에서 일본사람들로부터 숱한 고난을 겪으며 자라난 저항의식이 나라와 민족을 위하여 분연히 일어서게 하였으리라 생각이 되었다.

"…너희도 피가 있고 뼈가 있다면/ 조선을 위하여 용감한 투사가 되어라/ 태극의 깃발을 높이 드날리고/ 나의 빈 무덤 앞에 찾아와 한 잔 술을 부어라/ 그리고 너희들은 아비 없음을 슬퍼하지 말아라…"

거사 이틀 전에 어린 아들에게 써 두었다는 유서이다. 그의 의거는 세계를 놀라게 하였고 아직도 조선인이 살아 있음을 만방에 알렸다.

"중국군 백만 대군도 하지 못한 일을 한 사람의 조선인이 해냈다. 우리 4억 중국인보다 낫다."

일제 강점기 중국에서도 일본 사람들의 만행에 치를 떨고 있었기에 자신들도 하지 못한 엄청난 일을 조선이라는 나라 한 젊은이가 보여준 용감한 행동에 감동한 중국 장개석 총통이 한 말이다.

우리와 함께 한 여행 안내원도 자랑스러워하더니 덧붙여 방명록에 남기는 말에 대하여 개탄하는 말을 하였다. 한국에서 참배객들이 많이 오고 기리는 글귀를 남기기도 하는데 더러는 개인적인 소망을 적어 놓거나 심지어 로또복권에 당첨되게 해달라는 말을 써놓기도 하더라는 말을 하며 여행객들의 생각 없음을 지적하였다. 그 말을 들으며 남의 나라를 여행할 때에는 더욱 사려 깊게 행동해야겠다고 생각하였다. 그는 어머니가 한국 사람인 교포 3세였다.

좋은 시대에 살다보니 이런 한유의 시간도 갖게 되고 호사도 누리고 있다. 즐거이 보낸 그동안의 시간들도 결국 나라를 위하여 몸 바친, 의로운 일에 투신한 기개 있는 사람들의 헌신이 밑거름되었기 때문이라는 것을 새삼스런 일인 듯 깨닫는다.

유물을 둘러보느라 뒤처져 있다가 손바닥만한 책자 하나만 서둘러 사들고 방명록에 기리는 말 한 마디, 모금함에 지폐 한 장 넣지 못하고 돌아 나온 것이 못내 마음에 걸렸다. 이제 잠시 후면 집으로 간다는 들뜬 마음이 서두르게 하였는지도 모를 일이다.

10센티미터 안팎의 책갈피는 참관기념參觀紀念이라는 글자가 쓰여 있고 오래 지니도록 비닐 덮개까지 덮여 있다. 모든 일에는 순서와 때가 있음을 이제야 느끼며 황망히 돌아섰던 그날의 무심함이 나를 부끄럽게 한다. 내 언제 또다시 그곳에 들러 지금의 편치 않은 마음을 풀 수 있으랴. 다소 촌스럽다 여겨져 가방에 넣었던 작은 책갈피 하나가 문득 창공에 표표히 나부끼는 태극기인 양 싱그럽게 하고 있다.

4부

가로등이 눈 뜨는 시간

요한이

우리 집 막내둥이의 앞니가 드디어 봉긋 솟아나기 시작했다. 젖니가 빠지고 일 년이 넘도록 소식이 없어 내 이는 영영 안 나오려는가 보다고 아이는 심란해 했다.

"엄마, 나 틀니 끼워야 되나 봐."

걱정이 태산이더니 나올 때가 되었나 보다. 사과 한 쪽을 베어 먹으려 해도 고개를 외로 돌리고 얼굴을 찡그리며 옆의 이로 깨물곤 하던 모습이 우습기도 하고 귀엽기도 했다.

"앞니가 저리 쏙 빠졌으니 어찌 에미 말을 듣겠노."

모처럼 오신 할머니께서도 앞니 탓인 양 데살궂은 아이 걱정을 하셨다. 청개구리 노릇만 하던 미운 일곱 살을 넘기며 의젓해지는 듯싶기도 하였다.

아이들 이가 톱니 모양으로 봉긋봉긋 솟아나오는 것을 보면 나뭇가지에서 파릇파릇 돋아나는 새싹과 너무도 흡사하다. 그래서 앞니가 빠진 아이의 활짝 웃는 얼굴을 보면 겨울이라도 나는 싱그러운 봄을 느낀다. 발그레 상기된 아이의 홍안이 새순 같은 이와 어울려 풋풋한 신선함을 풍긴다. 동토에서 견디는 겨울나무가 그 안에 새 생명을 잉태하여 봄을 예감하게 하듯이 아이들은 각박한 현실 속에서도 우리에게 꿈과 희망을 주기 때문이다. 하여 아이들은 어떤 수종으로 자라날지 모르는 꿈나무다.

햇살 따사로운 봄날, 아이는 학교 담 모퉁이에서 병아리를 사들고 와 사뭇 신기한 듯 들여다본다. 물 한 모금 입에 물고 하늘 한 번 쳐다보는 병아리의 모습이 마냥 귀여운가 보다. 영 자리를 떠날 줄 모른다.

"엄마, 혼자는 쓸쓸할까봐 두 마리 사왔지."

천연덕스럽게 재잘거리는 녀석은 갓 깨어나 삐악거리는 병아리다. 이 녀석 쓸쓸한 것이 무엇인지나 알까. 궁금하면서도 녀석의 상상력과 감성에 놀라고 만다.

우리의 결혼기념일에 아이들은 선물을 했다. 저희들의 용돈과 안목으로 고른 강아지 인형과 자그마한 사진틀. 그 가운데 막내가 내민 것은 맞춤법 틀린 축하 카드와 장미꽃 한 송이였다. 뜻밖의 선물에 감격을 했다. 엄마, 아빠 결혼기념일에 꽃 한 송이를 선물한 아이가 그대로 한 송이 꽃이었다. 화사하게 피어난 꽃이었다.

지난 가을 가족끼리 금산으로 놀러 가는 길이었다. 차가 옥계로를 지나고 있는데 차창 밖을 내다보고 있던 녀석이 갑자기 큰 소리로 외쳤다.

"여기가 내가 여행한 길이다."

우리는 처음에 영문을 몰라 했지만 모두 의미 있는 웃음을 웃었다.

막내가 학교에 입학하고 한 달쯤 됐었다. 학교에서 돌아올 시간이 지났는데 오지 않았다. 무슨 일이 일어난 것일까, 불안하기도 하고 어디서 정신없이 놀고 있는 것만 같아 화도 났다. 오기만 하면 야단치려고 벼르고 있는데 얼굴이 발갛게 상기된 아이가 나타났다.

"어디 갔다가 이제 오니?"

화가 난 내 목소리에 아이는 지레 주눅이 들었고 다그치는 소리에 눈물을 뚝뚝 떨어뜨리며 떠듬떠듬 말했다. 버스 타고 학교에 다니는 친구가 버스표 두 장을 주었단다. 그걸 가지고 집으로 오는 버스를 탄다는 것이 반대 방향으로 가는 버스를 탔다. 자꾸 가도 우리 동네가 안 나오고 이상한 길이더란다. 종점까지 갔다가 다시 그 차를 타고 학교에서 내려 걸어 온 것이다. 듣고 보니 어이가 없고 할 말이 없었다.

그 기억이 되살아났던가 보다. 버스를 잘못 타서 엉뚱한 곳에 다녀온 경험이 아이에겐 짐짓 여행이라도 한 기분이었을까. 잠시나마 낯선 곳에서 혼자 느꼈던 불안과 두려움이 그런 식으로 마음 안에 삭아내린 것이 고마웠다.

산다는 것은 결국 혼자 가는 길이다. 이런 기분을 어릴 때 순간이나마 깨닫는다는 것은 어쩌면 살아가는데 도움을 줄지 모른다. 본대로 느낀 대로 솔직하게 말하는 아이들의 단순성은 어이없게도 하고 당황하게도 한다. 잠자는 어른들의 감성을 깨우고 고착된 사고에 탄력을 준다. 그래서 자라는 아이들과 함께 하는 생활은 웃음을 주고 활력을 주기도 하지만 걷잡을 수 없이 당황하게 하고 가슴 태우게도 한다. 모든 사물과 세상사의 이치가 그렇듯이 희비의 쌍곡선을 그리며 아이와 우리는 함께 살아간다. 세상이 새삼스레 빛나 보이는 것은 아이들이 흔드는 순수의 깃발 때문이 아닐까.

아이스크림을 좋아하고 전자오락을 좋아하고 야구를 좋아해 왼손 타자될까, 오른손 타자될까 목하 고민 중인 녀석은 지금 초등학교 이학년이다.

아름다움은 필경 선善과 통한다

누군가 숨기고 있다 불쑥 내민 꽃다발이었다. 스포트라이트를 받은 듯 눈이 부셨다. 아파트 마당에 커다란 꽃다발로 서있던 복사꽃이 갑자기 누가 던진 듯 그렇게 다가와 성급히 걷던 내 발길을 잡았다. 삭정이 같은 나뭇가지에 몽올몽올 돌기가 솟아나던 것을 본 듯도 싶다.

바람이 불었는가. 분홍 잎들이 하늘하늘 반짝거렸다. 가감 없는 분홍빛의 정직한 현시. 온몸으로 육박해오는 복사꽃의 저돌성에 순간 정신이 혼미해졌다. 매화꽃의 담백함도 아니고, 하르르 떨리는 벚꽃의 화사함도 아닌 분홍, 그 선명한 색채가 가슴 한 복판을 치고 들어왔다.

미술대학에 다니는 딸아이에게 백이십 색이 든 색연필을 사준 적이 있다. 그 가운데 분홍이라 이름 할 수 있는 색은 아홉 가지였다. 사람이 만들어 낼 수 있는 색이 그 정도라는 말이 될 수도 있고, 수채화 물감으로 혼색하여 만들어 본다 해도 크게 상회하지는 않을 것이다.

그러나 같은 분홍색이라 할지라도 사과꽃과 살구꽃의 빛깔이 다르고 진달래의 애잔함과 철쭉의 강렬함이 다르다. 패랭이꽃의 분명함과 자귀꽃의 살풋한 색깔이 다르듯 모란의 우아함과 작약의 소박미가 다르다. 또한 같은 종류의 꽃이라 할지라도 씨앗에 따라, 채광에 따라, 토질에 따라 색의 갈래와 선명도는 얼마든지 다를 수 있는 것이다. 색깔에 있어서 분홍, 그 하나만 보더라도 이루 다 말할 수가 없는데 다른 색은 더 말해 무엇하랴. 자연적인 색은 인위적인 색과 비교할 수 없으리만치 다양하고 무한한 것이다. 이렇게 무궁무진한 색채의 세계를 내 감히 무엇이라 말할 수 있겠는가.

여린 듯 애잔하지만 선연한 자존의 빛깔로 이 계절을 웅변하는 분홍빛. 연분홍, 살구분홍, 보라분홍, 하늘분홍, 앵두분홍, 꼭두서니…. 수십, 수백 가지의 분홍 중에 가장 확실한 분홍을 말하라 한다면 나는 이 복사꽃을 보라 할 것이다. 순분홍 꽃잎과 화심에 스치듯 아로새긴 진분홍의 분명함과 꽃술의 섬세함.

어느 꽃인들 이쁘지 않으랴만 그 아름다움은 쉬이 지워지지 않아 복숭아밭에 가보고 싶었다.

"복사꽃을 보려면 조치원으로 가야지."

남편은 의외로 선선히 대답하고 시동을 걸었다. 무작정 나선 길이었다. 산 능성이에 산벚꽃과 진달래가 구름같이 피어났고, 박태기꽃과 조팝나무꽃이 산발치에 흐드러졌다. 연둣빛 새잎을 내미는 나무들과 봄꽃들이 어우러진 산야는 아기자기 수놓은 이불을 덮고 있는 것만 같다. 구불구불 시골길로 접어들어 얼마를 더 달렸을까. 멀리 산허리에 누군가 분홍 물감통을 폭삭, 쏟아놓은 것 같은 복숭아밭이

나타났다. 마을 입구에 차를 세우고 허둥허둥 걸어들어 갔다.

아! 탄성이 절로 나왔다. 수백 그루의 복숭아나무가 분홍 깃발을 달고 보란 듯이 펼쳐져 있었다. 사월의 햇살은 들이붓듯 쏟아져 내리고, 벌들은 떼를 지어 잉잉거리는데, 예의 그 복사꽃이 바다를 이루어 물비늘인 양 반짝이고 있었다. 둥치로 보아 고목이라 할 수 있는 나무에 화판 다섯 장의 꽃잎은 지구상의 사람 숫자만큼 모여 거대한 물결로 출렁거리고 있었다. 신령스런 기운으로 온 누리를 휘감아오는 색의 전율. 서해바다 일몰의 광대함에서 느끼던 장엄함이라 할까. 그건 분명 몽환의 바다였다. 중국 영화 '국두'에서였던가. 화면 가득 주황 빛깔과 붉은 피륙으로 뒤덮여 너울거리던 색채의 현란함에 넋을 잃었던 것이. 그때의 감동이 되살아났다. 신열을 끓이듯 선동하는 색의 관능미. 색은 분명 잠자던 내 오감을 깨우고 있었다.

불현듯 『복숭아밭은 날 미치게 한다』라는 K시인의 시집 제목이 생각났다. 말수 적고 조용한 시인이 책 제목은 퍽 선정적으로 붙였다고 생각했었는데 그 말이 너무도 실감이 났다. 나와 비슷한 연배의 시인이 10년 전에 느낀 감흥을 이제야 느끼며 맥 빠지기도 하였지만 가슴을 뒤흔들어 놓는 것만은 사실이었다.

'… 해마다 사월이 오면/ 어김없이 날 찾아와/ 가슴 설레이게 한다./ 화냥기 짙은 계집 마냥/ 속살 남실거리며/ 날 미치게 한다.…'

「복숭아밭」이라는 제목의 시 일부분이다. 남성이고 시인이기 때문에 복숭아밭에서 솟구쳐 오르는 격정을 이렇게 노래할 수 있었는지 모르겠다. 그러나 해마다 사월이 오면 어김없이 찾아와 남정네의 속내를 미칠 지경으로 뒤집어 놓는 복사꽃, 그 색의 비밀을 무엇이라 할 수 있을까.

'꽃은 에너지를 느끼게 하고 에너지는 색에서 나온다.' 는 말은 정녕 맞는 말이다. 정신을 산란시키는 듯 하면서도 상승작용을 일으켜 어느 한곳으로 집중하게 하는 힘. 뭇 남성의 가슴을 요동치게 한 것이 복사꽃의 분홍, 그 처연하리만치 아름다운 애상의 빛깔 때문은 아니었을까.

지난겨울에 내린 폭설로 견딜 수 없었는지 제법 굵은 나뭇가지가 여기저기 찢겨져 무참히 땅에 고꾸라지기도 했고, 가까스로 이어진 수피로 목숨 보존했는지 땅에 처박힌 나뭇가지 모습 그대로 거기에도 꽃잎은 무수히 매달려 이 계절을 환호하고 있었다. 그냥 땅속에서 뭉쳐나기로 돋아난 한해살이 여린 풀꽃 같았다.

가녀린 생명 부지함에 있어 어찌 동물만을 처절하다 할 것인가. 이곳 또한 광풍과 폭설에 유린당한 삶의 모습이 있었고 엄동설한에 피 흘리며 사투를 벌인 생존의 현장이라 할 수 있었다. 가느다란 생명줄 놓지 않고 제 몫을 다하고 있는, 사람살이와 별반 다를 바 없는 목숨붙이의 외경이 있었다. 목숨이 붙어있는 한 살아야 하고 살기 위해선 어떠한 고난도 감수해야 한다는 엄정함이 있었다.

이렇듯 거대한 꽃 무더기가 감성을 건드리며 영혼을 송두리째 뒤흔들어 놓는 위력 앞에 속수무책이었다. 꽃 이파리 하나가 온 우주를 품고 있다는 자각이 흔들어 깨웠다. 뚜렷이 이름할 수 없는 그리움의 진원지 같기도 하고, 아련한 향수 같기도 한, 막무가내로 가슴을 휘저으며 사무쳐오는, 그 색의 은밀함을 감당할 수 없었다. 자연이 펼쳐놓은 찬란한 아름다움, 그 무량감에 할 말을 잃었다. 찬란한 아름 다움! 나는 차라리 거칠거칠한 복숭아나무의 몸뚱이를 끌어안고 머 리를 박았다. 무어라 말할 수 없는 내 사고력의 한계와 지적 수준미 달의 자괴감이 벌불지고 있었다. 좋은 것을 보지도 느끼지도 못하며 살아가고 있는 현상이 얼마나 많은가에 대한 반성이 둥둥 북소리를 내고 있었다. 어설프고 조잡스럽기 짝이 없는 필봉의 둔함에 무릎을 꿇는 심정이 되었다. 초라하고 왜소해지는 자신이 견딜 수 없어 무조 건 항복한다는 말이 나를 에워쌌다.

얼마를 그러고 있었을까. 누군가에게 미안한 마음이 들기도 하고, 고마운 생각이 들기도 하고, 내가 살아있음이, 이 좋은 것을 볼 수 있고 느낄 수 있음이, 실로 원하는 대로 누리고 있음이 얼마나 크나 큰 행복인가 온몸으로 외치고 싶었다.

나는 그림자처럼 가만가만 그 곳을 걸어 나왔다. 무르익은 복사꽃 향기가 감미롭게 코끝을 스쳤다. 아름다움은 필경 선善과 통한다는 말이 떠올랐다. 사람의 마음을 이렇듯 순화시키는 아름다움에 대하 여 경건한 생각이 들었다. 이렇게 행복해질 수 있다는 사실이 기꺼움 으로 다가왔다. 마음 하나로 우주의 삼라만상을 끌어안을 수도 있다 는 깨달음이 충만함으로 차오르고 있었다.

그건 분명 누군가 예비하고 있다 내밀은 꽃다발이었다. 걸어 나오 다 되돌아보니 복숭아밭에 해무리인 양 빛 둘레가 서리고 있었다.

얼굴 무늬 기와

　남빛 하늘에 까치밥으로 남겨놓은 주홍빛 감은 그대로 한 편의 시라고 하던가요. 오색 단풍 아름다운 가을 날 경주박물관에 갔습니다. 햇볕 따사로운 박물관 뜰엔 엄마 따라 나들이 나온 아이들 웃음소리로 한바탕 소란스러웠습니다. 박물관 나들이는 누구와 함께 하는 것도 좋지만 혼자 둘러보는 것도 좋을 듯싶습니다. 그래, 고개 끄덕이며 공감하는 기분도 괜찮지만 재촉하는 사람 없이 느긋하게 즐기는 여유도 기쁨을 동반합니다. 오히려 혼자라서 가뿐한 즐거움이 있습니다.

　미술관 2층을 돌아보고 있는데 한 무리의 초등학생들이 왁자하니 몰려왔습니다. 종이 한 장을 깃발처럼 들고 전시물을 진지하게 들여다보거나 메모를 합니다. 아마 현장학습을 나왔나봅니다. 박물관에서 흔히 볼 수 있는 풍경이지만 보기 좋습니다. 그런데 한 아이가

　"야, 웃는 얼굴! 웃는 얼굴이 없어."

　찾아도 없어 답답하다는 듯 친구에게 하소연하고 있습니다. 순간

쿡! 웃음이 나왔습니다. 얘들아, 웃는 얼굴? 아, 웃는 기와, 여기 있 잖아. 마침 내가 보고 돌아선 곳에 그것이 있었기에 한 아이에게 가 리켜 주었습니다. 야! 여기 있다. 그 아이가 소리치차, 너댓 명이 달 려오더니 종이에 적기도 하고 그림으로 그리기도 하며 야단법석입니 다.

별도의 유리 상자 안에 진열되어 있는 '웃는 기와'는 정식 이름이 '얼굴무늬수막새'입니다. 처마 끝을 잇는 수기와인데 둥근 한쪽 면에 웃는 얼굴을 새겨놓았습니다. 지붕에 얹어놓는 기왓장에 귀신의 얼 굴이나 다양한 문양으로 연꽃을 무늬 놓는 것은 치장의 의미보다는 기도의 의미가 더 깊을 듯싶습니다. 사람의 힘으로는 어찌할 수 없는 큰일을 겪을 때마다 가정과 신변의 안녕을 기원하게 되는 간절함이 귀면와를 만들고 연꽃을 그리게 하였을 것이라 생각됩니다. 집안 곳 곳에 스미게 하려는 불심에의 발원과 기복신앙에서 비롯된 까닭이라 여겨집니다. 그 가운데 이렇듯 웃는 얼굴도 있습니다. 눈에 뜨이지도 않는 지붕 기왓장에 그려놓은 얼굴은 순진 소박한 옛사람들의 마음 이고 여유로움과 해학의 일면이라 여겨집니다. 더구나 한쪽 눈은 동 그랗게 음각으로 표현하고 다른 쪽 눈과 눈썹은 도드라지게 돋을새 김으로 처리한 기법이 감탄을 자아냅니다. 동그란 얼굴에 우뚝한 코 와 서글서글한 눈매로 빙긋 웃는 모습이 일품인 웃는 기와는 신라여 인의 넉넉한 마음이 그대로 나타나 있습니다.

'웃는 기와'는 2001년 모 신문사 신춘문예에 동시로 당선되고, 초 등학교 5학년 1학기 국어 '말하기. 듣기. 쓰기' 책에 나와 있어 더 유명해진 듯싶습니다. 이 기와는 유일하게 하나이면서 그나마 얼굴

한쪽이 떨어져 나가 깨진 기와입니다. 경주역사慶州驛舍 안에서 관광
안내도를 얻었을 때 명승지를 안내하는 유적지마다 웃는 기와로 포
인트를 주었습니다. 그것을 보자 반가운 마음이 들었고 상품디자인
으로도 손색이 없다는 생각이 들었습니다. 손수건이나 머플러에 그
려진 얼굴도 기념품 가게에서 보았습니다. 통통한 얼굴의 웃는 기와
는 경주사람들 뿐만 아니라 우리 생활 깊숙이 들어와 있다는 느낌이
들었습니다.

시가 좋아 이런 시를 쓴 사람은 어떤 사람일까 궁금하였는데 지난
해에 지은이를 우연히 만났습니다. 어느 문학회 세미나가 끝나고 뒤
풀이 시간이었습니다. 아마도 50대쯤 되는 초등학교 선생님일 거라
고 막연히 생각하고 있었는데 뜻밖에도 40대의 젊은 사람이었습니
다. 대전 분이란 건 알았지만 그 날 만나게 된 건 뜻밖이었지요. 이
사람 시가 국정교과서에 실렸다고 옆 사람이 이야기해 주었습니다.
글 쓰는 사람들은 교과서에 글이 실리는 것을 최고의 영예로 생각하
는 것 같았습니다. 실지로 한 수필가에게서 "내 글쓰기의 목표는
중·고등학교 교과서에 글이 실리는 것이다."라는 말을 듣고 처음엔
의아스러웠습니다. 좋은 글을 많이 읽고, 많이 생각하고, 열심히 쓰
다보면 많은 이가 고개 끄덕여줄 글도 쓰게 되지 않을까싶기도 하며
상을 받거나 교과서에 실리고 아니고는 그 다음의 문제라는 생각이
들었기 때문입니다. 그러나 꿈을 가지고 있다는 것은 좋은 일이지요.
꿈을 이루려고 노력하는 모습은 더욱 보기 좋은 일입니다.

어쨌든 반가워서 악수를 하고 그 시인을 보니, 동그란 얼굴에 사람
좋게 웃는 모습이, 영락없이 시 옆에 삽화로 나와 있는 깨진 기와의

웃는 얼굴이었습니다. 어머나, 선생님 얼굴이 바로 웃는 기와의 모습이네요. 그러자 주위 사람들이 모두 웃었습니다. 저는 오늘 선생님 만난 것만으로도 이 곳에 온 보람을 느낍니다. 솔직한 심정으로 말하였는데 쑥스러운지 나에게 동동주 한 잔을 따라 주더니 자리를 피하였습니다. 잠시 후에 그를 보고 시집이 있으면 한 권 달라고 하였더니, 가지고 있는 책은 없고 그것은 어쩌다 '소가 뒷걸음치다 쥐 잡은 꼴'이라고 눙치더니 예의 사람 좋은 얼굴로 웃었습니다. 시가 좋으니 지은이와의 만남도 반갑고 즐거웠습니다.

옛 신라 사람들은/ 웃는 기와로 집을 짓고/ 웃는 집에서 살았나 봅니다.// 기와 하나가/ 처마 밑으로 떨어져/ 얼굴 한쪽이/ 금 가고 깨졌지만/ 웃음은 깨지지 않고/ 나뭇잎 뒤에 숨은/ 초승달처럼 웃고 있습니다.// 나도 누군가에게/ 한 번 웃어주면/ 천년을 가는/ 그런 웃음을 남기고 싶어// 웃는 기와/ 흉내를 내봅니다. (웃는 기와 - 경주 박물관에서 - 이봉직)

다시 읽어보아도 여전히 이 동시는 좋습니다. '… 얼굴 한쪽이/ 금 가고 깨졌지만/ 웃음은 깨지지 않고 …' 이런 표현은 아무나 할 수 있는 것이 아니라는 생각이 들어 이 시인은 천년을 가는 웃음이 아니라 천년을 가는 시를 남겼다는 생각이 들기도 하였습니다.

아이들이 몰려나간 박물관에는 바닷물이 밀려나간 썰물 때처럼 적요하기 그지없습니다. 또각또각 발자국소리 친구인 양 따라오는 빈 공간엔 보이지 않으나 꽉 들어찬 느낌이 듭니다. 빈 듯 가득하고 가득한 듯 하나 빈 것 같은 느낌이 신기합니다. 가만가만 발길 옮기며 눈길 주노라면 천년 전 이 땅에 살던 사람들이 감추고 있던 속내 드러 내며 말을 걸어옵니다. 말수 적은 친구 마음 풀어놓듯 서리서리 지나 온 세월 펼쳐놓습니다. 바윗돌에 자비도 새기고, 기왓장에 꽃도 피워 내고, 나무 조각에 소식도 전하며 살았었노라고 토기에 새겨 놓은 빗살무늬처럼 또렷이 이야기하고 있습니다.

누구에게나 무엇에게나 세월은 흐르기 마련이고 사연 또한 있기 마련입니다. 사람이 태어나 각자의 생을 살다가듯 사물 또한 주어진 시간을 메우기 때문입니다. 물상들의 사연인즉 사람들의 세월이라 생각합니다. 우주 만물 안에서 피차 허여된 시간을 사유하고 움직일 뿐입니다. 인생이 그러하듯 유물 또한 그러하리라 여겨집니다. 우리 네 삶이 유한한 듯 영원하고 영원한 듯 유한한 연유를 얼굴 무늬 기와 를 보며 생각합니다. 웃는 기와를 보면 빙그레 웃게 되는 까닭입니 다.

조용히 흐르는 삶의 강물 소리

손질이 잘 되어 있는 무덤은 보기에 좋다.

죽어서도 보살핌을 받고 있다는 생각에 보는 사람을 흐뭇하게 한다. 봉분이 허물어지고 삐죽삐죽 잡초만 무성하여 볼썽사나운 무덤은, 차츰 잊혀져가는 무덤은 아닐까. 누군가의 기억 속에서 고인이 잊혀져가듯 무덤 또한 머지않아 형체조차 없어질 것만 같다. 등산길에 만나는 무덤이나 성묫길에 나서면 항상 그런 생각이 든다.

고인에게도 수명이 있다고 하는 글을 읽은 적이 있다. '고인에게도 수명'이라는 말이 이상하게 들리기는 하지만 엄밀히 말하면 죽은 사람이 누워 있는 묘에 수명이 있다는 말이 되겠다. 그 망자를 기억하고 있는 자손, 길어야 증손에 이르기까지 백 년 정도가 된다고 하던가. 망자는 그를 기억하고 있는 육친의 죽음으로 인하여 비로소 영구히 죽는다고 한다. 묘를 보살펴 주던 사람이 이러저러한 사정으로 중단하게 될 때 그 묘도 서서히 사라져 간다는 말이 아주 틀린 말은 아니다. 그러나 오래 전에 죽었지만 찾아오는 순례객들의 가슴에 다시 살아나는 사람들이 있다.

가을을 재촉하는 비가 부슬부슬 내리는 날, 청양에 있는 줄무덤에 갔었다. 가파른 산등성이에는 보랏빛 쑥부쟁이가 무더기로 피어 길손을 맞았다. 다래가 많아 다랫골이라고도 한다는 그곳은 칡덩굴이 무성하고, 아람 번 다래 송이가 주렁주렁 매달린 첩첩 산골이었다. 산에 길이 제대로 나지 않아 수풀을 헤치며 올라갔다. 의외로 봉분은 잘 다듬어져 있었다.

서해안에서 가장 높다는 오소산 기슭에 자리한 줄무덤은 천주교 병인박해 때, 홍주옥洪州獄에서 순교한 무명 순교자들의 무덤이었다. 깨끗이 손질된 묘 14개의 봉분에 무명 순교자라는 비석이 세워져 있고, 아직 순교자로 확인되지 않은 것인지 봉분 20여 개가 줄을 지어 봉긋봉긋 솟아 있었다. 같은 순교자라 하더라도 기록이나 증인에 의해서 순교 사실이 분명하면 성인품에 오르고, 또 순교는 확실해도 신원을 알 수 없으면 무명 순교자라 칭한다. 배교를 하느니 차라리 죽음을 택하여 몸으로 증거한 신앙의 모습은 온갖 박해 속에서도 기쁘게 죽을 수 있었던 용기, 그건 하느님에 대한 사랑이었다. 성지나 유적지를 순례함은, 이미 이 세상을 떠난 선인들의 삶을 돌아보며 지금 나의 신앙과 삶의 자리를 점검해 보는 것이리라.

수유리에 가면 아직도 4·19, 그날의 함성이 들리는 듯하고, 광주 망월동에서는 사진속의 아들은 해맑게 웃는데 백발이 성성한 아버지는 소리 없이 눈물만 흘리고 있다. 경찰의 고문을 받다 원통하게 죽어간 아들의 죽음이 못내 서러운 박종철의 아버지는 아들의 무덤 하나 만들지 못했음을 안타까워했다. 태어남에는 순서가 있어도 죽음에는 순서가 없는 것이 우리의 삶이 아니던가. 자식의 두벌주검을 연기로 날려 보내고 자식을 가슴에 묻은 아버지는 민주화를 외치는 시위대 대열에 앞장서서 민주투사가 되어 가고 있다.

우리는 이미 죽은 어떤 사건의 당사자나 그 사건을 기억하고 있는 사람과 이 시대를 공존하고 있다. 어느 면으로 보면 무덤은 남아 있는 사람들에게 자극이 되어 깨달음을 주려는 상징성이 내포되어 있는지도 모른다.

매년 태어나는 신생아의 수보다 두 배나 많은 백오십 만 명의 생명이 낙태로 죽어가고 있다는 지금, 낙태아의 무덤을 만들기로 하였다고 한다. '태아도 생명체, 귀여운 새 생명을 살립시다.' 낙태 반대 운동을 벌이는 종교계에서 태아에 대한 속죄와 낙태에 대한 경종으로 추진되는 이 일은, 인간에 대한 존엄성과 생명에 대한 외경심 때문이다. 한 쪽에선 세상에 태어나지 못한 생명들이 아무 죄의식 없는 사람들의 이기심으로 무참히 죽어가고, 그것이 얼마나 잘못하는 일인가, 무서운 일인가를 알리려는 사람들은 속죄의 뜻으로 이런 무덤을 만들고 있다.

또 일본에 있는 코무덤이 일본 문화사를 전공한 한 대학교수에 의해서 알려지고 사백여년 만에 우리나라에 들어온다. 정유재란 당시, 일본인은 조선인 전사자의 코를 잘라 전사자의 숫자를 확인했다. 단어조차 생소한 이 무덤은 뒤늦게 스스로의 잔인함을 깨달은 일본인이 인근 야산에 그 코를 묻고 해마다 참회의 제사를 지냈다. 천비총千鼻塚이라 한다는 이 코무덤이, 당시에 희생자가 가장 많았던 전라도 지방에 이장될 예정이다.

후손에게 산교육 자료가 될 이 무덤은 인간다운 양심을 가진 사람들에 의해 보존되고 깨어 있는 의식을 가진 사람에 의해서 뒤늦게나마 고향을 찾아오는 것이다. 신문에서 이 기사를 읽을 때는 가슴이 서늘해지는 느낌을 받았다. 시신의 일부를 그런 방법으로 이용한 일본인들의 소행이야 소름 돋는 일이라 할 수 있지만, 뒤늦게나마 쉽지 않은 일을 나서서 결행한 그 교수가 존경스러웠다.

시대를 초월해서 역사는 늘 양심 있고 용감한 사람들에 의해서 제자리를 찾기 마련이고 때로는 웅변 이상의 것을 시사하여 여러 가지를 생각하게 한다. 고인에 대한 추모의 정에서나, 상징적인 의미에서나 무덤을 만드는 것은, 살아 있는 자들의 도리요 인간의 아름다운 심성 때문이다. 무덤에 두 번 절하는 것도 인간으로서의 삶을 마감하고 신의 영역으로 들어간 고인에 대한 존경에서라고 한다.

'오늘은 나, 내일은 너'라는 묘비명처럼 우리는 날짜와 시간만 다를 뿐 언젠가 모두 떠나가야 할 이 세상의 나그네. 잠시 머물다 떠나는 삶의 여정에서 나는 과연 어떻게 살아야 하는가, 새삼 생각하게 한다. 죽어서도 오래도록 후손에게 기억됨은 부와 명예가 아니라 베풀며 나눈 생전의 덕행인 것을, 북돋아 주고 힘이 되어주던 한마디 말이었음을….

세월에 휘둘리듯 정신없이 살다가 어느 날 무덤 앞에 서면, 조용히 흐르는 삶의 강물 소리를 듣는다. 무심한 듯 낮은 데로 흘러가는 강물처럼 내 삶도 거르고 걸러 어느 날 무심히 흐를 수 있기를 희원한다.

안개비는 전설처럼 내리고

하루가 다르게 새싹이 돋아나고, 고샅마다 꽃눈이 터지느라 부산하더니 오늘은 아침부터 봄비가 내리고 있습니다. 창밖에는 탐스럽던 목련꽃이 가느다란 빗줄기 속에서 지고 있습니다. 뾰족하던 봉오리가 보이지 않게 시나브로 벙그는 모습이 아침, 저녁 눈길 줄 때마다 달라 세월의 움직임이 눈에 보이는 듯하였습니다. 오늘은 만개한 꽃 뭉치 주체할 수 없는지 속절없이 무너져 내리고 있습니다. 속절없이 그렇게요. 이 봄, 그리움의 세월 견딜 수 없어 터뜨리는 누군가의 통곡입니다.

나는 읽던 책을 가만히 덮고 집을 나섰습니다. 보슬보슬 내리는 비가 걷기에 좋았습니다. 봄 가뭄이 든다고 걱정들이었는데 때맞추어 내리는 비가 얼마나 고마운 일인지요. 바람이 불자 길가의 벗꽃이 눈송이처럼 날리고 있습니다. 산산이 흩어지는 여린 이파리들이 오가는 사람들의 발길에 밟혀 흔적도 없이 사라지고 있습니다. 우리의 한 생애 언제가 저렇듯 가뭇없이 사라지겠지요. 유장한 세월 속에 그 순간은 얼마나 절절한 애달픔일까요.

주택가 호젓한 길로 걷다가 교외로 나가는 버스를 탔습니다. 비가와서 그런지 차 안에는 사람이 별로 많지 않아 자리에 앉았습니다. 그러고 보니 버스를 타본 지가 참 오래 되었습니다. 일터라야 걸어서 10분 남짓 되는 거리이고, 해 뜨면 나갔다 해지면 들어오는 생활이 수년 동안 여일하였으니 그렇습니다. 하루하루 일 속에 파묻혀 살아온 그동안이었습니다.

낯설고 어설픈 일도 하다보면 애정이 생기기 마련인가 봅니다. 지금은 내게도 할 일이 있다는 것이, 나를 믿고 찾아주는 사람이 있다는 것이 얼마나 기꺼운 일인지 모릅니다. 오늘은 그 세월의 한 자락 서리어 놓고 한유의 나들이를 떠납니다.

멀리 산마루는 운무에 싸여 하늘인지 안개인지 알 수 없고 연록으로 물들어 가는 차창 밖 풍경 모두가 청신하기 그지없습니다. 유등천변의 버드나무는 실버들 주렴처럼 드리우고 이 계절을 수놓고 있습니다. 이맘때의 우리 산야는 얼마나 새로운 기쁨을 주며 가슴 두근거리게 하는지요. 세상으로 나오려는 새잎들의 분주함이 수런수런 들리는 것 같습니다.

몇 정거장을 지나자 선량해 보이는 인상의 키 큰 남자가 꽃바구니를 들고 올라탔습니다. 앉을 자리가 없으니 바구니를 버스 바닥에 내려놓으려고 하였습니다. 내가 얼른 받아 무릎에 올려놓았지요. 졸지에 꽃바구니를 받아 안은 나는 기분이 좋았습니다. 백합 다섯 송이와 장미꽃 대여섯 송이로 꾸며진 바구니는 제법 크고 아담했어요. 분홍색 리본에는 '늘 고마운 당신의 생일을 진심으로 축하합니다.'

라고 쓰여 있었습니다. 아마 부인의 생일 꽃바구니인 듯싶은데 그분은 참 좋은 계절에 생일이 들어 있네요. 경외의 마음이 담뿍 담긴 이런 글귀를 찾아 쓸 줄 아는 남편은 참 괜찮은 남자라는 생각이 듭니다. 나는 지금껏 누구에게 이렇게 다정한 말로 축하의 인사를 건넨 적이 있었나, 부끄럽기도 하였습니다. 흔들리는 버스 안, 꽃바구니는 주위를 향기롭게 하고 키 큰 남자는 내 마음을 향기롭게 합니다.

차가 시내를 벗어나자, 꽃바구니 남자는 내리고 나는 창밖을 바라보았습니다. 삭정이 같은 나뭇가지에는 여린 잎들이 다투어 피어나고 마른 풀더미 속에서도 푸른 기운 뻗쳐 온 누리에 가득 합니다. 산발치에 진달래가 분홍물감을 흩뿌려 놓은 듯 곱습니다. 차는 구불구불 휘돌아 시골길을 달리고 천변에는 해오라기가 날아오릅니다.

종착지 벌곡에서 내릴 때는 승객이라고는 혼자였습니다. 아늑하고 고즈넉한 분위기가 좋았어요. 제일 먼저 반기는 건 쌀자루를 쏟아 놓은 듯 하얗게 핀 조팝나무였습니다. 쌀알 만한 이파리 다섯 개가 이어져 꽃이 되고 다닥다닥 붙어 송이를 이루어 흐드러지게 밭두렁을 뒤덮은 청초한 꽃. 도란도란 이야기하는 봄소식입니다. 꽃 이파리 같은 우리도 서로의 따사로운 관계 속에서 꽃으로 피어나고, 송이를 이루어 추억을 만들고, 우리 삶을 엮어가는 것과 같다고 하면 어떨까요.

가장 가까운 사람과의 따사로운 인간관계. 그것이 얼마나 힘든 관계인지 이만큼의 세월이 흐른 다음에야 조금은 알 듯도 싶습니다. 전혀 다른 사고와 의식은 첨예한 대립으로 내닫기 일쑤이고, 무조건의 순종과 인내도 굴종의 다른 이름이었습니다. 내 생각이나 주장은 오만일 뿐이고, 완전한 이해도 가당찮은 일이었습니다. 차라리 벽을 보고 이야기하는 것이 낫겠다 싶은 답답함은 삶의 회의로 이어져 얼마나 우리를 절망케 하였던가요. 상대가 하는 말에 귀 기울여 주고 참을성 있게 기다려주고, 동등한 수평관계에서 존중해 주는 일이 서로를 위하는 일임을 지금에서야 깨닫습니다. 좋은 세월 다보내고 이제서 말입니다.

지나고 보니 빛나는 40대였다고 한탄이 나왔어요. 무슨 일이든지 새로 시작할 수 있고 마음을 모아 전력투구하다 보면 뜻을 이룰 수 있는 나이인데 허송세월 하였다고 후회가 되었습니다. 그랬더니 연세 드신 어른 한 분이 50대의 나이도 빛나는 세대라고 말씀하셨어요. 생각해보니 정말 그렇습니다. 지나간 세월 아쉬워 할 것이 아니라 기왕에 맺은 인연을 소중히 생각하고, 매 순간 감사하는 마음으로 성실히 살아 갈 때 우리의 삶은 결국 빛나는 생애로 아름다울 것이라고 마음을 모았습니다.

포장된 마을길을 지나 심호흡을 하면서 논두렁길을 걸었습니다. 해토되면서 균열진 흙의 부드러운 감촉, 발바닥으로 느껴지는 알맞은 탄력이 기분 좋게 합니다. 아스팔트길에서는 느끼지 못했던 신선함입니다. 꽃다지와 눈 맞추고, 반지꽃과 입 맞추고 흙냄새를 맡으며 좁다란 논두렁길을 얼마동안 걸었습니다. 다정한 사람과의 이야기도 즐겁지만 자연과의 친화도 마음을 풋풋하게 하여좋습니다.

멀리 산 너머에는 산이 있고, 또 그 산 너머에도 산이 겹겹이 둘러 있습니다. 원근에 따라 농담이 달라지는 산의 모습이 안개에 싸여 신비롭기 그지없습니다. 산 능선에서부터 쉬임없이 피어오르는 안개

무리가 골골이 산허리를 감아 흐르다 띠를 이루기도 하고 속력이 붙으면 풍성하다 못해 거대하게 느껴져 순간 어떤 생명체 같은 느낌에 무섬증이 일기도 합니다. 천천히 움직이는 듯싶지만 멈춤이 없기에 변화무쌍한 연출이 장관을 이루어 가만 숨죽이며 바라봅니다. 그러나 기세 좋게 일고 잦던 안개의 움직임이 순간 한줌의 햇살에 스러지고 마니 얼마나 허망한 일인지요. 우리의 삶이 아침안개와 무엇이 다르겠습니까.

자연 속에 혼자 있는 시간은 일상을 해체시켜 나를 바로 보는 시간입니다. 젊지도 않은 나이에 의욕만 앞서는 설익은 열정, 지난날에 대한 그리움, 못다한 일에 대한 섭섭함, 잊고 있던 가족에 대한 고마움, 모두 현실의 자리로 정리해보는 성찰의 시간입니다. 아직도 남아 괴롭히는 상념들 다독이며 쓸어내리는 허심의 시간입니다. 이 아름다운 계절에 싹틔우고 꽃피어나는 것이 어찌 자연 뿐이겠습니까. 내 현실에 대한 애정이고 어기찬 내일에 대한 다짐이며 정밀의 시간입니다. 안개비는 여전히 전설처럼 내리며 대지를 적시고 나는 순연해진 마음으로 발걸음을 옮깁니다.

손수건

친구가 얘기 끝에 서랍 속에서 손수건을 꺼내어 보여준다.

가장자리에 라일락꽃이 소담스러운 그것을 이십여 년 전에 내가 주었다는데 통 기억에 없다. 여태 쓰지 않고 간직하였느냐고 놀라자, 이렇게 이쁜 것을 어찌 쓰겠느냐고 말하며 웃는다. 가끔 무늬와 빛깔을 들여다보며 분위기를 즐긴다고 한다. 그쯤 되면 다분히 용도 변경이라 할 수 있지만 바쁜 일 속에 묻혀 지내는 친구에게서 의외로 발견한 섬세한 감각이랄까, 뜻밖에도 표현을 잘 하지 않아 알 수 없는 속마음을 들여다 본 것 같았다. 정서가 비슷한 사람과의 만남은 반가운 일이고 단박에 더 가깝게 느껴지기 마련이다.

오랜만에 만난 친구에게 무언가 주고 싶을 때 손수건을 떠올린다. 예쁜 그림이나 고운 빛깔의 손수건을 보면 그도 좋아할 것이라고 생각한다. 그럴 경제력도 없지만 취향을 모르는 옷을 선물하겠는가. 꽃을 떠올리기도 하지만 너무 튀는 것 같아 저어되고 쉽게 시들어 버리는 아쉬움도 있다. 손수건은 누구나 필요한 물건이면서 많아도 괜찮으니 부담 없이 주고받을 수 있는 소품이다. 좋은 사람에게 그냥 주고 싶은 가벼운 정표인데 기억에 남는지 더러는 이렇게 오래 간직하고 이야기한다.

나는 손수건을 좋아한다. 사치를 하는 것이 있다면 손수건에 대한 애착일 것이다. 흰색 바탕에 한쪽 귀퉁이만 꽃수 놓은 것을 깔끔해서 좋아하고 세련된 무늬나 고운 빛깔의 꽃그림이 마음에 들면 잘 산다. 깨끗이 빨아 다림질한 손수건을 손가방에서 꺼내어 문양이나 색의 조화를 완상하기 좋아한다. 누구는 이런 나를 호사취미라 말하고, 알록달록 고운 것에 대한 선망을 손수건에서 만족한다면 유아적 사고라고 비웃을지 모르나, 무미건조한 나날 속에서 이런 호사쯤은 누리며 살고 싶다.

옷감에는 선뜻 표현하지 못하는 원색의 빛깔을 눈치 볼 것 없이 대담하게 배색하기 때문인지 여성의 손수건은 대부분 화려하다. 때로는 그 화려함을 즐기고 싶은 것이 여성의 마음인지 아무리 화려한 문양이라 하더라도 대부분 반기고 좋아한다는 사실이다. 무궁무진한 색깔의 세계와 다양하게 표현된 아름다움을 느끼는 순간 숨어 있던 감성이 자극을 받아 자신도 모르던 밝고 화려한 내면을 새로이 발견하는 계기가 된다. 세계적 명화를 축소해 놓은 그림에선 유감없이 펼쳐진 색깔의 광대함을 느끼고, 꽃무늬나 빛깔의 조화는 생화를 보는 듯하면서 또한 소유의 정겨움이 있다.

나도 이모 수녀도 젊었을 적이다. 오랜만에 만나 반가운 마음으로 예쁜 손수건을 드렸더니 너무 고와서 싫다고 돌려주셨다. 고와서 싫다는 말에 순간 당황하였지만 청빈과 검약을 생활신조로 삼는 수도

자에게는 고운 빛깔의 손수건조차도 사치스러울 수가 있다는 것을 알게 되었다. 신분을 고려해서 고른 잔잔한 꽃무늬였는데도 부담이 되었나 보다. 옷은 물론 모든 소지품을 흰색이나 검정, 무채색으로 선택하는 것도 세속과 결별하려는 수도자의 외적 표현이다. 지니고 있는 손수건을 보여주는데 하얀 천 한 귀퉁이에 빨간색 실로 아주 작게 고유번호를 십자수로 놓은 소박한 모양새였다. 수녀원 입회 때 받은 번호는 본인을 상징하기에 소지품은 물론 옷에도 붙어 있어 주인을 선별하는 표시가 되기도 한다.

'하얀 손수건'은 70년대 유행한 노래이다. 트윈폴리오가 불러 인기를 모은 번안가요이다. "헤어지자 보내온 그녀의 편지 속에/ 곱게 접어 함께 부친 하얀 손수건…" 어쩔 수 없이 헤어지면서도 아쉬움은 남아 무언가 주고 싶은 마음이 손수건을 떠올리게 하였으리라 짐작된다. 이따금 꺼내어 보며 그것을 보내준 사람과 함께 하였던 시간들을 그리워하고 눈물지으며 앞날을 축원해주는 애절함이 배어 있는 이 노래는 젊은이들의 심금을 울렸다. 그런 의미의 손수건 하나 받아보지 못하고 젊은 날을 보냈을망정 내게도 이 노래는 애조를 띤다.

일본 여행길에 어느 토산품점에 들렀다. 청남색 바탕에 초록색 포도송이가 아기자기 그려진 시원스런 느낌의 손수건이 시선을 당겼다. 연속으로 그려 놓은 무늬와 빛깔이 볼수록 고졸한 맛이 있다. 흰색 면사綿絲 바탕에 솟을무늬로 포도무늬를 짜놓아 고급스러운데 그림까지 그려 놓았으니 격조가 있어 보인다. 제작자의 사인까지 날염되어 있어 액자에 넣어 거실에 걸어도 손색이 없을 듯싶다. 노년의 판매원이 모서리에 있는 사인을 손가락으로 짚어가며 강조하던 것이 아마 유명 디자이너의 제품이라는 설명 같았다. 손수건 하나에도 독창성을 가지고 정성을 다하겠다는 일본인 특유의 분명함과 섬세함을 엿볼 수 있다. 그러나 화사하긴 하지만 화려하지 않는 은근한 빛깔의 어울림이 운치를 더해서 손수건으로 쓰기에는 아까운 생각이 들어 장롱을 여닫을 때 가끔 들여다본다. 가장 더운 때 주황색 금붕어가 그려진 부채를 함께 사들고 행복해 하던 여행의 즐거움이 추억으로 떠오른다.

손수건에서 분위기를 읽고 즐긴다는 말은 작은 것에서 기쁨을 찾아내는 일이며 행복을 공유한다는 말로 들렸다. 그것을 살 때의 마음이나 주고받을 때의 설렘은 일상의 작은 기쁨이다. 친구들과의 만남에서 분위기 좋은 찻집을 떠올리는 것도 유쾌한 추억을 함께 만들고 싶다는 바람 때문이다. 그렇다 해도 본래의 기능이야 어디 가겠는가. 경우에 따라서 한 여름 땀수건으로, 도시락 보자기로, 어수선한 곳 가려주는 덮개로, 잠시 앉아 쉴 때 깔개로, 급할 때는 끈으로 사용되는 다용도인 것이다. 따라서 감당 못할 서러움이나 기쁨의 눈물 받아주는 손수건은, 난처한 일이 생길 때마다 앞장서 해결해주는 충복처럼 고맙기 짝이 없는 애장품이고 소모품이다.

네모모양 작은 헝겊 속에는 인생의 희로애락에 따라 펼쳐지는 또 하나의 세계가 있다. 일고 잦는 일상의 파고波高 속에서 슬픔의 눈물이 아닌 환희의 눈물을 함께 하고 싶은 바람이 있다. 경천동지할 기쁜 일 일어나 환호작약할 일이라면 손수건 깃발처럼 흔들며 눈물을 흘린다한들 그 아니 좋으랴.

가로등이 눈 뜨는 시간

    사무실을 나오니 땅거미가 지고 있었다. 아침에 총총 걸음으로 출근을 하고 정신을 차리고 보면 항상 이 시간이다. 하루가 어떻게 갔는지 모르게 낮 시간이 뭉텅 잘려 나간 느낌이 든다. 아파트 담장을 끼고 터벅터벅 바쁠 것 없이 걷는다. 이제 우리 집 아이들은 모두 집을 떠나 있고 내가 저녁 준비를 서둘러야 할 일은 없다. 어서 자라 주기를 고대하던 때가 있었는데…, 조바심 하지 않아도 세월은 이렇게 흐르기 마련인 것을.

    까닭모를 허전함이 슬그머니 가슴에 들어찬다. 언제부터일까. 박모薄暮에 느끼는 이 공복감이. 어린아이들하고의 곤한 생활이라 때로 감정이 소통할 수 있는 출구가 필요하다고 느끼는 허기증인지 모르겠다. 그러나 누가 있어 이 시간 나와 마주하랴. 누가 있어준들 섞이지 못하고 허공을 부유하는 말들이라면 무슨 의미가 있겠는가.

    앞서 가던 남자를 스치려는 순간 노랫소리가 멈추는 걸 느꼈다. "… 하얀 반달은…." 아! 노래를 부르고 있었구나. 아기 아빠가 유모차를 밀며 아기에게 노래를 불러주고 있었구나. 엄마를 기다리는 중이었을까. 내 생각에 빠져있느라 주위를 돌아볼 생각을 못하고 지나치는데 무안하여 노래를 멈추었다고 생각하니 미안한 생각이 들었다. 그러나 뒷걸음질 칠 수도 없는 노릇이니 무심한 척 지나치며 노래가 이어지기를 기다렸으나 더 이상 노랫소리는 들리지 않았다. 슬며시 서운한 생각이 들었다.

나에게도 그런 시절이 있었다. 아이들에게 저녁을 일찍 먹이고 유모차에 태워 집을 나섰다. 골목길을 지나고 언덕을 넘으면 이사리로 이어지던 시골길이 나타났다. 아직 오지 않은 아이 아빠의 마중 길이기도 하였다. 세 살짜리 로사를 태우고 다섯 살짜리 강우는 유모차 옆에 따라오고 나는 노래를 불렀다. 섬집아기, 따오기, 과꽃, 과수원 길…. 하얀 털이 복슬복슬한 강아지 해피는 신이 나서 달리다가 저만치 앉아서 우리가 오기를 기다리고 있었다. 가까이 가면 또 얼마를 달려가서 앉아 있고, 강우도 함께 달리다가 심심하면 땅에 떨어져 있는 돌멩이나 깡통을 차기도 하였다. 왈강달강 요란한 깡통 소리가 재미있는지 더 힘차게 차곤 하였다. 노을빛 철쭉꽃을 따 아기머리에 꽂아주면 아기는 짝짜꿍을 하며 좋아하고 방글방글 웃으며 그대로 노을빛 꽃이 되었다. 해가 설핏해 질 무렵 나선 길은 땅거미가 지고 어둑해져서 돌아오기도 하였다.

두세 살 터울의 고만고만한 아이 셋을 키우느라 힘들었지만 녀석들이 자라면서 스스로 신기해서 써본 아기 말들이 생각난다. 카세트 테이프의 릴을 모두 뽑으며 신나게 놀다가 잘못한 것은 알겠는지 막대기를 나에게 주며 "엄마, 매매" 하고 제 종아리 때리는 시늉을 하던

세 살 때의 아기 몸짓이 떠올라 혼자 미소 짓는다. 아이들의 어렸을 때 추억들이 아련히 떠오르고 정말 그런 일이 있었나 싶게 아득하다. 그리고 다시는 돌아올 수 없는 내 젊은 날이, 지나간 세월이 아쉬워 쓸쓸해지는 기분이 들기도 한다.

요새는 맞벌이 부부들이 많아져서 가사 일도 분담하고 서로 시간 나는 대로 육아를 책임진다. 더러는 육아일기까지 써가며 엄마보다 더 자상하게 아이를 잘 돌보는 아빠도 있기에 아빠가 아기를 보는 것은 이제 화젯거리일 것도 없다.

우리 학원에서 제일 늦게 집에 가는 아이는 1학년 인욱이다. 초등학교에 입학하면서 들어왔는데 엄마, 아빠가 맞벌이를 하기 때문에 학교 공부가 끝나면 곧장 이곳으로 온다. 그러다 학원에서의 공부도 끝나면 아이들과 함께 놀기도 하고, 비디오도 보고, 책도 보며 종일을 지낸다. 문제는 선생님과 아이들이 모두 가버린 후 나하고 있어야 하는데 나는 나대로의 일이 있으니 저 혼자의 시간이 지루할 만도 한데 보채거나 짜증내는 일이 없다. 가끔 엄마가 데리러 오기도 하지만 일찍 퇴근을 하는지 거의 아빠가 데려간다. 아빠가 오면 인욱이는 두 손을 배에 가지런히 모으고 나에게 "안녕히 계세요." 인욱이 아빠는 정중하게 "고맙습니다." 라고 인사를 하고 둘이 손을 잡고 계단을 내려간다.

내가 손님하고 이야기하거나 전화를 받고 있을 때, 인욱이 아빠는 나에게 목례를 하고 눈치 채지 못할 거리쯤에서 오래 기다렸지? 하며 아들을 꼭 안아준다. 처음 이 광경을 보았을 때 가슴이 뭉클하였다. 가끔 오늘 어떻게 지냈느냐고 다정스레 묻기도 하고, 조금 늦으면 기다리게 해서 미안하다고 하고, 쯧쯧! 안쓰러워하기도 하는데 인욱이는 "아니. 괜찮아." 한마디 하면 그만이다. 사내아이답게 별 말이 없고 표정 또한 변화가 없어 몰랐는데, 하루는 계단에서 들려오는 발자국소리를 듣고, 아빠다! 소리치며 달려가 반색을 하기에 이 녀석이 아빠를 몹시 기다렸구나 생각했다.

이들 부자의 상봉을 보며 신뢰라는 말이 떠올랐다. 인욱이 아빠는 언행도 조용하고 말수도 많지 않은데 아이가 자연학습이나 소풍을 간다든지, 학교 행사가 있으면 미리 연락을 해주었다. 그건 사회생활의 기본이긴 하지만 어른하고의 약속은 물론 아이와의 약속도 분명히 지켰다. 또한 인욱이는 아빠를 몹시 기다리지만 참고 있는 것을 아빠가 알고 있다는 것과, 나를 무척 사랑한다는 사실을 믿고 있었다. 이러한 신뢰가 지루함이나 어려움쯤은 이겨나가는 힘이 되는 것 같았다. 너댓 살부터 떼어놓고 맞벌이를 한 아이답지 않게 정서적으로 안정감이 있고, 순진하면서도 의젓하고, 가르치는 대로 잘 받아들이는 것도 바로 이런 신뢰가 밑받침되었기 때문이다. 엄마가 집에서 아이를 돌보지 못할 상황이라 할지라도 인격체인 아이를 어떻게 키워야하는가 생각하게 한다.

'아이는 어른의 거울이다.' 라는 말은 아이들하고 생활하면서 절실히 느낀다. 아이의 언행을 보면 부모의 사람됨이 거울을 들여다보듯 훤히 보인다. 자녀를 훈육함에 있어 큰소리 내기보다 삶의 모습을 보여주는 것이 좋은 본보기가 된다는 것을 새삼 말해 무엇하랴. 모두들 바쁘고 정신없이 살아가고 있지만 지나고 보면 아이 키우는 일보다 더 중요한 일은 없다.

고개를 드니 가로등이 눈을 뜨고 있다. 선잠 자고 일어나는 아이처럼 얼른 눈을 뜨지 못하고 서서히 깨어나고 있다. 나날이 푸르러져가는 은행나무 가로수가 기분 좋은 웃음처럼 반짝반짝 주위를 환히 밝히고 있다. 잠자고 있던 내 감성도 기지개를 켜는가. 유모차를 밀며 노래를 불러주는 아빠의 모습이 동화속의 이야기처럼 훈훈하고, 유모차 안의 평화가 그대로 내게 옮아오는 느낌이다.

그리고 우리 아이들에게 좀더 살갑게 대하지 못했던 내 젊은 엄마 시절을 반성하게 된다. 삶이 시행착오의 연속이라고는 하지만 아이들에게 미안하게 생각되고 자라면서 나에게 기쁨을 주었던 순간들이 고맙게 여겨진다. 아아, 생각해보면 우리 아이들이 다른 사람의 아이들이 아니라 내 아이들이었음이 얼마나 고마운 일인가.

흐드러지게 피어나던 봄꽃들 조신해지는 저녁, 가로등 벗 삼아 천천히 걷는 이 시간의 고요가 가슴을 따뜻하게 적시고 있다.

기적소리

올해 중학교를 졸업하고 고등학교 입학식을 코앞에 둔 큰아이가 서울에 가겠다고 했다. 그것도 혼자 떠나겠다는 느닷없는 아이의 말에 가슴이 철렁 내려앉았다. 미처 생각하지 못했거나 예기치 못한 말을 할 때면 습관처럼 그랬다. 녀석들이 문제를 일으켜 속을 끓인 일도 없고, 보통의 아이들처럼 자라고 있는데도 긴장하게 되는 것은, 순전히 어미의 노파심 때문일 게다.

왜 그런 생각을 하게 되었느냐고 물었더니 녀석은 엉뚱하게도 기차를 타보고 싶어서란다. 매일 기차 소리를 들으니 그걸 한 번 타보는 것이 소원이라고 능청을 떨더니 사뭇 애원조이다. 기차를 타보고 나야 진정이 돼서 공부를 해도 하겠다는 거다. 나는 좀 어이없는 기분이었지만, 녀석의 진지한 듯하면서도 호기심 밴 눈동자를 보며 슬며시 웃음이 나왔다.

이사를 와서 기차역을 옆구리에 끼고 살게 되었다. 아파트 분양을 할 때, 기찻길 옆이라 소음이 많을 것이라는 주위 사람들의 말들도 있었지만, 기차 소리를 들으며 사는 것도 괜찮으리라 생각했다. 살아 보니 신경이 쓰일 만큼 시끄럽지도 않았고, 오히려 여운을 남기며 사라지는 기적소리가 제법 운치가 있어 좋았다.

그러나 정작 공부에 한참 정신을 쏟을 아이가 기차 소리에 마음이 동요되고 있다는 사실은 뜻밖이었다. 동요뿐 만이 아니라 자기의 생각을 결행해 보겠다는데 그랬다. 사람의 마음을 들뜨게 하는 소리의 정체는 무엇일까 생각하며 창문을 열었다.

마침, 서울 행 열차가 청회색 연기를 내뿜으며 도심 속으로 서서히 사라져 가고 있었다. 까닭 없이 아쉬운 마음이 자리해 왔다. 그 차 안에 아는 사람이 타고 있거나 애틋한 이별의 장면이 떠오르는 것도 아닌데 아릿하게 스치는 섭섭한 감정이다. 안내방송 소리가 들려오고 주위를 환기시키는 호각소리가 난 다음, 기적소리와 함께 스르르 미끄러져 들어오는 육중한 소리는 다분히 가슴을 흔들어 놓는 미묘함이 있다. 첼로의 연습 음 같기도 하고, 경고성 나팔소리 같기도 하고, 때로는 뱃고동 소리 같기도 한 기적소리는 아닌 게 아니라 어디론가 훌쩍 떠나 보고 싶다는 충동을 불러일으킨다.

스쳐 지나가는 차창의 풍경, 거창할 것도 없는 수수한 산야와 야단스러울 것도 없이 고만고만한 삶들이 옹기종기 모여 있는 집들을 바라보노라면, 공연히 목이 메이던 여정에의 그리움이 불씨처럼 살아난다. 도회지 한복판에서 사람과 차량의 물결 속에 뒤엉클어져 살다가 문득 지병처럼 도지는 삶의 무기력에 빠질 때, 훌훌 털고 일어나 기차에 몸을 싣고 알싸한 고적감에 젖어 보고 싶은 간절함이다. 낯선 고장의 언어와 풍물 속에서 또 다른 삶의 형태를 신기해하는 미지에의 동경이다. 한의 정서를 지닌 겨레의 핏줄이 나에게도 이어져 오는 비애의 감정이나, 늘 가슴 한 구석에 울멍울멍 응어리져 있는 내 개인사적 울분을 현악기의 울림 같은 기적소리가 부추기고 있는지도 모른다. 인간의 감정을 순화시키기도 하고 격동시키기도 하는 소리의 속성이랄까. 심금을 울리는 소리의 비밀이 여기에도 있음을 느낀다.

호기심 많고 충동적인 사춘기 사내아이에게 호남선 상, 하행선의 기적소리는 떠나 보고 싶다는 자극제가 되기에 충분했다.

나는 서울에 사는 아이의 고모에게 전화로 부탁을 하고 아이에게는 나흘간의 말미를 주었다. 녀석은 뛸 듯이 기뻐한다. 나이 열일곱 살이면, 서울 아니라 어디인들 못 가랴. 처음 있는 일이라서 아이보다도 내가 당황했던 것이고, 어느새 어미 품을 벗어나려는 몸짓 같아 서운하기도 했다.

그러나 외향적인 아이의 일시적 호기심과 인간의 마음속에 얼마쯤 내재해 있는 유랑기질이라는 것을 왜 모르겠는가. 장력이 미치는 범위까지 갔다가 되돌아오는 고무줄처럼 외부로 향하던 흥미와 관심이 구심력을 찾아 제자리로 돌아오리라는 것을 믿는다. 키가 자라듯 사고가 자라는 아이들이 동행 없이 여행을 떠나 보겠다는 것이 어찌 기차를 타보고 싶다는 이유 하나뿐이랴. 그만한 나이에 자연스레 동動할 수 있는 새로운 사물과 신세계에 대한 설렘이고 눈뜸이라 할 수 있다. 혼자 체험해 보고 싶은 자유로의 나래짓이고 모험심의 발로이기도 하겠다. 끊임없이 분출하는 지적 호기심과 부닥치는 삶의 다양성, 그로 인한 감격은 성장의 밑거름이 되리라 믿는다.

그러나 아이들이 혼자 여행하기에는 이 사회가 너무도 무섭고 유혹의 손길이 많다. 자신을 올곧게 지키기에도 지혜와 용기가 필요한 것이 우리의 현실이다. 아이에 대한 내 못미더움의 연유도 바로 그것이다.

그토록 재미있으면서, 지혜의 샘이며 마음의 양식이 되는 책들은 언제 다 읽을까. 책 읽을 겨를조차 없는 아이를 보며 살아가는 어려운 순간마다 무엇이 힘이 되어 자신을 추스르고 헤쳐 나갈 수 있을까, 정신을 고양시켜주는 좋은 음악들을 언제 들어 풍부한 감성을 지니게 될까, 조바심이 일어난다. 내 안타까움은 아랑곳없이 쑥쑥 자라는 아이는 그래도 무한한 가능성이다. 세상살이의 온갖 역경 속에서 견딜 수 있는 힘의 원천은 바로 우리의 울타리라는 그들이 있기 때문이라고 위안을 한다.

자라는 아이를 보는 것은 자랑이고 기쁨이다. 아이가 자라는 만큼 내가 늙어가고 내 생이 짧아진다 해도 대수랴. 어미의 마음을 아는 듯 모르는 듯 아이는 경쾌한 걸음걸이로 개찰구를 빠져 나가고 있다.

詩人 운초 김부용

하늘이 쩡! 울릴 것 같았다. 매서운 겨울바람 속에서 제풀에 겨워 힘찬 파열음을 낼 것 같았다. 산 공기를 가르며 골짜기에 울려 퍼질 듯싶은 냉기서린 푸르름이 어떤 단호함마저 느끼게 했다. 그것은 주어진 처지에서 주체적 삶을 살아가던 사람을 연상하게 했다. 남빛 비단 치맛자락에 감추어진 자존의 숨결, 자신의 운명을 보듬어 안을 줄 알았던 예지의 깃발이었다.

인적 드문 겨울 산사 천안 광덕사 뒤편, 태화산 기슭에 누워있는 운초 김부용 묘소를 찾아갔다. 언젠가 그 지방에 사는 K선생이 보내준 '김부용 시선집'을 읽고 한번 그곳을 찾아보리라 생각했었다.

운초는 평북 성천 출신의 기녀妓女로서 주옥같은 한시 삼백오십 여 수를 남긴 조선시대 시인이다. 송도의 황진이, 부안의 이매창과 더불어 삼 대 여류시인 가운데 하나이며 이름은 김부용이고 운초는 그의 호이다. 가난한 선비의 무남독녀로 태어나 어려서부터 글을 배워 사서삼경, 방기서에 대해서도 해박했다. 부모를 일찍 여의어서 기녀가 되었는데 시문과 가무가 뛰어난 명기였다. 그러나 그런 외적인 신분이나 해박한 지식보다도 서정적이고 사색적이면서 솔직, 활달한 그의 시가 나는 마음에 들었다.

누군가 나와 같은 생각을 했었다는 사실을 알게 되면 기분이 괜찮다. 내 마음에 누군가의 마음이 일치하는 것을 느꼈을 때에도 마찬가지이다. 그 이유만으로도 단박 그 사람에 대해서 호감을 갖게 된다.

…세월이 무정해서 머리에 서리가 내리는데/ 옳고 그름 걱정과 즐거움을 모두 잊기 어려워라 (중략) 삼분의 기량으로 붓과 종이를 잡고/ 생애의 반세상 동안 마음을 괴롭혔네/ 꿈속에서 당시의 일들을 그리노라니/ 복잡하던 여러 모습들이 향그럽게 느껴지네.

차마 단념하지도 못하고 삼분의 기량으로, 남이 읽어 주지도 않는 글을 쓰노라 애면글면 노상 가슴만 바작이고 있는 내 처지만 같아 가슴이 뭉클하였다. 결국 이러다 반생애를 보내고 머리에 서리가 내리듯 가슴에 회한만이 가득할 것 같았다. 지금의 내 마음을 그는 180여 년 전에 짚어내고 있었다. 내게도 지난 일들이 향그럽게 느껴지는 날이 과연 있을까.

절 입구에서 쉽사리 눈에 띈 안내문을 따라 오르던 산길에서 제일 먼저 다가온 것은, 싸늘하리만치 푸르른 하늘이었다. 청신한 바람이었다. 상수리나무들의 나뭇잎 부딪히는 소리가 쏴— 물결소리인 양 들려와 쇄락해지는 기분이었다.

"…사방을 둘러봐도 산이 텅 비어 말소리는 들리지 않고/ 숲에서 바람이 불어와 비 오는 소리를 내네.”

「산마을을 지나가다」라는 그의 시 구절이 떠오르기도 했다. 멀지 않은 산사에서 들릴 듯 말 듯 풍경소리가 바람결에 묻어 왔다. 심심하다 못해 저 혼자 울리는, 여린 숨결처럼 잦아들던 은은한 소리가 말을 걸어온다. 한 차례의 바람이 수런거리며 지나가고 나면 산중은 다시 적막하리만치 고요했다.

발길 닿는 요소마다 눈에 띄던 안내 팻말은, 초행길의 나그네를 위한 누군가의 배려 같았다. 그런 마음씀은 잘 손질된 봉분과 단아하게 세워진 비석에서도 느낄 수 있었다. 오래 전에 이 땅에서 살다간 한 여인이 소나무 숲에 둘러싸여 길손을 맞고 있었다.

사회적으로 천한 신분이라 여겨지던 위치일망정 분출하는 사념 한 시로 풀어내며 뭇 남정네들 속에서 한 남자만을 사랑하고 존경하던 여인. 두 사람의 나이 차이가 50여 세가 되었음에도 서로의 시세계를 이해하여 30여 세의 나이에 연천 김이양의 소실이 되었다는 정한의 여인.

연천은 안동김씨 출신으로 한성판윤을 거쳐 예조, 이조, 호조판서 등을 두루 역임한 원로 정치가였다. 그의 손자 현근은 순조의 부마이었으니 권세와 명예를 한 몸에 지니고 있던 사람이었다. 운초는 그를 만남으로 해서 연천과 교분이 있었던 유명 문사들과 교류하면서 시재를 마음껏 발휘하였다. 연천과도 많은 애정시를 주고받았다. 「운초집」에는 운초가 연천에게 보내는 사랑의 시가 여러 편 있으며 또한 「김이양문집」에는 연천이 운초에게 주는 시가 수록되어 있어서 그들의 사랑을 시를 통해서 알 수가 있다. 사랑에 있어서 나이의 차이는 예나 지금이나 문제가 아닌가 보다. 그녀의 행적은 차라리 연천의 기록에서 보면 더욱 자세히 알게 된다.

부도를 알뜰히 지켜 내조의 공이 컸던 탓으로 초당마마의 존칭을 받았다는 여인. 연천과의 사별 후에는 절개를 지켜오다가 남편 곁에 묻게 해달라고 유언하여 이 곳에 묻혔다. 운초의 묘 뒤에는 연천의 묘가 있었다. 기록이 없으니 그가 언제까지 살았었는지 알 수는 없고, 마을 노인들의 구전에 의해서 묘도 찾아내었다. 그의 시는 예전의 몇몇 사람들이 필사하여 간직해오던 것을 지금 사람들이 찾아내어 뜻있는 시선집으로 묶어 냈다.

"…대동강이 평지된 뒤에 채찍 휘두르며 말을 타고 오시려나…." 오지 않는 남편을 향한 그리움과 기다리는 마음이 절절한 「부용상사곡芙蓉相思曲」이라는 이 시는 많은 연시 가운데 그를 유명하게 만든 문자탑 시이다. 2행마다 한 글자씩 늘어나게 18자까지 36행의 글자를 수를 놓듯 탑 모양으로 쌓아 올리며 마음을 풀어 놓았다.

오랜 세월이 흐르는 동안 잊혀진 듯 사라진 듯하다가 되살아나는 이름이 있다. 운초 김부용은 그를 아끼는 사람들에 의해서 그랬다. 김부용 추모위원회에 의해서 세워진 단정한 글씨체로 새겨진 비문을 읽으며 그가 이 시대에 다시 살아나고 있다는 것을 느꼈다. 자손이 없기 때문에, 아니 있었다 해도 그렇겠지만, 오랜 세월 속에 사람들의 기억 속에서 잊혀졌던 여인이 그가 남긴 삶의 흔적, 그의 시로 인하여 새롭게 자리매김을 하고 있는 것 같았다. 해마다 4월이면 이 곳 문인들이 이 자리에서 추모제를 올린다는 한다.

그는 현실에 대해서 긍정적이었고 주어진 삶을 적극적으로 살았었기에 그 시대 사람으로서는 드물게 많은 시를 남겼다. 더욱 섬세하고 아름답기에 지금 사람들에게도 회자되고 있는 것이다. 한 사람에 대한 새로운 인식과 평가는, 그가 남긴 아름다움에 대한 발견이며, 인간에 대한 사랑이라 생각한다.

무심코 올려다 본 하늘은 남빛 비단필을 펼쳐 놓은 듯 단호하게 푸르렀다. 산속은 여전히 숨소리마저 빨아들일 듯 적요했다.

어떤 잔치

우리가 살아가면서 어찌 내 기쁨만을 기쁨이라 하랴. 남이 즐거워하는 모습을 보는 것 또한 흐뭇한 일이며, 삶의 기쁨이라 할 수 있다. 나하고 전혀 상관없는 일이라 하더라도 때로 미소 짓게 한다.

우리 집은 아파트 5층이다. 부엌 창문으로 바라보면 주택가에 자리한 택시회사가 한눈에 들어온다. 일자형 빨간 지붕이 휘늘어진 연둣빛 버드나무와 선명한 대비를 이루며 눈을 시원하게 한다. 일부러 보려 하지 않아도 부엌에 들어서면 자연스레 눈에 들어오는 풍경이다.

그리 넓지 않은 마당을 끼고 있는 조립식 건물에 이따금씩 남자들이 드나들고 스스로 미끄러져 들어오는 차가 눈에 띄기도 한다. 차를 손보는 사람들의 모습이 보이기도 하여 무슨 자동차 정비공장인가 생각했었다. 대여섯 대의 택시가 늘 정물처럼 앉아 있다가 어느새 자리가 바뀌는지 모르게 서로 자리가 바뀌기도 한다. 저녁을 안치거나 설거지를 하다가 무심코 바라보는 그곳 풍경은 지루하리만치 변함이 없었다. 다만 계절 따라 변하는 나무의 색깔만이 짙푸르러지며 다를 뿐이었다. 그렇게 여름이 왔다.

어느 날 꽹과리 소리가 요란했다. 소리의 향방을 찾다보니 바로 그 곳에서 나는 소리였다. 택시회사라는 것도 그 때 알았는데 어쩐지 분위기가 예사롭지 않았다. 마당 한 쪽에 차일이 쳐지고, 평소에 그렇게 많은 차가 있는지 조차 몰랐는데 정연하게 서있는 차들이 마당에 꽉 들어찼다. 대충 세어보아도 삼십 여대가 넘는 듯싶었다. 힘찬 구호와 우렁찬 합창소리도 들려왔다. 잘 보이지는 않지만 빨간 글씨로 쓴 플래카드도 보였다. 아마 회사 노조에서 파업을 시작 한 것 같았다. 짐작컨대 임금 인상이나 노동 조건의 개선을 요구하는 것 같았다. 이런 식의 파업 모습은 매스컴에서도 종종 보는 일이었다.

하루가 지났다. 아침밥을 하다 바라보니 차들이 꿈쩍도 하지 않은 채 그대로였다. 밤샘을 하였는지 차일 밑에서 남자 두어 명이 화톳불을 피우고 있었다. 저녁이면 꽹과리소리가 들려오고 이따금씩 구호소리도 들려왔다. 시위도 교대로 하는지 처음처럼 많은 수는 아니었다. 사흘이 지나 닷새가 되어도 그대로였다.

무심히 보던 나도 부엌으로 가면 자연히 그곳으로 눈이 가서 관심을 가지게 되었다. 어쩌다가 밤에 물이라도 마시려고 부엌으로 가게 되면, 대낮처럼 환하게 불을 밝히고 웅성거리고 있는 사람들이 눈에 띄기도 하여 밤중까지 저리 진지하게 논의하면 내일은 일을 하러 나가려나보다 생각하였다. 그러나 아침이면 여전했다. 열흘이 지나 보름이 되어도 변화의 조짐이 보이지 않자, "저 사람들 너무 길어지는 것이 아닐까." 남편도 걱정스레 말하였다. 한참 일해야 할 때 저러다가 더 큰 손해를 보는 것은 아닐까, 서로 자기 입장만 내세우다가 회사가 문을 닫게 되는 것은 아닐까 초조하기도 하였다. 누군가 능력 있는 사람이 나서서 명쾌한 해결을 해주었으면 싶었다. 그렇다고 내가 불편을 겪는 일은 없고 순전히 방관자 입장인데도 안타까웠다. 눈만 뜨면 부엌으로 갔다. 이제 어떻게 될 것인가, 제일 큰 관심거리 였다. 이십 여일이 지나자 회사 측에서 아예 문을 닫으려는가보다 생각되었다. 그렇게 생각하니 그럴 것 같아 무심해졌다.

또 며칠인가 지났다. 한 달이 넘었을까. 부엌 뒤쪽이 무척 소란스 러웠다. 밖을 내다보니 신기하게도 차들이 언제 빠져나갔는지 마당 이 훤했다. 썰물이 빠져나간 갯벌처럼 시원스런 느낌이 들었다. 그곳 에서는 때 아닌 잔치가 벌어지고 있었다. 마당 한쪽에서는 꽹과리를 치며 노래를 부르고 다른 쪽에서는 술잔을 높이 들고 함성을 지르고 있었다. 뒤이어 박수 소리가 요란했다. 누군가 신명이 나서 어깨춤을 추고 있었다. 지금까지의 분위기와는 완연히 달랐다. 일부는 일하러 나갔는지 그리 많은 수는 아니었지만 모두들 흥겨워하는 모습들이고 분위기는 고조되어 있었다. 노사간에 드디어 해결을 보았나보다. 큰 마찰 없이 끝났다는 것이, 서로 만족스러워 한다는 것이 여간 보기 좋은 것이 아니었다.

답답하고 지루한 날들이 기약 없이 계속 될 때처럼 암담할 때가 있을까. 상대가 내 이야기를 들으려고 조차 하지 않을 때처럼 어이없 을 때가 있을까. 이런 순간들이 왜 없었으랴. 대화와 타협으로 끌어 내야하는 노사간의 합의가 얼마나 어려운 일인가. 노동쟁의도 분명 싸움이라면 이런 화기애애한 분위기를 갖기도 쉽지는 않을 것이다.

기다림과 고통의 시간이 많을수록 기쁨의 순간은 더 가슴 벅차기 마련일 터. 그들은 그 순간을 한껏 만끽하고 있었다.

이런 정경은 바라보는 것만으로도 흐뭇하고 즐겁다. 그동안의 움직임들을 먼발치에서 나마 지켜보았던 나도 덩달아 기분이 좋아 저녁쌀을 안치는 것도 잊고 바라보았다. 이 더위에 저토록 기쁜 일이 있는 사람들이 부럽기도 하고 기쁨을 준 누군가가 고맙게 여겨지기도 하였다. 그렇듯 보기 좋은 모습들이었다. 다소 방정맞은 듯싶은 꽹과리소리가 흥을 돋우고, 둔중하지만 은근한 징소리가 여운을 남기며 사라졌다가 다시 이어지곤 하였다.

며칠 후 그 회사 근방 주택가를 지나치게 되었다. 전봇대에 사과문이 나붙어 있었다. '주민들께 불편을 드려 죄송합니다. 시민의 발이 되어 더 열심히 일하겠습니다.' 16절지 하얀 종이에 세련되지는 않았지만 정성들여 써 붙인 글귀였다. 처음엔 무슨 말인가 낯설기도 하였지만 나도 모르게 빙그레 웃고 말았다. '공부 시간에 떠들어서 잘못했습니다. 앞으로는 더 열심히 공부하겠습니다.' 초등학교 이 학년짜리가 쓴 반성문 같았다. 또다시 공부 시간에 떠들고 말썽을 부릴망정 그 순간만큼은 열심히 공부할 것을 다짐하는 아이의 순수함 같았다. 그러나 그것은 자신들의 뜻을 이룬 기쁨의 표현이며 확신에 찬 자기 반성이었다.

그 회사는 대로변에서 조금 들어간 곳에 위치해 있어서 주변 대부분의 사람들은 그런 시위가 있었는지조차 모를 수도 있다. 그러기에 이런 사과는 해도 그만, 안 해도 누가 무어라 탓할 일은 아니었다. 다만, 한 때 소란을 피우고 마무리 하면서 주위 사람들에게까지 눈을 돌렸다는 사실이 별스럽게 생각 되었다. 주택가 소수의 사람들에 대한 배려가 고맙게 여겨졌다. 무언가 우대를 받고 있다는 생각이 들면 기분이 좋다. 작은 행위 하나가 그들을 바라보는 시선을 새롭게 하고, 다정한 이웃으로 다가와 우리 마음을 따뜻하게 한다. 이런 일들이 당연 할 듯싶지만 각별하게 생각됨은 그렇지 못한 세태 탓일 게다.

창문으로 훤히 보이는 택시회사 마당에는 모처럼 하얀 햇살이 한가로이 놀고 있고, 길가 감나무에서는 한여름 매미 떼가 회사를 떠메 갈 듯 울어댄다. 내가 버스를 주로 이용하고 가끔씩 택시를 타기도 하는 소시민이라는 사실이 오늘은 기분을 괜찮게 한다.

칡꽃 이야기

칡꽃을 처음 보았습니다.

자줏빛에 샛노란색을 붓끝으로 쿡쿡 찍어 놓은 듯이 선명한 색깔이 탄성을 자아냅니다. 여름에 피는 꽃이 봄꽃보다 색깔이 진하고 화려하긴 하지만 칡꽃은 아주 강렬하였습니다. 자칫 촌스러울 수도 있는 검자주와 샛노랑색의 보색대비가 이렇게도 어울리다니!

화려한 듯 고졸한 멋이 우리 한복에나 어울릴 듯한 색의 조화입니다. 가을 햇살 받은 맨드라미빛 치마와 꾀꼬리색 저고리를 입은 여인을 상상하면 바로 칡꽃이 연상될 듯싶습니다. 나는 첫 아이 낳으러 친정에 갈 때 만삭의 배를 가리려고 한복을 입고 갔습니다. 그 때 입은 옷이 연두색 치마저고리였습니다. 그러나 이 칡꽃 색깔의 한복은 새댁 티 가시고, 중년의 나이에 접어드는 겨울 정초에 입으면 어울릴 것 같습니다.

꽃잎 하나하나가 달개비꽃처럼 생겼는데 그것이 아래로부터 연달아 피어나며 송이를 이루고 있습니다. 등꽃과 모양새가 비슷하긴 하지만 늘어지지 않고 단정한 느낌입니다. 손바닥에 놓으니 갸름한 꽃송이가 손에 가득합니다. 오밀조밀한 꽃잎이 앙증맞기도 하고 탐스러운 송이가 볼수록 정겹습니다. 향기가 아카시아처럼 진하지도 않으며 은은하게 번지는 것이 단내가 나는 것 같습니다.

지난여름 문인협회에서 주관하는 행사에 참석하러 강원도 '만해마을'로 가던 중이었습니다. 어느 휴게소에서 점심을 먹고 쉬고 있던 참에 동행한 노시인이 불쑥 내밀었습니다. 설마 이런 꽃을 보기나 했을라고? 아마 이런 마음으로 건네준 듯싶습니다. 그 꽃을 처음 본다는 사람이 몇 명 있었지요. 선물인 양 한 송이 받아들고 차에 탔습니다. 간간히 들여다보기도 하고 킁킁대며 코에 대보기도 하며 혼자 즐거워하였습니다.

칡덩굴은 산에서 흔히 볼 수 있습니다. 번식력이 왕성하기도 하려니와 곁에 있는 초목들을 휘감으며 쑥쑥 벋어나가니 공존하기에 저어되는 식물이기도 합니다. 그러나 칡뿌리는 궁핍한 시절에 사람들의 허기를 채워주었고 약용으로 쓰이기도 하였습니다. 뿌리를 캐다가 토막 내어서 물을 짜내면 하얀 녹말이 나옵니다. 이것을 걸러 말리면 칡가루가 되는데 과자를 만들기도 하고, 감기에 걸렸을 때나 배가 아플 때 다려 먹어도 좋습니다. 요즈음에는 뿌리에서 즙을 짜낸 갈근탕이 건강 음료로 더욱 각광받고 있습니다.

언젠가 등산길에 친구가 금방 짠 칡즙을 사서 건네주었습니다. 그것은 시커먼 빛깔로 지레 질리게 하더니, 한 모금 마시자 진저리나게 써서 아무리 몸에 좋다고 하여도 넘어가지가 않았습니다. 어려서 겨울방학 때 오빠 따라 산으로 돌아다니다 얻어먹던 하얗게 알밴 칡뿌리의 달큼한 맛과는 영 딴판이었습니다. 토막을 세로로 쩍, 쪼개면 쏟아질 듯 뽀얗던 속살이 눈부셨습니다. 쌉쌀하지만 씹을수록 단맛이 나던 칡뿌리의 풍미가 불현듯 입안 가득 고이는 것 같습니다. 칡뿌리의 하얀 속살은 공기 중에서 금방 거무칙칙한 색으로 변색이 됩니다. 옷에 묻으면 그대로 칡 물이 들어 빠지지 않고 얼룩을 남깁니다. 그 뒤로 칡즙은 빛깔 뿐 아니라 맛이 너무 진하고 강하여 거부감이 생겼습니다. 시원찮은 위장은 그 한 모금으로도 몹시 쓰라렸던 기억이 납니다. 또한 세월 따라 변하지 않은 것이 무엇이 있으며 입맛 또한 그대로 일리가 있겠습니까.

시골에 사시는 친정 작은 어머니께 칡꽃 본 이야기를 하였더니 꽃은 햇칡에서는 보기 어렵고 묵은 칡에서나 볼 수 있다고 합니다. 연륜이 쌓여야 꽃도 피운다는 말이 되겠지요. 여름에는 양기가 위로 올라가서 잎과 줄기가 그리 무성하고 겨울에는 뿌리로 가서 알 실은 칡뿌리가 그리 맛있는 거라고 일러 주셨습니다.

시골에서 농사지으며 살고 있는 친구는 산에서 칡꽃을 보면 호랑이가 연상되어 섬뜩한 생각이 든다고 합니다. 꽃이라도 빛깔이 너무 강렬하다보니 외면하게 된답니다. 자주색과 짙은 노랑색의 어울림이 그만큼 위협적이고 투사적이라는 말인지도 모르겠습니다. 사람도 그럴진대 미물들의 움직임 속에서 도드라지는 색깔은, 그것이 아무리 꽃이라 해도 뭇 곤충이나 짐승들이 다가가기에 멈칫하게 할 것 같습니다. 그것은 살아남기 위한 생존의 색이며 보호색이라는 생각이 듭니다.

우리나라에서 월드컵 축구대회가 한창 일 때 우리 집 막내가 포르

투갈 축구 팀의 유니폼을 사서 입고 왔습니다. 디자인과 색깔이 독특한 다른 나라 선수들의 옷은 젊은이들 사이에 인기였습니다. 그 유니폼 색깔이 바로 소매는 녹색이고 몸 판이 자주색 바탕에 샛노랑으로 선수 이름을 쓰고 백넘버를 쓴 옷이어서 강한 인상을 받았던 기억이 납니다. 그 배색은 경기에서 기필코 싸워 이겨야 한다는 강한 의지의 색으로 각인되었던 것입니다.

우리 할아버지는 참 부지런한 분이셨습니다. 농사를 짓던 분인데 항상 일을 하고 계셨습니다. 진지를 드신 후나 집안에서 잠시 쉬는 자투리 시간에 '청올치'를 꼬던 할아버지 모습이 떠오릅니다. 청올치는 바로 칡덩굴의 속껍질입니다. 그것은 끈 대용으로 쓰기도 하였지만 두 가닥을 가지고 손가락으로 비벼 꼬아 노끈으로 만들기도 하였습니다. 방문 위에 달린 고리에 매달아 놓고 농사일 틈틈이 꼬아 동그랗게 감아 놓는 것이었습니다. 두 가닥으로 꼬아진 것을 가지고 다시 겹쳐 꼬아나가면 더 튼실한 끈이 되었습니다. 그것은 짚이나 왕골로 돗자리를 엮을 때 끈으로 썼습니다. 호밀짚이나 볏짚 겉대를 한 줄 놓고 노끈으로 감은 고드랫돌을 매달아 앞뒤로 넘겨가며 자리를 엮었습니다. 짚자리가 다 닳아 너덜거려도 노끈은 그대로 있던 것이 생각납니다. 청올치는 그렇듯 질겼습니다.

짬짬이 하는 일은 진전이 더디기 마련입니다. 드디어 마지막 매듭을 짓고, 짚 길이를 맞추어 창칼로 잘라내고, 둥글게 말아 사랑방 구석에 세워 놓으며, "다 됐다." 후련한 듯 만족스러운 듯 혼자소리처럼 뱉으시던 할아버지의 말씀이 바람소리인양 들리는 듯 합니다. 기다렸다는 듯이 달려가 키대기를 해보고 제 키보다 훨씬 큰 것에 놀라 까치발로 요량해보던 어릴 적 일도 어제런 듯 새롭습니다.

칡꽃과 청올치는 서로 생소할 수 있지만 분명 한 뿌리에서 나왔습니다. 다만 사랑방 구석에 늘 놓여있던 주먹만한 청올치 꾸러미가 이 화려한 꽃의 줄기였다는 사실이 신기하였습니다.

버스를 타고 강원도 구불구불한 산길을 돌며 나는 줄곧 그 꽃을 찾았습니다. 그러나 쉽사리 눈에 띄지는 않았지요. 기세 좋게 번지는 갈맷빛 물결 속에 이따금씩 또렷이 다가오는 자주색 칡꽃은 저돌적인 느낌이 들기도 하였지만 반가웠습니다.

'광복 60주년 맞이 한국 문학인 대회'라는 슬로건 아래 천 여 명의 문인들이 '백담사 만해 마을'에 모였습니다. 이틀 동안 심포지엄에 참여하고 이모 교수의 감명 깊은 문학 강연을 들으며 가슴을 쓸어내리기도 하였습니다. 백담사 계곡의 맑고 깨끗한 물에 감탄을 하고, 문인들과의 대화도 좋았지만 칡꽃과의 만남도 각별하였습니다. 자생력이 강하다는 칡꽃은 이래저래 강한 식물 같습니다.

따가운 햇살 아래 꽃잎 하나하나가 살아 움직이듯 요염하게 빛을 발하던 칡꽃의 탐스러움은 좋은 추억 하나를 선물하였습니다. 새롭게 안다는 것은 이렇듯 기쁨이기도 합니다. 살아가는 일은 아름다움의 발견이고 그것은 즐기는 자의 몫이라는 말을 칡꽃이 일깨워 주었습니다.

5부

흔적

만월

—피아니스트 백건우와 차이코프스키의 교향곡 6번 「비창」

서둘러 일을 마쳤으나 가까스로 기차를 탔다. 늦을세라 계속 뛰었더니 땀이 비 오듯 했다. 자리에 앉자마자 차는 출발했다. 연주시간까지는 대어 갈 수 있을 것 같았다. 차창 밖의 풍경이 그제야 눈에 들어왔다. 6월의 산야는 풀빛으로 넘실거렸다.

'폴란드 국립 오케스트라 바르샤바와 협연하는 백건우 초청 피아노 연주회'가 천안 백석대학에서 있다. 모처럼 세계적인 음악가를 초청하여 연주하는 음악회라 그런지 강당 안은 위아래 층 모두 사람들로 꽉 들어찼다. 파리에서 활동하고 있는 피아니스트 백건우씨가 연주를 한다기에 더욱 관심을 끌었는지도 모르겠다. 그러나 나는 그날 연주곡 중의 하나인 차이코프스키의 교향곡 6번 '비창悲愴'을 듣기 위하여 나선 길이다.

웅장하면서도 가슴을 절절하게 하는 선율이 마음을 끌기도 하지만 힘들고 어려울 때 음악도 위안이 되고 힘이 되기도 한다는 것을 깨닫게 해준 곡이라서 애착이 간다고 할 수 있다. 이 곡을 듣고 있노라면 암울하던 현실과 아픔이 되살아나기도 하지만 마음이 평온해지는 것을 느끼게 된다. 음반으로서가 아니라 실제 연주를 듣고 싶었다.

십여 년 전이던가. 까닭도 없이 우울해지고 산다는 것이 무의미해졌다. 어떤 능력도, 가진 것도 없는 내가 한심하기 짝이 없었다. 아이들은 성큼 자라있고 가정경제에 아무 보탬도 되지 못한다는 무능력이 자신을 괴롭혔다. 병명도 없이 자리에 누웠다. 산수유꽃봉오리 빈혈처럼 터지는 계절이면 앓아누워 곤욕을 치르는 것이 몇 년째 이어졌다. 사방에서 스멀스멀 뻗치는 기운을 감당할 수 없어 봄이 오는 것조차 두려웠다. 보이지 않는 봄의 숨결은 활력을 주기는커녕 있는 숨까지 앗아갈 것처럼 엄습해와 온몸이 오그라들 지경이었다. 심신이 지치다보니 남편도 아이들도 버거운 짐처럼 느껴졌다. 날씨는 쨍그랑, 부서질 듯 화창하고, 저들끼리 희희낙락 신이 나 돌아가는 밖의 세상은 나만 따돌려 놓아 외톨이가 된 심정이었다. 천근만근이나 되는 듯 무기력해진 육신이 누워있으면 심연으로 잦아들듯 잠 속으로 빠져들곤 하였다. 그나마 잠이라도 드는 것이 다행이라면 다행이었다. 종일 잠속에서 헤매었다. 눈 뜨는 것도 힘이 든다는 말을 그때 실감하였다. 눈을 뜨지 않으면 이대로 죽는 것이로구나, 그런 생각이 들었다.

그때 이 곡이 귀에 들어왔다. 라디오에서 흘러나와 강물처럼 흐르고 있었다. 느리고 잔잔하다가 폭풍우가 몰아치듯 빠르고 격정적이기도 하면서 감미로운 선율이 내 마음을 어루만진다는 느낌이 들었다. 굽이치는 물결인 양 흐르는 음악이 그래 그래 역성들듯 마음에 파고들었다. 눈물이 배어나왔다. 어찌할 수 없는 감정의 격랑이 흐느낌으로 이어졌다. 방안에는 나만 부려 논 짐짝처럼 누워 있었다. 젊은 날 음악을 듣다 불현듯 눈시울이 뜨거워지던 때와는 느낌이 달랐다. 나와 같은 사람이 거기에도 있었구나. 나처럼 가슴 아픈 사람이 또 있었구나. 함께 아파해주는, 내 아픔을 인정해주는 고마움이었다면 말이 될까. 음반을 샀다.

음악도 주술성이 있는지 자꾸 듣다보니 위안이 되었다. 지금보다 젊었던 시절, 사람에게는 사람만이 위안이 될 수 있다고 생각하고 있던 내게 뜻밖이었다. 병원에도 다니고 앓을 만큼 앓았기에 일어났다고 할 수도 있지만 마음을 추스를 수 있는 힘이 되었던 것은 사실이다. 음악이 내 병을 치유하였다고는 믿지 않는다. 다만 쓸쓸 처연해지던 심사가 음악의 격랑 속으로 빠져들며 자맥질하다 스스로 헤쳐나올 수 있었다.

차이코프스키가 내 생애에서 가장 좋은 작품이라고 자부했던 교향곡 6번. "여행 중에 새로운 교향곡이 떠올랐다. 머릿속에서 이것을 작곡하면서 몇 번이나 울었다." 그가 조카에게 보낸 편지에서 한 말이다. 이 곡이 초연되자 동생 모데스토가 주장하여 「비창」이라는 표제를 붙이기로 하였으나 본인은 어떤 제목도 붙이지 말라고 당부하였다. 그러나 차이코프스키가 갑자기 사망하게 되자 모데스토가 그대로 표제를 붙여 출판하게 된 것으로 추측하고 있다.

비감어린 정서가 면면히 흐르고 있는 이 곡은 개인적인 감정도 포함되어 있지만 당시 러시아 전체를 억누르고 있던 어두운 공기, 숨막힐 듯 캄캄한 하늘 아래서 몸부림치고 있던 민중들의 절망과 비애, 죽음에 대한 공포가 내포되어 있다. 인간의 심연에 흐르고 있는 비창의 정서를 추상적으로 표현하여 감미로운 선율과 암울한 분위기가 배어 나온다. 깊은 슬픔과 절망, 안타까운 체념이 듣는 이의 가슴에 절절히 와 닿아 잠시나마 고뇌를 잊게 하여 위안을 주기도 하지만 그것이 오히려 더욱 애절하게 들린다.

듣고 있노라면 작곡가가 어찌하여 제목 붙이기를 꺼려하였는지 어렴풋이나마 알게 된다. 모든 예술이 그렇듯이 심상에서 일어나는 감동의 파장은 개인의 소양이나 정서, 취향에 따라 얼마든지 다를 수 있고, 처지나 경우에 따라 혹은 그날의 기분에 따라서도 느낌이 다를 수 있기 때문이다.

바로 그 음악을 세계적인 수준의 오케스트라가 연주한다니 달려간 것이다. 귀에 익은 음악이 흘러나오니 반가운 마음이 들기는 하였으나 정작 가슴을 쥐어뜯듯이 애절하게 하던 그날의 느낌은 아니었다. 다만 검은색 옷차림으로 정성을 다해 연주하던 흰머리 성성한 60여 명 노 연주자들의 진지한 자세가 마음을 끌었다. 오랜 세월동안 갈고 닦은 기예에서 오는 부드러운 선율, 연륜을 느끼게 하는 중후한 표정과 노련미는 가슴을 촉촉이 적셔 주었다. 바이올린, 첼로, 비올라, 콘트라베이스, 심벌즈…. 각자의 자리에서 검은 머리 흰머리가 되도록 한 가지 악기에 열중하여 최선을 다하는 사람들이 빚어내는 소리의 하모니. 가슴을 가득 채운 것은 바로 그 정성으로 빚어낸 소리의 바다였던 것이다.

또한 백발의 지휘자 안토니 비트가 춤추듯 온몸으로 하는 열정적인 지휘는 보는 사람의 마음을 사로잡았다. 음악의 고저에 따라 음색에 따라 주먹으로, 머리로, 어깨로, 발로 자유자재로 변하는, 아니

노지휘자의 움직임에 따라 연주되는 음악은 감동의 물결이었다. 신체 부위의 움직임에 따라 다른 음악이 흘러나오는 것 같았다. 젊은이들이 좋아하는 음악이나 가수가 나오면 함성을 지르며 열광하는 연유도 알 것 같았다.

자기 일에 열정적인 사람은 언제나 보는 사람을 감동시키기 마련이다. 격정적이면서도 비감해지던 「비창」의 선율이, 안토니 비트의 역동적인 지휘가 뇌리에서 떠나지 않았다. 은발의 오케스트라 하모니가 바로 그 은발이어서 더욱 아름다웠다. 나이 듦도 이렇듯 아름다울 수 있구나! 뭇사람들을 즐겁고 행복하게 하는구나! 어렵고 힘든 삶의 굽이굽이 무엇이 우리에게 위안이 되고 힘이 될 것인가.

늦은 밤 기차 안에서 바라본 달은 휘영청 떠오른 둥근달이었다. 숨죽이며 유리창에 이마를 대고 있으니 그득먹해지는 가슴. 차오르는 것이 어찌 달빛뿐이랴.

이끼, 잠들지 않는 푸르름
-화가 박춘화의 유화 전시회에서

그것과의 만남은 실로 우연이었다. 그렇게 정면으로 맞닥뜨리기도 처음이었다. 너무도 당당한 모습에 오히려 나는 아연해졌다. 정중동의 메시지. 그것은 강렬한 호소력이었다.

깊어가는 가을 날, 어디서부터 걷고 있었는지 한참을 걷다가 개인전 포스터가 눈에 띄기에 빨려들 듯이 전시회장으로 들어갔다. 썰렁한 날씨 탓인지 한산한 그곳엔 박춘화 화가의 유화가 전시되고 있었다.

그림을 보자 참으로 기이한 느낌이 들었다. 천천히 발걸음을 옮기며 볼수록 그 느낌은 충격으로 다가왔다. '이끼'라는 하등식물을 소재로 택하여 그림을 그렸다는 것 자체도 그랬지만, 캔버스 10호에서부터 80호, 100호 크기의 대작에 이르기까지 30여 점이나 전시된 그림 모두가 이끼 그림이라는데 더욱 놀라웠다. 보리나 꽃만 그리는 화가도 있고, 물방울만 그리는 화가도 있지만 이렇듯 이끼만을 그리다니, 그 까닭은 무엇일까 궁금해졌다.

이끼는 축축한 땅이나 숲속의 나무껍질이나 돌 위에서 자라는 녹색식물이다. 그 볼품없는 식물을 정밀화 중에서도 극사실화에 가깝게 그린 그림이 사진인 양 또렷했다. 그러나 사진으로는 도저히 그런 질감을 살릴 수 없는, 섬세하고 선명한 색채의 회화라는데 놀라움이 있었다. 자칫하면 들판인지 잔디밭인지 풀덤불인지 모호해지는 이끼의 서식처, 그 생물체를 삶의 터전을 배경으로 명료하게 보여주고 있었다. 소재가 같기에 전체적으로 풍기는 이미지는 같았지만 실지로는 모두가 다른 그림이었다.

바위 얼굴에 얼룩무늬로 그려진 이끼의 생김새가 무채색인 회색과 어우러져 종횡무진 초록의 향연이었다. 쓰러져 누운 고사목에서도 삶의 자리를 마련하고, 투박스럽고 거칠거칠한 소나무 껍질을 휘감은 이끼 무더기가 기생식물 같기도 했다. 눈 덮인 산속에 모습을 드러낸 바윗등에서도 시퍼렇게 살아나는 강인한 생명력. 바위산을 터전으로 구름무리인 듯 번져가고, 아메바의 세포 분열을 연상시키듯 산 전체를 새파랗게 덮어가는 이끼의 군락을 보며 나는 문득 무서운 느낌마저 들었다. 수많은 곤충들이 모여 고물고물 움직이듯이 녹색의 이끼가 바위 위에서 꼬물꼬물 살아 움직이는 것 같은 착각마저 들었다. 그렇게 서서히 퍼져나가다 갑자기 나에게 확! 덮쳐 버릴 것 같은 무섬증이었다. 그만큼 생동감이 있었다.

간혹 바위 틈서리나 수풀 사이에 들국화나 철쭉꽃을 그려 넣어 완화제 역할을 하고 미적 효과를 내기도 했다. 그러나 나무 등걸이나 바람에 뒹구는 나뭇잎들, 바람에 휘날리는 마른 풀들은 어디까지나 들러리에 불과했다. 그런 것들은 완상에 도움을 주기는 하였지만 이끼가 돋보이게 하는 장치일 따름이었다.

들에 나가거나 산에 오르면 얼마든지 만날 수 있으나 관심을 두고 찾지 않으면 그것이 있는지 없는지조차 알 수 없는 것이 이끼라 할 수 있다. 그런데 어느 누구도 눈여겨보지 않는 그것이 검푸른 색으로 화폭에 가득 차서 보는 사람을 이보란 듯이 사로잡고 있었다. 평화와 화해의 색인 초록이 그토록 도전적이며 선동적인 느낌도 처음이었다. 무언의 몸짓이며 질책 같기도 하고 소리 없는 탄원 같기도 했다.

그때 이 작품들의 제목이 모두 '쉽사리 잠들지 못하는 푸르름'이라고 부제가 붙은 「자연+생존」임을 알았다. "까마득한 옛날부터/ 아직도 먼 후일까지/ 가라앉는 어둠 속에서도/ 쉽사리 잠들지 못하는 푸르름으로/ 질곡의 강을 건너 사는/ 별보다 작은 아름다움이여"

안내장에 나와 있는 화가의 글귀를 보고 그가 이끼에 대하여 얼마나 오랫동안 애정을 가지고 천착해온 사람이었나를 알 수 있었다. 회화적 가치도 별반 없을 것 같은 이끼에게서 화가는 강인한 생명력을 찾아내어 보여주고 있었다. 하찮은 목숨붙이를 그림으로 보여줌으로써 생명의 영원성을 극명하게 표출하고 있었다. 강인함이나 역사성으로 생각해 보아도 이보다 더 끈질기게 오랜 세월 동안 이어져 온 것은 없을 성싶었다.

화가가 추구하는 바를 어렴풋이 헤아려 보고 우리로 하여금 깨닫게 하려는 것이 무엇인가를 짐작하였다고 할까. 오염되지 않은 자연 속에서만이 강인한 이끼도 생명을 지탱할 수 있는 것이고, 우리 또한 살아갈 수 있다는 경각심이었다. 물질문명의 발달로 잃어가고 있는 인간의 순수성을 회복하도록 일깨워 주는 아름다움의 표현이기도 하였다.

그것은 평범함 속의 비범함이라 할 수도 있고, 하찮은 것에서 발견한 통찰이랄 수도 있을 것이다. 또한 작은 것에서 아름다움을 찾으려는 예술가적인 안목인 동시에 생명에 대한 외경이었는지도 모른다.

이끼는 생명에 대하여 남다른 애정과 집념을 가진 화가로 인하여 꽃으로 피어났다. 하나의 몸짓이 시인이 불러주어 꽃이 되고 의미가 되듯이 화가가 그려줌으로써 하나의 생명이 되고 의미가 되었다. 보잘 것 없다고 여겨지던 생물체가 한층 격을 갖춘 아름다움으로 우리 앞에 당당히 섰다. 음지에서 양지로 대전환을 했다.

어느 예술가는 '회화는 세상에서 맛보는 환희에 대한 가장 완벽한 표현'이라고 말했다. 이 화가는 우리에게 이끼를 그려 보여 줌으로써 '이끼도 이렇게 아름답구나!' 하는 새로운 환희를 만끽하게 하였다.

그러나 과정에 있어서 그것이 얼마나 힘든 일인가는 작가 자신만이 알 수 있을 것이다. 습습한 산골짜기를 찾아 헤맸을 것이고, 사람 발길이 닿지 않는 곳에 누워 있는 너럭바위의 이끼 서식처를 찾아내야 했을 것이다. 또한 남들에게서 공감을 얻지 못하는 일에 대해서 회의했을지도 모를 일이다.

남이 가지 않는 길을 가는 자는 고독하다고 했던가. 혼자라는 외로움과 험한 길을 닦으며 가야하는 수고로움 때문일 것이다. 집념이랄 수도, 고집이랄 수도 있는 개성 있는 화가에게 박수를 보낸다.

우리는 때로, 보통 사람들의 사고로는 다소 엉뚱하다고 여겨지는 사람들과 어울려 살아가며 그 엉뚱함으로 또 다른 기쁨을 맛보기도 한다. 낯설거나 생경스러움으로 인하여 자극을 받아 삶의 활력을 얻기도 한다. 또한 행복을 느끼기도 한다.

이끼, 그것은 지구가 있는 한 영원히 잠들지 않는 푸르름이다. 그 잠들지 않는 푸르름은 우리 또한 영원히 살아가야 할 삶의 터전이며, 생명이다.

가끔 즐겁고 가끔 슬플 뿐
-「19 그리고 80」을 보고

　흔히 우리 인생을 연극이라고 한다. 다양한 배역을 맡은 사람들이 각자 맡은 역할에 충실하게 살아가는 것이 우리네 인생이라고 말한다. 연극의 주인공처럼 뭇사람들의 시선을 한 몸에 받고 이름을 드날리며 화려하게 살아가는 사람도 있고, 있는 듯 없는 듯 조용하게 살다 생을 마감하는 이도 있다. 자신이 가진 것을 이웃과 나누며 가치 있는 삶을 살아가는 사람도 있고, 채워도 채워지지 않는 욕심 때문에 스스로가 멸해 버리고 마는 인생도 있다. 어떤 역할대로 살아가는가 하는 것은 각자의 몫이고 주어진 자리에서 최선을 다하는 삶만이 아름다운 생이라 할 수 있다.

　그러나 절망 속에 있는 누군가의 가슴에 꽃으로 피어나는 사람. 세상의 책을 다 읽을 수 없듯이 세상의 사람을 다 만날 수 없지만, 민들레 홀씨처럼 날아가 누군가의 가슴에서 발아하고 꽃피우며 자양분을 주는 사람. 삶에 원동력이 되는, 세상을 온통 기쁨으로 출렁이게 하는 사람을 만난다는 것은 삶의 의미를 빛으로 채워 줄 것이다.

아직도 한겨울의 스산함이 남아있는 2월의 어느 주말, 딸과 함께 동숭동에 있는 극장을 찾았다. 주로 20~30대의 젊은 관객들이 주류를 이루었지만 40대 후반쯤의 부부들도 눈에 띄었다. 소극장 '정미소'는 많은 사람을 수용하는 영화관하고는 다른 조용하면서도 묵직한 분위기랄까. 아늑하고 조촐한 느낌이었다. 우리는 2층 맨 앞줄에서 보았는데 전혀 거리감도 느끼지 않고 가까이서 보듯이 자세히 볼 수 있었다.

나는 이 연극을 한 달 전, 신문에서 소개하는 내용을 보고 알게 되었다. '역시 박정자!' 주연으로 나오는 연극배우 박정자의 연기를 본 기자가 타이틀로 잡은 이 한 마디가 마음을 움직이게 했다. 배우와 관객이 함께 나이 들어가고 연극을 통해 함께 성숙해져 가길 바란다는 그녀의 한마디도 기억에 남았고, 연극계에서 관록 있는 여배우의 연기가 불현듯 보고 싶었다. 연극이나 영화를 보며 타인의 모습을 들여다보는 일은 삶에 탄력을 주고, 삶의 다양함을 조망해 보는 일일 것이다.

「19 그리고 80」은 미국작가 콜린 히긴즈를 일약 세계적인 스타로 만든 작품이다. 그만큼 많은 사람들의 기억에 남아 회자되고 있다는 말이 되겠다. 우리나라에서는 매년 1월 9일에 막을 올리고 모드역 박정자만 빼놓고는 연출자, 무대, 배우들이 해마다 바뀌며 새로 태어난다는 연극이다.

그러나 정작 내 마음을 잡아놓은 것은 자유스런 사고와 파격적인 행동으로 인생을 즐기며 사는 모드라는 할머니였다. 살아가는 방식이 다소 파격적이긴 하지만 그의 삶 속에 녹아 있는 인생에 대한 사랑과, 음악에 대한 열정과, 삶의 지혜가 마음에 들었다고 할까. 또한 62살의 배우가 80살의 주인공을 열정적으로 유감없이 보여주는데 빠져 들었다.

우울증을 겪으며 갖가지 방법으로 자살을 시도하는 19살 헤럴드는 현실에서 소외된 젊은이였다. 자식의 내적 고민이 무엇인지 알려고도 하지 않으며, 일방적으로 자식을 몰아세우는 어머니의 언행이 그에게는 숨막히는 일이었다. 어둡고 우울한 성격으로 세상에 대하여 자신 없는 한 젊은이가, 세상은 신나고 재미있는 것이 너무 많아 살아볼 만하다고 말하는 생기발랄한 80세의 할머니를 만나면서, 삶에 대하여 긍정을 하게 되는 에피소드들이 감각적이면서도 무척 흥미로웠다.

늘 새로운 것을 체험하고 감동을 맛보는 일은 얼마나 신나는 일인가. 함께 추는 춤이 얼마나 경쾌하고 재미있는지, 한여름 밤의 색소폰 소리가 얼마나 우리 가슴을 애절하게 하는지, 미지의 세계가 얼마나 우리에게 설레임을 주는지, 교감을 나누며 우정을 키워나가는 모습은 잔잔한 반향을 불러 일으켰다. 인생의 길잡이 역할을 해주는 사람이 있고 그에 동조한다는 것은 분명 사람살이에 활력을 주는 일이다. 전혀 가당치도 않을 것 같은 19살과 80살의 감정의 교류. 상대가 좋아하는 일만 생각하는 연인들처럼 그들은 서로를 아끼고 배려했다. 건강한 육체와 체험이 밑받침된 사고가 상대에게 용기를 주면서 잠재되어 있는 능력 이상의 것을 발휘할 수 있도록 일깨워 주고 삶의 가치를 깨닫게 해 주었다. 애정을 가지고 끈기 있게 설득하는 삶의 진정성이 우리를 압도하였다.

폭죽 터트리듯 피어나는 봄꽃들을 보며 생의 환희를 느끼고, 일몰의 바닷가 그 쓸쓸함에서 내일은 또다시 내일의 태양이 떠오를 것이라는 희망을 갖게 되고, 풀 한 포기, 나무 한 그루도 거기 있음으로 존재 가치가 있는 것이고, 사물과 사물, 하물며 사람과 사람이 그 존재 이유 만으로 얼마나 아름답고 위대한 것인지···. 모드는 그 모두를 헤럴드가 체험함으로써 느끼게 하였다. 통속의 성性을 벗어나서 그들만의 사랑을 가꾸어 가는 것이 신선하게 들리는 것은 서로에게 상승의지를 북돋아주고, 희망을 주는 메시지 때문일 것이다. 그래서 나이는 숫자에 불과하다는 진부한 이야기가 새삼 고개를 끄덕이게 한다.

나지막한 목소리로 혼자소리인 듯 모드가 말하였다.

"우리에게 영원한 것은 없어. 인생은 그저 가끔 즐겁고 가끔 슬플 뿐이야."

속삭이듯 말하던 모드의 담담함은 헤럴드에게 뿐만 아니라 나에게 들려주던 일깨움이었다. 일고 잦는 일상사에서 작은 일에도 영원한 것처럼 낙심하고 분노하며 애태우던 순간들이 얼마나 부질없는 일이었는지 되돌아보게 했다. 그 나이쯤 되면, 목 메이게 애달파 할 일도, 빛이 보이지 않는 절망도 끝이 있는 법이라고, 미움도 사랑이었다고 아무렇지도 않게 '인생은 그저 가끔 즐겁고 가끔 슬플 뿐이야'라고 말할 수 있을까?

이만큼 살아왔어도, 살아가고 있어도 여전히 알 수 없는 것이 인생이라고 생각한다. 내 주위가 모두 평안하여 더 이상 부러울 것이 없다고 행복을 노래하는 순간 복병처럼 나타나 기습을 당하는 것이 인생이기도 하다. 믿었던 사람으로부터의 배신이나 마른하늘에 날벼락처럼 기막힌 일이 무시로 일어나기도 한다. 그래서 인생은 호사다마 好事多魔라고도 하고, 새옹지마塞翁之馬나 설상가상雪上加霜이라는 옛말이 공연히 생겨난 말이 아니라는 것을 알게 된다. 삶이 강물 흐르듯 순조롭지만은 않다는 것을 깨닫게 될 때 옷깃을 여미고 항상 겸허한 자세로 살아가야 한다는 것을 체득하게 된다. 세월이 어찌 까닭없이 흐르기만 하겠는가. 인생이 어찌 숫자만 더해 가겠는가.

모드의 생일에 프로포즈를 하려고 꽃으로 방을 장식하고, 반지를 마련하면서 헤럴드는 모처럼 신바람이 나 활기가 넘친다. 잠자고 있던 젊은이의 감성이 되살아나고 청춘의 정기가 빛을 발하면서 세상은 온통 축제일 같았다. 신세계에 대한 떨림. 그것은 자기 자신에 대한 사랑이었고 앞날에 대한 서광瑞光이었다. 그러나 헤럴드가 결혼하겠다고 말했을 때 반색을 하며 좋아하던 어머니는 그 상대가 누구인지 알고 그만 혼절하고 말았다. 그러한 결혼을 어느 어미인들 찬성할 수 있으랴.

정작 모드는 80살 되는 생일에 생을 마감하려고 오래 전부터 생각하였다. 온전한 정신일 때 세상을 하직하려 마음먹었다. 주변을 깨끗하게 정리하고 옷을 갈아입고 혼자서 의식을 치르듯 약을 먹었다. 약 기운은 퍼져 가는데 그제야 모든 것을 알게 된 헤럴드는 달려와 꺼져가는 생명을 부여안고 모드! 모드! 소리쳐 부르며 절규한다.

"헤럴드, 내가 사랑을 남기고 간다면, 그 사랑을 다른 사람에게 전해주면 되는 거야."

모드의 마지막 말이 종소리처럼 울리고 있는데 연극은 서서히 막을 내리고 있었다. 우리는 한동안 그대로 앉아 있었다. 진정 '인생이란 무엇인가?' '사랑이란 무엇인가?'라는 영원한 명제가 화두로 떠올라 불을 밝히고 있었다.

흔적

―이응로 화백의 암각화

한 겨울 산속 날씨는 짱짱했다. 앙상한 나뭇가지를 훑고 지나가는 바람 소리가 청량했다. 서슬 푸른 칼바람이 부는 것은 아니라도 도시의 탁한 공기에 익숙한 푼수로는 번쩍, 정신이 들도록 공기가 맑고 차가웠다. 냉기에 온몸이 얼얼해질망정 정신이 오롯해지는 이 맛에 사람들은 겨울 산을 찾는가 보다.

덕숭산 등반이라지만 수덕사를 둘러보고 만공탑까지만 올라갔다 내려오기로 하였다. 오랜만에 만난 지인들은 두런두런 이야기꽃을 피웠고, 이따금 풀어 놓는 웃음보따리에 적막한 산속이 우렁우렁 울렸다. 마주친 등산객들 얼굴에도 빙그레 미소가 번졌다. 일상에서의 일탈은 누구에게나 여유와 재미를 주는 듯싶었다.

나는 얼른 산에서 내려와 조금 전 일별하고 지나친 수덕여관에 다시 들어섰다. 일행들과 어울리다 보니 아무래도 미진하여 짬을 내었다. 여관 뜰에는 너럭바위에 새겨진 암각화가 있었다. 반가운 이의 얼굴을 의외의 장소에서 맞닥뜨린 기분이랄까. 호젓했지만 낯설지는 않았다. 얼마 전 대전 이응노 미술관에서 그림이나 판화로 본 형상들이었다. 내 키보다도 큰 나무토막에 양각으로 새기고 불로 지진 판화의 거대함에 놀랐던 기억이 떠올랐다. 우선 크기에 압도되어 올려다보았던 목판화, 바로 그 문양들이었다.

암각화는 묵묵히 조금은 쓸쓸히 놓여 있었다. 그렇다고 초라하지도 않았다. 하나는 보호막 철책으로 둘러놓았으나 다른 하나는 방치된 듯 그대로 있었다. 대여섯 명은 앉을 수 있는 커다란 바위였다. 불현듯 아이들이 그 위에 올라가거나 장난치다가 돌로 내려칠지도 모른다는 생각이 들었다. 유물이나 예술품은 한 번 손실되면 복원이 어렵고, 된다 하여도 본래의 모습과는 다르지 않은가. 무방비 상태에 노출된, 아무렇게나 놓여진 바위가 마음에 걸렸다.

천천히 걸으며 둘러보았다. 먹물로 그림을 그리고, 정으로 쪼아놓은 무늬들이 작가가 명명하는 예의 그 군중무라 하던가, 통일무라 하던가. 상형문자 같기도 하고 기호 같기도 한 사람 형상들을 바위 옆면에 빙 돌려가며 새겨놓은 솜씨가 볼수록 예사롭지 않았다. 어찌 이런 착상을 하였으며 생각을 그대로 실행할 수 있었을까. 화선지에 먹으로 그렸을 때도 뭇사람들의 반향을 불러 일으켰는데 이렇듯 돌덩이에다 쪼아 놓기도 하다니―. 세상에 있는 물상 가운데 그리지 못할 것이 무엇이며 만들지 못할 것이 무엇이겠는가. 한지에 먹물로 그린 군상들이 마치 새가 무리지어 날아가는 모습처럼 율동감이 느껴지던 시원스런 느낌―. 한 번의 붓놀림으로 한 사람이 그려지는 일격의 운필이 무수히 반복되어 나타나는 군상들. 그 무량감에 놀랐던 기억이 되살아났다. 그러나 바윗돌은 종이와는 확연히 달랐다.

중량감 때문인지 역동적으로 느껴졌다. 메시지도 호소력이 있었다. 울퉁불퉁 단단하기 이를 데 없는 바윗돌은 그냥 돌덩이가 아니었다. 순간 꿈틀, 하고 바위가 움직이는 것 같았다. 함성이 들리는 듯싶었다. 군중들이 손을 치켜들고 내지르는 환호성 같기도 하고 뭇사람들의 절규 같았다.

그는 1958년 55살이라는 적지 않은 나이에 프랑스로 향했다. 뉴욕에서 전시되었던 작품 두 점이 록펠러재단을 통해 뉴욕 현대미술관에 기증되면서 세계 미술 무대로 진출하게 되었다. 국제적인 작가로 왕성한 활동을 하게 될 즈음 동백림 사건으로 시련을 겪는다. 5년 구형에 2년 5개월의 옥살이였다. 65세 때의 일이다. 화구가 있을 리 없는 감방에서, 그림 그릴 수 없음을 한탄하며 화장지에 볼펜으로 소묘를 하고, 주일이면 나누어 주던 교회소식지 주보에도 그림을 그렸다. 끼니로 나온 밥알로 휴지에 오브제를 하였고 밥그릇이나 양은 대야를 못으로 뚫어 분출하는 격분을 새기기도 하였다. 어찌 할 수 없는 마음이 다양한 미술 양식으로 표출되었다. 세상에 대한 항변이었는지 모른다.

암각화는 이 화백이 옥고를 치르고 나와 쉬고 있을 때 만들었다. 억울하고 답답하고 달랠 길 없는 마음이 투박하고 거친 돌덩이에 새겨졌을까. 그것은 어쩌면 한 사람의 삶의 궤적이 뭉뚱그려진 조형물 같았다.

"… 삼라만상의 성쇠成衰를 만들고 있네."

세상사 부질없음을, 우주만물 안에서 흥망성쇠가 헛것이었음을 조탁하려 한 것일까. 타고난 예술적 소양과 작품에 대한 열정, 특유의 부지런함으로 많은 작품을 남겨 놓아 거대한 산을 느끼게 하는 작가. 동양화는 물론 서예, 조각, 도자기 등 다양한 분야의 작업과 탐구정신으로 남겨진 작품들이 보는 이로 하여금 가슴에 불을 지핀다.

이것이 모두 한 사람이 작업한 것이란 말인가. 우리 세대는 위대한 예술가에게 너무나 깊은 상처를 주었구나. 그의 집에 쌓여진 엄청난 양의 작품을 보고 어느 화가가 한탄하듯 말했다.

무엇이나 마음에 두고 바라보면 의미가 달라지기 마련인지, 수십 년 전에 남겨 놓은 암각화 한 쌍이 이제야 내 마음에 들어와 자리를 잡는다. 사람은 떠나고 그의 손길은 여기 남아 바람처럼 머물다 구름처럼 떠나는 길손에게 유정한 마음 한 자락 얹어준다.

"역사에 남는 사람은 자기 작품을 만든 사람이지요."

활화산 같이 타오르는 열정 하나 점点으로 화化하여, 적막한 산속에 의연히 앉아 있는 너럭바위는 거칠지만 투박한 그대로 작가의 속내를 전하고 있다. 부럽기도 하고 게으른 자신이 한탄스럽기도 하다. 무언가 투신할 수 있는 삶은 얼마나 대단한 것인가. 스러지는 겨울 햇살 맵찬 바람 속 터벅터벅 걸어 나오다 불현듯 나도 할 일이 있을 것만 같다. 갑자기 마음이 바빠진다.

소녀상들이 내게로 왔네

－최종태의 조각전을 다녀와서

건널목에서 신호등이 바뀌기를 기다리고 섰을 때, 아기 엄마가 옆에 서있었다. 아기는 엄마 등에서 곤히 잠들어 있었다. 잠든 아기의 얼굴은 지극히 평화스러워 보였다. 무심히 바라본 순간, 전시회장에서 방금 보고 나온 조각들의 영상이 잠든 아기의 얼굴에 겹쳐지고 있었다. 나는 신기한 생각이 들어 아기 엄마의 얼굴을 바라보았다. 바쁠 것 없이 걷고 있는 엄마의 얼굴 또한 그랬다.

버스 안에서 마주친 여학생의 얼굴도 같았다. 동그스름한 얼굴, 도도록한 볼, 떴는지 감았는지 모르게 가느다란 눈, 높지 않은 코가 영락없이 전시회장에서 본 조각의 형상이었다. 사람의 얼굴에서 조각의 이미지가 떠오르다니…, 나는 일순 가벼운 흥분마저 느꼈다. 소중한 이 느낌이 깨어질세라 남자 승객의 얼굴을 찬찬히 바라보며 조각의 형상을 떠올려 보았다. 이상하게도 그건 아니었다. 불현듯 흥미가 동하여 승객 중 얼굴이 잘 보이는 사람들을 하나하나 눈으로 짚으며 조각의 상을 대입시켜 보았다. 그러나 누구나 그 잔상이 떠오

르는 건 아니었다. 어떤 사람하고는 일치하고 어느 누구하고는 어긋
난다는 사실을 알았다. 어린 아이나 여학생, 젊은 여인, 혹은 아기
엄마들 얼굴에서는 그 잔상이 여실히 나타나고 있었다. 주로 맑고
순수해 보이는 인상의 사람들이라고나 할까.

그것은 조각가가 만들어 놓은 형태와 그 조형 속에 표현하고자 하
는 주제 의식과 무관하지 않으리라는 생각이 들었다. 그제야 그 조각
가가 줄곧 사람만을, 그 중에서도 여인상, 소녀상을 주로 만드는 작
가라는 것이 생각났다. 돌이나 나무, 청동이라는 물질로 사람 형상을
만들고 거기에 불어 넣으려는 조형정신은 무엇일까 궁금해 하며 전
시회장에서의 감흥을 다시 떠올려 보았다.

지역 문화 행사의 하나로 이 고장 출신 조각가와 도예가를 초대한
'우정의 만남'전이 중구문화원에서 있었다. 최종태조각전을 본 것은
거기에서였다. 굵은 매직펜과 파스텔로 스케치한 소녀상 18점과 사
실 조각이면서도 과감한 생략으로 단순미를 보여주는 인물 조각 18
점이 전시되고 있었다. 그림과 조각품을 한꺼번에 볼 수 있는 전시회
에는 예의 그 소녀상이 주조를 이루고 있었다.

전시회장에 들어서자, 정물처럼 앉아 있던 물상들이 하나씩 내게
다가왔다. 내가 다가가는 것이 아니라 기다렸다는 듯 그들이 내게
다가왔다. 그것은 낯설지 않은 친근함이었고 신선함이었다.

그곳에서 뜻밖에도 지금 한창 예쁘게 자라고 있는 우리 집 딸아이
와 흡사한 얼굴을 보고 깜짝 놀랐다. 여기서 예쁘다는 것은 제 아이
에 대한 고슴도치 어미의 표현이기도 하고 대견함인지도 모른다. 그
러나 동그란 얼굴, 살짝 감은 듯한 실눈, 새침이 다문 작은 입, 찰랑

일 듯 가지런한 머리 두상이 영락없이 중학교에 다니고 있는 딸아이였다. 아이와 너무도 닮아 반가운 마음에 덥석 껴안고 싶은 충동이 일었다. 여리고 앳된 아름다움이 가슴에 그들먹해지는 느낌이었다. 아이의 볼을 만지듯 조각의 볼에 가만히 손을 대보았다. 보드랍고 온기 있는 소녀 얼굴로 여겨져 만져 보고 싶었다. 그러나 한낱 쇠붙이의 촉감은 차가웠다.

순진무구한 표정을 한 소녀들의 형상이 음전한 모습으로 앉아 있거나 서 있다가 다가오며 말을 걸어왔다. 천천히 걸으며 응대하듯 눈 맞춤했다. 그들이 입을 오므리며 미소 지었다. 나도 고개를 끄덕이며 따라 웃었다. 그러자 불을 지피듯 가슴이 따뜻해졌다.

또 정면으로 보면 이마, 코, 입, 턱이 수직으로 나란히 붙은 납작한 얼굴이지만, 옆에서 보면 눈, 볼, 머리가 있어 온전한 옆모습의 얼굴이었다. 과감한 압축으로 단순화한 파격미가 또 다른 조형미를 보여 주고 있었다. 두 팔을 머리 위로 하고 정면을 향한 소녀상을 만들다가 팔을 먼저 붙이고 보니 얼굴이 들어갈 자리가 모자라 그 해결 방안의 하나로 만들게 되었다는 두상이 발걸음을 머물게 하였다. 정면에서 보면 입체감 없는 수직의 얼굴, 보통의 상식으로 이해될 수 없는 조형물이 가슴에 소용돌이를 치게 하였다. 부조화 속의 조화가 묘한 일체감을 주는 아름다움이었다.

그리고 약간 불거진 광대뼈와 무심한 듯한 표정, 긴 손가락, 짧은 무명 저고리와 치맛자락을 치켜 올린 맨발의 여인상 앞에서 나는 가만 숨을 죽였다. 수심에 찬 듯한 얼굴로 허공을 응시하고 있는 모습은 정지용의 시 「향수」가 생각나게 했다.

"…아무렇지도 않고 예쁠 것도 없는/ 사철 발 벗은 아내…"

나는 속으로 읊조리다가 왈칵 슬픔 한 덩이가 가슴을 치받는 것을 느꼈다. 아름다움은 얼마쯤 슬픔을 동반하는가. 밑도 끝도 없는 물음이었다. 그 입상은 버선이나 양말조차 신을 사이도 없이 사철 발 벗고 일해야 했던 시인의 아내 모습이며 향수이듯이, 조각가 자신의 유년 시절에 대한 그리움이며 고향에 대한 '향수'이었는지 모른다. 이 여인상과 시 구절은 너무나 잘 어울렸다. 또한 한여름 뙤약볕에서 밭 매다가, 미루나무 그늘아래서 칭얼대는 동생에게 젖 물리던 베적삼 입은 우리 어머니의 모습이었다.

쪽진 머리 모로 돌리고 웅크리고 있는 좌상 또한 한스런 여인의 표상 같았다. 그것은 고난의 삶을 살다간 이 땅의 평범한 여인들의 모습이었다. 우리 민족은 한의 민족이라고 흔히 말한다. 그래서 예술 작품의 저류에는 한의 정서가 면면히 흐르고 있다고 말하기도 한다. 내재해 있는 감성의 줄기가 작가 자신도 모르게 작품 속에 스며들어 표출되는 예술의 정서. 청동의 쇠붙이가 하나의 조형물로 서서 피톨기 도는 생명체인 양 가슴을 흔들어 놓는 감동의 원천도 바로 그것일 것이다. 이 조각가가 만든 형상들이 따뜻하고 정겨운 느낌을 주면서도 우리 가슴을 저릿하게 하는 원류라 할 것이다.

문학과 그림이 같은 사물을 어떻게 느끼고 글과 그림으로 표현하느냐에 있듯이 조소 또한 어떤 대상을 어떻게 만들어 놓느냐에 있을 것이다. 결국 예술 작품은 작가 자신의 심상을 작품 속에 고스란히 용해시켜 자기를 만들어 놓는 일이며 삶의 또 다른 표현인지 모른다. 그 작품이 단명하여 작가와 함께 소멸되기도 하고, 오래오래 남아 인류와 함께 역사를 이어 가기도 할 것이다. 여기에 예술가는 어떻게 살아야 하는가? 라는 명제의 소명의식이 함께 하는 것이라 생각한다.

집에 와서 사가지고 온 책을 펼쳤다. 글을 읽어 내려가며 조각이나 그림 못지않게 글이 아주 좋다는 것을 알 수 있었다. 미술 전반에 대한 지식이나 학식은 화가며 조각가인 사람으로서 당연하다고 할 수 있을 것이다. 그러나 다양한 소재를 가지고 유려한 글 솜씨로 종횡무진 펼쳐놓는 이야기는 읽는 이로 하여금 마음을 가라앉히며 생각에 잠기게 하였다. 자칫 지루할 수 있는 화가들이나 미술 이야기가 흥미 있게 다가왔다.

"소녀상을 만든다. 해도 해도 아니기 때문에 나는 또다시 소녀상을 만든다. 티 없이 맑고 꿈으로 가득 찬 고향산천 같은 형태를 이루어 보고자 …. 수愁기 가시고 승리 만만한 절대 순수여." 하고 작가는 말했다.

소녀상들을 보며 떠올린 심상들이 작가가 지향하는 바와 크게 다르지 않아서 나는 손뼉이라도 치고 싶었다. 그 날 이후로 한동안 어린 아이나 소녀들의 얼굴에서 조각의 상이 떠올랐다. 마주치는 여학생의 모습에 소녀상의 얼굴이 자꾸만 동그라미 그리듯 동글동글 겹쳐지고 있었다.

시선

-매그넘 코리아전

언젠가 신문에서 본 사진 한 장이 오랫동안 잊혀지지 않았다. 아프가니스탄 난민 캠프에서 찍은 소녀의 모습이었다. 모자 달린 망토인지 긴 숄인지 분간되지 않는 벽돌색깔 옷이 갈색 머리를 두르고 몸을 감았다. 군데군데 해진 구멍사이로 보이는 속옷 초록빛깔이 선명했다. 그 푸른빛은 눈동자에도 있었다. 옷 빛깔은 차분하고 편안하였지만 눈빛만은 달랐다. 앳되고 야윈 얼굴 커다란 눈동자는 튀어 나올 듯 또렷했으나 겁먹은 듯 슬픔과 두려움이 복잡하게 얽혀 있었다. 끝나지 않은 전쟁의 피곤과 남루가 서려있는 모습은 세계인들의 관심을 끌었다. 스티브 매커리가 찍은 이 사진은 현대사를 고발하는 매그넘 포토스의 걸작이자 보도 사진의 대표작으로 꼽혔다.

소녀와 함께 내게로 온 매그넘은 어떤 저널리즘에도 매이지 않고 작가적 안목과 기자정신으로 보이는 그대로의 모습을 찍어 보여주는 세계적인 사진가들의 모임이다. 전쟁터를 누비며 생사의 절묘한 순간을 포착한 사진이 사실적인 현장감으로 공감을 얻고 역사성도 지

니게 되는 것은 투철한 프로의식의 소산일 터이다. 까다로운 입회
조건으로 전체 회원수가 50여 명밖에 되지 않으며 우리나라 사진작
가 중에는 소속된 사람이 아직 없다.

한겨레신문이 창간 20돌을 기념해 매그넘 작가 20명에게 2007년
일 년 동안 분야별로 나누어 우리나라 구석구석을 찍게 하였다. 자
연, 인물, 건축, 종교 등의 여러 분야 432점의 사진 '매그넘 코리아전'
이 서울 예술의 전당 한가람 미술관에서 열리고 있다. 개관 이튿날은
사람들이 그리 많지 않았으나 차츰 관심이 집중되면서 연일 대성황
이었다. 처음에는 예술작품을 기대하였으나 그보다는 무작위로 찍었
다는 느낌이 들었다. 표적이 달랐다. 그 의표를 찾아내어 공감하는
것이 보는 이의 몫이었다. 우리가 무심히 지나치고 무심코 한 행동들
이 이방인들에게는 기이하고 신선하게 보였는지 앵글로 잡아냈다.
너무도 흔해서 새로울 것도 없는 것들을 사진으로 찍어 들이대는 것
이 오히려 신기했다.

그러나 사진을 가만히 보고 있노라면 사물들이 말을 하고 있었다.
분명 이야기가 있었다. 거대한 인천공항의 철재 빔을 배경으로 탑승
시간을 기다리는 사람들의 실루엣은 여행의 설렘이 있었고, 즐비한
현대 건물 가운데 고색창연한 숭례문의 모습이 신기하였다는 작가의
말마따나 존재만으로도 얼마나 가치 있는지 새삼 아깝고 안타까운
마음이 들었다. 촬영 후 방화로 소실되었기 때문이다. 임진각 공원에
설치된 수많은 오색 바람개비 조형물은 통일의 염원이 바람 따라 계
속 돌아가고 있을 것이고, 길에서 마주친 수녀님들의 환한 표정도
즐거운 일상이었다. 풍경 속에 인물이 있고 표정이 있었다. 미처 모

르고 있던 우리의 모습을 발견하는 일은 즐거웠다. 아쉬운 마음에 전시회장을 다시 한 번 둘러보았다.

　하얀 교복 아래 분홍 레이스 속옷을 받쳐 입은 여학생의 도발적인 모습은 낯선 차림이었으나 눈여겨보니 거리에서 얼마든지 볼 수 있는 패션이었고, 검정색 스타킹을 신고 힘차게 내딛는 여성들 다리의 엇갈림은 그런 구성이 나오도록 얼마나 기다렸을까. 흰 고깔모자에 빨간 고름 연두색 두루마기를 걸치고 작두 위에서 굿판을 벌이는 무당의 굿거리는 우리 눈에도 볼만하지 않던가. 열광적으로 할렐루야를 외치는 교회 신도들의 모습이나 물안개 번지는 사찰 후원에서 명상에 잠겨있는 먹빛 장삼의 스님 뒷모습도 분명 흔치 않은 풍경이었을 것이다.

　대천 해수욕장 머드축제에서 얼굴과 머리에 진흙투성이가 된 소녀의 상반신은 '보령'이라는 제목의 스티브 매커리의 작품이었다. 이 사람은 소녀를 즐겨 찍는가. 수줍은 듯, 즐거운 듯, 표정이 없는 듯 미묘했다. 이 사진을 내놓으려고 한 장만 찰칵 찍었겠는가. 여러 가지 표정 중에서 '이것이다' 생각한 작가의 의중이 궁금했다. 표정이라 함은 눈빛을 말함이고 눈빛은 정신을 담는 그릇이기도 할 터이다. 그 정신, 사유를 찾는 작업이 그의 사진일 것이라는 생각이 든다. 한 가지 사물이나 인물이라 하더라도 관심과 만족도는 다를 것이고 그것이 다양성인 동시에 개성일 것이다. 새로운 것에 눈뜨고 가슴이 열리는 일은 자기만족 뿐 만이 아니라 남을 위한 일이 될 때에 가치가 있다. 많은 이에게 감동과 자존을 느끼게 하는 원동력은 타고난 예술적 소양과 각고의 노력 때문이다.

우리나라 사진 전시로는 최대 규모라는 전시장을 둘러보며 여행지에서 본 산책로의 돌무늬들이 떠올랐다. 중국 4대 정원 중 하나로 명대에 건축된 '예원'은 크기도 하려니와 장구한 세월 견디어온 웅대한 건축물이 여기저기 있어 볼거리도 많았다. 대저택의 호화로운 방들과 전시물을 둘러보면서 미로 같은 산책로에 깔린 돌들이 신기하였다. 돌이 지천인 나라이니 길바닥을 대리석이나 옥석으로 깔기도 하였지만 여러 갈래 오솔길에 돌로 깔다 심심해서 그랬는지 작은 조약돌로 오목조목 난초도 그려 놓고 날아가는 학도 꾸며 놓았다. 연꽃도 그리고 거북도 그렸다. 아득히 멀고 높은 어르신 즈려밟고 가시오라 정성을 다해 꾸며 놓았을까. 격조 있는 도자기의 문양들을 어설픈 솜씨의 미장이들이 길바닥에 꾸며 놓은 돌그림(?)에서 발견하는 일은 흥미로웠다. 수백 년, 아니 천 년 전 그들이 나를 위해 치장해 놓은 듯 흐뭇하고 즐거워 겅중겅중 뛰기도 하다가 짐짓 호기를 부리며 느릿느릿 걷기도 하였다. 아기자기하고 오밀조밀한, 촌스럽지만 순박한 마음들이 사뭇 정겨웠다. 무슨 진귀한 보물이라도 본 것처럼 지금도 또렷이 기억하고 있다.

'세계를 찍은 매그넘, 한국을 찍다' 훗날 누군가 신기하게 바라보며 미소 지을 사진들은 지금 동시대를 살아가는 우리들의 모습이다. 대상을 바라보는 시선은 평범하지만 비범하고 하찮게 생각되면서도 대단하게 여겨진다. 우리나라 도처의 수려한 자연과 이웃들의 적나라한 모습과 언어가 필요치 않은 다양한 몸짓은 바로 내 이웃과 나라는 생각이 들었다. 누구도 주인공이 될 수 있었다. 매그넘은 바로 나를 찍었구나. 어느 때는 남이 더 나를 잘 관찰하고 기억하지 않던가.

이 우주가 하나이듯 나 또한 천지간에 유일한 존재로 오늘의 역사 속에 서 있다. 비록 스포트라이트를 받지는 못할지라도 이 땅에 태어난 질량만큼, 품을 수 있는 만큼 세상을 안고 순간을 살아간다. 누가 지금 내게 카메라를 들이댄다 한들 대수이랴. 나는 한껏 우아하고 당당하게 전시장을 걸어 나왔다.

비단벌레와 말안장 뒷가리개

―공예가 최광웅의 「1000년 불사의 꿈 비단벌레」

어찌 사람과의 만남만을 인연이라 할 것인가. 때로는 사물과의 조우도 각별한 인연이라 할 수 있다. 세상에 존재하는 많은 조형물 가운데 어느 하나 마음 안에 머물러 모닥불을 지피게 한다면 그 또한 세상과의 소통이라 할 것이며 무릇 사물과의 신선한 개안이라 할 수 있다.

'비단벌레 말갖춤 뒷가리개'라는 사진을 아침신문에서 보며 새물 옷을 입은 듯 산뜻한 기분이 들었다. 천 년 전, 신라시대에 비단벌레 날개를 가지고 치장한 말 장식품인 마구馬具는 금장식 사이로 새어나오는 청홍색 빛깔이 특이하게 밝고 화려하였다. 신라 고분군 '황남대총' 발굴 당시에 나온 정교한 문양과 화려한 색깔로 세계인들의 시선과 찬사를 받은 조선 최대의 공예품을 재현한 것이라 한다. 오색영롱한 빛깔이 아름다워 붙여진 비단벌레. 매미보다 작은 벌레에서 퇴색치 않는 아름다운 빛깔을 찾아낸 사람은 누구이며, 날개 수천 개를 쪼아 붙여 말안장을 장식한 사람들은 누구란 말인가.

그리고 며칠 후 텔레비전 문화방송에서 문화의 달 특집으로 「1000년 불사의 꿈 비단벌레」라는 제하의 다큐멘터리가 방영되었다. 궁금하던 차에 너무도 반가웠다. 화면으로 본 비단벌레는 과연 탄성이 나올 만큼 아름다웠다. 초록과 남빛, 붉은빛이 절묘한 조화를 이루는 날개는 언젠가 자연사박물관에서 본 부전나비 빛깔 같기도 하고 공작새 깃털 빛 같기도 하였다. 녹색, 금색이 찬란하게 아름다운 매미라는 뜻으로 녹금선綠金蟬이라고도 하고 옥충玉蟲이라고도 하는 비단벌레는 빛깔이 아름다워 옛 여인들이 장신구에 많이 사용하였다. 팽나무에 서식하는데 생장과정이 오래 걸리고 멸종 위기 종種으로 우리나라에서는 볼 수 없다고 한다.

뒷가리개 발굴 후 30여 년이 지난 지금 복원하기로 하였으나 비단벌레 천여 마리를 구한다는 것이 불가능했다. 그런데 17년간이나 그것을 연구하며 기르고 있는 사람이 일본에 있었다. 팽나무에 구멍을 내고 생장기간을 3년에서 2년으로 줄여가며 산란을 유도하여 양식하고 있었다. 사연을 들은 그는 자신이 기른 비단벌레가 그런 일에 쓰이는 것만으로도 기쁘다며 필요한 만큼 무상으로 주었다.

신라인들에게 용과 봉황의 문양이나 금장식은 화려하고 위용 넘치는 최고 권력자의 상징이다. 말갖춤에 비단 벌레를 이용한 것은 철분 성분이 날개 속에 들어 있어 특유의 빛깔이 변색치 않고 영원불사永遠不死의 뜻이 담겨 있기 때문이다. 전통기법으로 복원하는 작업이 이어졌다. 소나무로 만든 반월형 나무 2장으로 뒷가리개 형을 만들고 방수능력이 탁월하다는 자작나무 껍질을 붙이면서 만들어나가는 과정을 상세하게 보여주었다. 나무판을 쪼아 내어 금분을 입히고 광을 내는 작업이 오래 계속되었다. 어느 하나 수월해 보이지 않았다. 그 중에서도 아교 칠을 한 후 날개 2000개를 하나하나 붙이는 작업은 마치 한 땀 한 땀 수를 놓는 것과 같았다. 일에 몰두하여 정성을 들이는 모습은 숭고하게 여겨지기 마련이다. 마음 모아 기도하는 모습이 연상되기도 하였다. 드디어 금동판 투각 사이로 비단벌레의 화려한 색이 레이저광선처럼 뿜어져 나왔다. 죽어서도 빛을 내고 있었다.

문화방송 제작팀이 의뢰하여 고대장식의 비밀을 찾아내 그대로 복원해 놓은 사람은 최광웅 공예가이다. 국립경주박물관에 기증하여 일반인들에게 공개 전시하고 있었다. 기증식에서 그가 말했다.

"…영롱한 빛깔이 던져주는 느낌은 마치 봉황이 물어다 놓은 비단벌레 같았습니다. 천여 마리가 동시에 뿜어내는 빛은 벌레가 살아서 꿈틀꿈틀 기어 다니는 것 같아 투조판 사이로 보이는 비단벌레가 하나도 죽은 것 같지가 않았습니다…"

순간 비단벌레가 보고 싶었다. 빛깔이 전해주는 황홀감이라 할까. 색채로 느끼는 경이로움이라 할까. 그 흔치 않은 빛깔을 눈으로 확인하고 싶었다.

안개 자오록한 가을 날 아침, 경주행 기차를 탔다. 벼르다 혼자 나선 길이었다. 보고 싶어 찾아가는 사람과의 만남이 이와 다르다 할 것인가. 가벼운 흥분마저 느꼈다. 거대하게 느껴지는 고분들이 즐비한 곳. '지붕 없는 박물관'이라 불리는 천년 고도 경주는 곳곳이 유적지이고 처처가 볼거리였다.

박물관으로 먼저 갔다. 말안장 뒷가리개는 번쩍거리는 모습으로 미술관 입구 유리 상자 안에 있었다. 사진이 벽에 걸려 있고 설명을 소상히 적어 놓았다. 그리고 비단벌레를 표본 전시하여 놓았다. 매미 날개와 같은 투명날개 위에 사슴벌레 등딱지 같은 날개가 달려 있고, 따로 떼어 놓은 날개 네 장은 여인들이 네일 아트라는 이름으로 손톱에 치장하는 장신구 모양처럼 갸름하였다. 손톱보다 조금 큰 날개에서 나오는 빛깔은 과연 신비하리만치 선명하고 아름다웠다. 순광이냐, 역광이냐 빛의 각도에 따라 청록, 황금, 보라 빛으로 빛을 발한다는 비단벌레. 투각된 금도금이 너무 강렬하여 그 빛깔이 퇴색하는 듯싶었지만 금빛과 녹색, 홍색, 남색이 어우러지는 빛깔은 윤기가 자르르 흐르며 화려 찬란하기 그지없었다.

2층에는 원형原型의 말안장이 여러 개의 말갖춤과 함께 전시되고 있었다. 녹이 슬고 바스러진 모습이 오랜 세월의 흔적을 말해주고, 뒷가리개 금빛 틀은 그대로 있으나 비단벌레 빛깔은 푸르스름한 파편으로만 남아 있었다. 위아래 층을 거푸 오르내리며 그것을 들여다보았다. 말갖춤은 말띠드리개, 말띠꾸미개, 안장가리개, 재갈멈치 따위의 여러 가지 장치나 장식으로 갖추어져 있었다. 옛날 사람들이 그걸 어찌 알았을까. 온통 금과 보석으로 뒤발하여 호화로움의 극치를 보여준 신라 사람들이 금붙이에서 뿐만 아니라 한낱 벌레가 발하는 빛깔에서까지 독특한 아름다움을 찾아내어 치장한 탐구정신과 섬세한 미의식은 생각할수록 신기하였다.

과학문명이 발달한 이 시대에 살고 있는 사람들이 신라사람들의 미감이나 궁리보다 낫다고 할 수 있을 것인가. 한마디로 거기서 거기라는 생각이 들었다. 상념의 실마리가 풀리지 않을 때 박물관을 돌아본다는 화가가 있다. 박물관에서 옛사람들의 생활 모습을 돌아보노라면 구상하던 모티브가 떠오른다는 어느 의상 디자이너가 한 말도 생각난다. 정신 속에 잠재해 있던 색채감각이나 조형미가 유물을 매개로 촉발되어 새로운 이미지로 점화되는 순간이라 할까. 무디어진 감성이 자극을 받으며 지니고 있는 소양 이상의 것을 발휘하게 하는 힘. 시·공간을 초월하여 착상되는 무언의 의미는 창작의 밑거름이 되어 우리의 정신을 한층 풍요롭게 한다. 옛 사람들의 말 장신구 하나가 온 가슴을 뒤흔들어 놓아 서늘하게 하던 연유일 것이다. 내 마음에도 비단벌레 한 마리 날아오른다.

꽃무늬 원피스
─마르크 샤갈 전시회에서

가을비가 주룩주룩 내리고 있다. 휘몰아치는 바람에 우수수 나뭇잎이 날리고 빗물로 번들거리는 포도 위에 낙엽이 뒹군다. 돋아나는 새순에 흠이 될 새라 보슬보슬 내리는 봄비하고는 확연히 다른 것이 가을비라 할 수 있다. 아쉬움 같기도, 애틋 처연해지는 심사 같기도 하여 무어라 이름 할 수 없는 무늬가 마음 안에 그려진다고 할까.

주말이 되어 딸아이와 함께 서울 시립미술관에서 열리고 있는 '마르크 샤갈 전'을 보러 갔다. 지면이나 방송에서 연일 홍보를 해서 그런지 관람객이 장사진을 이루어 오전인데도 줄지어 들어가야 했다.

전 생애에 걸쳐 제작된 작품이 전시되고 있다니, 그 양이 워낙 많아 그런지 여백 없이 벽에 다닥다닥 붙여서 답답한 느낌이 들었다. 풍경이나 동물, 인물들을 화면 가득히 자유자재로 그린 그림들은 활기차게 보이고 '색채의 마술사'라는 명성 그대로 과연 색의 향연이었다. 사실을 바탕으로 정밀하게 묘사한 그림이 감동을 주기도 하고, 사물의 다양한 변화나 불균형이 눈길을 빼앗기도 하지만 다채로운 색의 조화 또한 보는 사람의 마음을 사로잡는다.

「푸른색 얼굴의 신부」나 「초록색 바이올리니스트」「붉은 색 유대인」…, 제목에서도 알 수 있듯이 상식을 뛰어 넘는 터치나 빛깔로 사람 얼굴이나 동물을 그려 놓아 어리둥절한 느낌이 들기도 하였다. 보이는 사물을 그대로 그리는 것이 아니라 내재해 있는 심상을 찾아내어 형상화하였다고 할까. 어린 날의 추억이나 특히 성구聖句에서 떠오르는 이미지를 가지고 그린 성화는 다분히 사변적이라 할 수 있었다. 세상에 그림으로 그리지 못할 것은 무엇이며 색으로 표현하지 못할 것은 무엇이란 말인가. 도리어 보는 이에게 묻고 있는 것 같았다.

사람들에게 밀려가며 전시회장을 돌다가 과연 색의 마술에 걸린 듯 멈추고 말았다. 색채의 다양함 속에서 등장인물이나 풍경들이 둥둥 하늘을 떠다니는 것 같이 동화적인 느낌으로 신비감이 들었다. 청남빛 색깔을 배경으로 흰 드레스 입은 신부가 화사한 꽃다발을 한 아름 들고 날아가는 그림 앞에서 마음이 머물렀다.

개인의 성향이나 색채 감각이라 할 수도 있겠으나 밝고 환하고 고운 색으로 그린 나무나 꽃들이 깜빡 정신을 혼미하게 하도록 환상적으로 보인다. 푸른색 계열과 보랏빛으로 어우러진 색의 조화가 감동의 차원을 넘어 가슴을 울렁이게 하면 무엇에 베인 듯 아르르한 느낌이 가슴 한 쪽을 훑고 지나가는 것이다. 거기에는 복합적인 감정이 어우러져있기 때문인지도 모르겠다.

한 겨울에 결혼을 한 나는 남편이 여름방학을 맞자 친정에 다니러 갔다. 결혼식을 올리고 처음으로 간 친정 나들이였다. 첫아이를 가져

차츰 배가 불러 오기 시작하였으나 그 배를 가릴 임부복 하나 마땅한 것이 없어 결혼 전에 입던 원피스를 입고 갔다. 아직 만삭은 아니지만 6-7개월로 접어들었으니 보통 아낙의 배는 아니었다. 원피스 앞단추가 터질 듯 채워져 있어 보기에 민망하였던지 딱해보였던지 이튿날 아침이 되자 아버지께서 어머니를 부르시더니 "쟤, 옷 좀 하나 사 주지." 하시며 돈을 주셨다. 말씀이 별로 없고 자녀들에게 그리 다감한 분도 아닌 아버지에게서 생각지도 않았던 그 소리를 듣는 순간 얼굴이 화끈 달아올랐다. 어쩐 일인지 반갑고 고맙다는 생각보다는 무척 부끄러웠던 기억이 생생하다. 궁색한 처지를 들킨 기분이었을까. 아버지의 그 한 마디가 그렇게 부끄러울 수가 없었고 갑자기 친정집이 낯설게 느껴졌다. 불과 몇 개월 만에 내 의식은 스스로도 놀랄 정도로 달라져 있었다.

결혼을 하고보니 남편에게는 빚이 있었다. 결혼식 비용을 혼자 감당하느라 그렇기도 하였지만 방 한 칸 세를 얻으면 딱 맞을 돈으로 집을 장만했다. 친정에 사정을 이야기하면 도움을 받을 수 있었는지 알 수는 없었지만 이야기가 하기 싫었다. 연애결혼을 한 것도 아니고 집안 어른이 다리를 놓아 이루어진 혼사인데도 어렵기는 매 한가지였다. 자신의 운명은 자신이 만들어 간다는 말이 어쩌면 맞는 말인지도 모르겠다. 말을 하지 않으니 내 속사정을 누가 알겠는가. 해봐야 소용없는 일이라고 지레 겁을 먹었는지, 어른들이 어려워서 그랬는지 입 떼기가 그렇게 싫었다.

남편이 월급을 가져와도 이자로 다 나가다시피 하니 남는 것이 없었다.

엄마 따라 양장점에 가서 촉감이 까슬까슬하여 시원해 보이는 천으로 임산부 원피스를 맞추었다. 파란색 바탕에 크고 작은 분홍, 보라색 꽃송이가 아기자기하고 주름이 풍성하던 원피스. 그 옷으로 여름을 나고, 아이 셋을 낳아 키우도록 해마다 그 옷을 입었다. 생활은 어려워 잿빛일망정, "옷이 참 고우네요." 지나가던 사람들도 한 마디씩 하던 꽃무늬가 아름다운 그 옷은 마음까지도 밝고 환하게 하였다. 뱃속의 아이들은 건강하게 태어나 꽃으로 자라났다.

이런 사연 저런 곡절을 겪으며 지나온 내 삶의 빛깔이 어디 꽃무늬이기야 하겠는가. 태생적인 성향에서든, 환경에서 비롯된 것이든, 노력에서였든 난관을 헤치고 여기까지 왔다. 샤갈이 세계인들의 찬사를 받으며 우리 앞에 당당히 다가오는 것은 누구도 흉내 낼 수 없는 자기만의 영역이 확고하기 때문일 터이다. 서울 한복판에서 샤갈의 그림을 보고 있노라니 젊은 날 힘들었던 한 시절이 가슴 시리게 떠오르기도 하지만, 새 생명을 잉태하였을 때의 설렘과 감미로움이 함께 떠오른다. 생명의 잉태. 세상에서 그보다 대단한 일이 무엇이며 아름다운 일이 어디 있으랴. 샤갈의 그림이 보는 이로 하여금 미소 짓게도 하고 마음을 밝고 환하게 한다는 것이 축복처럼 즐겁다.

밖으로 나오니 입장하려는 사람들은 여전히 장사진을 이루고 비는 추적이며 내리는데, 미술관 앞마당에 서있는 단풍나무가 빗속을 가르며 비추는 햇살을 받아 스포트라이트를 받은 듯 붉게 타오르고 있다. 또 하나의 전시회는 이곳에서도 펼쳐지고 있다. 아이와 나란히 우산을 들고 걸음을 옮기며 날리는 나뭇잎도 보고, 빗줄기에 손도 대어본다. 더러는 전시물을 일별하고 나가듯 바쁜 걸음 총총히 이 계절을 관람하며 사람들이 지나가고 있다. 가을의 폐관 시간이 얼마 남지 않았으므로—. 인생이 마냥 길지 않다는 것을 느끼게 되는 것도 깊을 대로 깊어진 늦가을, 바로 이 때쯤이다.

겨울눈
-소설가 최명희의 혼불문학관

늑장 부리는 봄을 재촉하는 듯 촉촉이 비가 내리고 있다. '문협'에서 주간하는 문학기행에 동행하여 전라남도 남원에 있는 '혼불 문학관'에 갔다. 소설『혼불』을 읽으며 가슴이 뜨거워지던 느낌이 되살아나 선뜻 따라나섰다.

멀리 산봉우리에는 뭉게뭉게 물안개가 연기인 듯 구름인 듯 피어오르고, 파릇이 고개 내민 새순들은 저마다 바쁜 듯 생기가 난다. 안개 속에 얼비치는 산수유꽃이 파스텔을 문지른 것 같은데, 노란 빛깔이 몽롱한 듯싶으나 푸른 기운 속에 더욱 맑아 보인다. 봄에는 산이나 들, 어디를 둘러보아도 생동감이 있다. 어디 자연 뿐이겠는가. 마주하는 문인들의 얼굴도 밝은 표정이다. 갈아엎은 논에선 흙냄새 물씬 풍기고, 이 비 그치고 나면 논바닥에 불미나리 지천으로 돋아나겠다.

구불구불 산길 돌아 찾아간 곳에는 혼불 기념비가 우릴 먼저 맞는다. 1980년 4월에 시작하여, 1996년 12월 까지 17년 동안 오로지 혼불 집필에 매달리다 51세의 아쉬운 나이에 생을 마감한 최명희 소설가의 생애가 검은 돌에 또렷이 새겨져 있다. 문학관으로 들어가는 초입에 우두커니 서서 우릴 반기며 이정표 구실을 한다.

버스에서 내려 삼삼오오 짝을 지어 언덕을 오르노라니, 제법 커다란 산 아래 한옥으로 지은 문학관 옆에는 산에서 흘러내리는 물줄기를 잡아 작은 폭포를 이룬다. 인공으로 만들어 놓았다 해도 보기에 좋다. 청암 부인이 공들여 만든 청호저수지를 본뜬 것인지 확 트인 앞쪽에는 연못이라기에는 제법 넓은 호수가 눈을 시원하게 해준다. 문학성을 기리기 위해서였든 상업적인 계산에서였든 이렇게 너른 터에 한 사람의 업적을 높이 사서 자리를 마련해 주었다는 것만으로도 고마운 일이다.

전시실에는 생전의 집필실을 재현해 놓아 육필 원고, 소지품, 옷, 사진 따위가 그대로 있다. 누런 원고지에 만년필로 한 자 한 자 써내려간 글씨는 단정하여 정감이 간다. 보통의 것보다 큰 것을 비롯하여 여러 자루의 만년필이 얌전히 누워있고 쌓아 놓은 원고지가 더미를 이루고 있다. 소설집 열 권 분량의 원고지라면 매수가 얼마나 될까. 문학 분야의 대가라 하는 이문열 소설가도 글쓰기의 어려움을 토로하며 원고지 한 칸이 학교 운동장만 하였다는데 그 막막함이 얼마였겠는가.

1981년 '여성동아 창간 60주년 기념 2천만 원 고료 장편소설 공모'에 『혼불』1부가 당선되고, 이후로 그는 나머지 생애를 이 소설에 매달려 살았다 해도 과언은 아닐 듯싶다. 자료를 수집하고, 그것을 찾아 읽으며 정리하고 자기 것으로 삼아, 누에가 몸에서 명주실을 뽑아내듯이 혼신을 다하여 글의 정수를 뽑아내었던 것이다. 그 한 마디 한 구절은 무디어진 우리의 정신을 흔들어 깨웠다.

편리함에 끌려 아름다운 우리 것을 얼마나 많이 잃어버렸는가. 뿌리 속에 도도히 흘러내려오던 가치관들이 무참히 무너져버리고, 가볍고 천박한 것들이 우리 삶을 얼마나 황폐화 시키고 있는가. 언어의 다양성에서, 기막힌 색깔의 조화와 빼어난 솜씨로 지은 멋스러운 의복에서, 천지의 조화를 생각한 주거문화에서, 누대로 이어온 전통이 얼마나 아름답고 경이로웠던가를 뜨겁게 느끼게 하였다. 또한 파란 많은 세월을 견디어 오느라 좋은 것을 좋게 느낄 겨를도 없었던 옛사람들의 고단한 삶이 가슴을 뭉클하게 하는 것이다.

"쓰지 않고도 사는 사람은 얼마나 좋을까. 나는 때때로 엎드려 울었다. 그리고 갚을 길 없는 채무를 지고 도망 다니는 사람처럼 항상 불안하고 외로웠다. 좀처럼 일을 시작하지 못하고 모아놓은 자료만을 어지럽게 쌓아둔 채 핑계만 있으면 안 써보려고 일부러 한눈을 팔던 처음과는 달리 거의 안타까운 심정으로 쓰기 시작한 「혼불」은 드디어 나도 어쩌지 못하는 불길로 나를 사로잡고 말았다…"

글을 쓰는 고통이 얼마나 견디기 힘들었으면 쓰지 않고 사는 사람을 오히려 부러워했을까. 써야하는 부담감에 얼마나 짓눌렸으면 쫓기듯 늘 불안하고 외로웠을까. 그는 한 자 한 자 글씨를 써내려 가는 것이 아니라 손가락으로 바위를 뚫어 글씨를 새기는 심정이었다고 한다. 그 지난함을 헤아려 보는 것만으로도 가슴이 아려오고 안쓰럽다. 심혈을 기울여 글을 쓰다 심신이 소진되어 쓰러진 것만 같아 안타깝기 그지없다. 소설로 인하여 명성을 얻기도 하였으니 이제는 편안한 생활이 기다리기도 하련마는 그는 총총히 떠나가고 없어 우리를 이리도 애틋하게 하는지 모르겠다.

이 소설을 읽어 본 사람들은 그 시대에 대한 방대한 자료 수집에 놀라고, 등장인물들의 묘사와 우리말의 아름다움에 감탄을 한다. 나 또한 그에 별반 다르지 않다. 언젠가 나는 「달빛 유정」이라는 글을 한 편 쓰면서 달빛에 대한 소회를 쓴 적이 있는데, 그의 글을 읽으며 나와 똑같은 생각이나 느낌에 환호하기도 하였지만, 책 예닐곱 장에 기술한 치밀하고 탁월한 묘사력에 그만 숨을 죽인 일이 있다. 여리고 섬세한 감성에, 그 서정의 무한함에 그만 가슴이 서늘해지는 느낌이 들었다.

그의 예리한 감성의 촉수는, 깊은 밤 산야에 흘러내리는 교교한 달빛도 장강을 이루어 천지간에 범람하고 있었다. 나는 그 강물을 유영하며 감미로움에 젖기도 하고 처연한 신비로움에 빠지기도 하였다. 간담이 서늘하리만치 긴장되기도 하더니 갑자기 온몸을 감싸고 있던 오감이 파열하듯 팽창하는 것 같았다. 내 감각이나 의식이 그 강물에 수몰되는 느낌이었다.

피륙의 색채나 한복의 조화로운 빛깔과 무늬에 매혹되기도 하였다. 등장인물들에게 입혀 놓는 의복에도 그는 자연과의 조화와 연치에 맞는 미감을 생각했다. 배색하여 입혀 놓은 한복의 색깔, 촌스러울 수도 있는 보색대비의 상관관계가 한복에서만은 절묘한 조화를 이루며 멋을 자아냈다.

"담황색 저고리 등록색 치마, 앵두색 저고리에 은회색 치마. 진남색 비단 치마를 드리운 위에 새 각시 눈부신 진노랑 저고리. 녹옥색

은근히 돋아나는 저고리에 치자로 여러 번 물을 놓아 황적색 오련하게 깊은 치마폭. 홍두깨 곱게 올린 연두저고리에 연분홍 치마. 다홍과 청람빛이 선연한 명주실 매듭. 오동꽃색 저고리의 무늬와 빛깔이 아른아른 어울리던 노란 장판의 미묘하고 은근한 어우러짐…"

노란 저고리에 연분홍 치마 입은 강실이 머리끝에 검자주 제비부리댕기가 나붓이 물린 것을 보고, 할머니댁 울안에서 뛰어놀던 내 유년이 분꽃처럼 피어났다. 설날이면 꽃분홍 뉴똥치마에 노란 저고리 꽃술처럼 받쳐 입은 나는 오빠들 따라 어른들께 세배 드리기 바빴다. 담옥색 명주 저고리에 물 고운 남빛 끝동을 달아 자주 고름 길게 늘인 농남색 치마 입은 율촌댁을 보고 젊었을 적 우리 어머니 모습이 떠오르기도 하고 옷감에 물감 들이느라 파란 물이 든 손으로 떡쌀을 썰던 어머니 손도 추억처럼 생각났다.

불현듯 나도 치자나무, 꼭두서니, 쪽, 장독대 옆에서 흐드러지게 피어난 봉숭아꽃잎을 따서 물감을 만들어, 하얀 비단 필에 선명한 색깔의 물감을 들여 보고 싶다. 그 피륙으로 옷을 지어 두드러지지 않으며 함부로 다루어지지 않는 격조 있는 색의 어울림을 만들어 보고 싶다. 연옥색 저고리에 살구꽃빛 치마. 북청색 치마에 녹두 저고리. 쑥물 놓은 치마와 치자물들인 저고리. 그 기막힌 물색의 어울림을 상상해 보는 것만으로도 바람에 잔 물살 일 듯 가슴이 두근거리는 것이다.

아, 이 사람은 누구란 말인가. 책을 읽다 앞표지 뒷면에 나와 있는 지은이의 사진을 가만히 들여다보았다. 그리고 약간 고개 숙여서 반쯤만 나와 있는 얼굴을 몇 번이나 쓸어 내렸다.

아담한 글씨체로 정갈하게 써서 쌓아놓은 원고 무더기를 바라보며 한참을 우두커니 서있었다. 가슴이 무언가 그들먹해지는 느낌이었다. 그러다 글에 대한 치열성도 없이, 별 고민 안하고 수월하게 글을 써보려는 내 얄팍한 정신의 안일함이 부끄러워 누가 보는 양 발길을 돌렸다.

안개비 내리는 마당가 나뭇가지에 분홍빛 꽃망울이 망울망울 맺혀 있다. 한 겨울 눈보라를 이겨낸 눈물겨움이라 하랴. 뭇 생명체 가운데 무엇 하나 거저 이루어지는 것이 있겠는가. 내 가슴에도 언젠가 혼의 불길 활활 타올라 뜨거운 글 한 편 쓸 수 있기를 소망한다.

우리것은 얼마나 아름다운가

－조선시대 성리학자 송준길의 고가「동춘당」

회덕懷德 송씨 마을에 들어섰을 때는, 안개가 자오록한 아침나절이었다. 풋거름 냄새 아릿하게 코끝에 스치고 스멀스멀 대지에 감도는 봄기운이 싱그러웠다. 겨울잠을 털고 가만가만 일어서는 초목의 조심스런 움직임 같았다. 서둘러 함빡 피어난 산수유 꽃만이 이 계절을 환호하고 있었다. 대나무 숲을 뒤로 하고 너울을 쓴 듯 안개에 싸인 동춘당同春堂 고가가 무척 창연했다.

동춘당은 조선시대 문신이며 성리학자인 송준길의 호이다. 그는 이조, 형조판서를 지내다가 낙향하여 이곳에 별당을 지어놓고 학문 연구와 후학을 양성하며 여생을 보냈다. 지금의 서재와 같은 이 별당의 이름이 자신의 호를 따서 지은 동춘당이다. 대청과 온돌방으로 간소하게 지었는데, 제자를 가르치고 글벗들과 학문을 논하던 강당이기도 했다. 대전지방에서는 유일하게 지정된 '국가지정문화재'이다.

나무 대문이 안으로 잠겨 있기에 기와를 얹은 낮은 돌담 너머로

안을 들여다보았다. 뜰에서 먹이를 찾던 멧새들이 인기척에 놀라 숲 속으로 날아가고 정적이 깃든 별당의 분위기가 조촐했다. 불현듯 격자 창 안에서 젊은 선비들의 글 읽는 소리가 낭랑히 들려올 것 같았고 후원을 돌아 뜰에 들어서는 선생을 만날 듯싶기도 했다.

인상이 밝고 온화한 사람은 보기에 좋고 타고난 인품이 원만하고 지혜로운 사람은 마주하는 사람을 편안하게 한다. 거기다가 수신하며 학덕까지 겸비한 사람이라면 더 이상 말해 무엇 하겠는가. 300여 년 전에 여기서 살다간 선생이 그랬다. 타인에게는 봄바람같이 따뜻하게 대하고, 자신에게는 가을 서릿발같이 엄격하셨던 분이시다.

병조판서로 있을 때에는 유능한 인재를 불러들여 나라의 힘을 기르는데 노력하였다. 전쟁이 일어나면 농민들도 나가 싸울 수 있도록 농기구인 쇠스랑을 무기로 사용하게 하였다. 농사지을 때는 땅을 파는데 이용하도록 하고, 전쟁 때에는 쇠스랑 끝을 반듯하게 펴서 창槍으로 쓰게 했다. 또 군복 마련을 염려하여 이불에 청색과 홍색으로 깃을 대어 쓰게 하고, 전쟁이 일어나면 이것을 뜯어서 군복을 만들어 입고 싸울 수 있도록 하였다. 유사시를 대비한 유비무환의 자세라고 할 수 있다.

지붕 바로 밑에는 가로로 된 목판에 '同春堂'이라고 쓴 현판이 걸려 있다. 낙관을 보니 우암尤庵 송시열宋時烈 선생이 쓴 것이다. 활달한 성미에 저돌적인 성격과는 대조적으로 동글동글 아담한 글씨체가 퍽 친근감이 들었다. 도학자이며 대 정치가인 그가 벗을 위해 써준 현판 같았다.

'인생은 짧고 예술은 길다'라는 말은 과연 맞는 말이다. 기껏 80여

년을 살다간 인생에 비하여 300여 년의 세월을 보내고 얼마를 더 보내게 될지 모르는 이 글씨는 그대로 보배로운 예술품이었다. 여기 이렇게 있어 줌으로써 역사를 알려주고, 두 석학의 아름다운 인정의 교류를 증언하리라.

송시열은 어려서부터 친척 되시는 송준길의 아버지 송이창宋爾昌에게 송준길과 함께 글을 배웠다. 그것이 계기가 되어 둘이는 일생을 두고 학문과 우정을 나누고 정치생활에서 고락을 함께 하였다. 나이는 송준길이 위였지만 둘 다 학문과 글씨가 뛰어난 학자요, 정치가였다.

송시열은 병자호란이 일어났을 때, 남한산성으로 어가를 모시고 갔다가 성이 함락된 후에는 이내 벼슬을 내놓고 회덕으로 돌아 왔다. 난리를 겪은 뒤로는 남한산성의 수치를 분통하게 여겨 황간黃澗 땅에서 은거하며 학문만을 연마했다. 이 때 송준길도 도학을 닦고 있었는데 배움을 청하러 온 젊은이들에게 사양을 하며 말했다.

"황간 땅에 큰 선생이 있는 데도 그대들이 나를 찾아옴은 어인 까닭인가?" 연하의 친구라도 그의 뛰어난 학문을 인정하며 선생으로 존경 할 줄 아는 마음은 또한 얼마나 큰마음인가. 송시열 또한 송준길을 일러 천품이 뛰어나고 머리가 총명하여 하자가 없는 옥 같은 선비라 하였다니 두 지기지우의 인품과 격조 있는 우정이 짐짓 존경스럽다.

선인들의 업적을 찾아내어 삶의 족적을 더듬으면 우린 언제라도 시·공간을 초월하여 옛분들과 만나게 된다. 고졸한 인품을 우러르노라면 내 마음도 터를 넓히고 끊임없이 이어져 오는 인류의 역사와 그 연대감 속에서 우리 정신의 원류를 생각하게 된다.

동춘당 옆에는 몇 백 년의 풍상을 겪어온 팽나무가 우람한 모습으로 서 있다. 땅 위로 굵은 뿌리가 툭툭 불거져 나와 있어 많은 세월을 실감나게 한다. 뒤로 돌아가니 본가의 대문이 활짝 열려 있다. 서까래, 대들보, 문틀, 마루 등 모두 나무결 도드라진 전통 한옥이 번듯하니 보기 좋다. 후손이 살고 있다는 안채에선 아무도 없는지 조용했다. 넓은 안뜰과 안채, 정침, 행랑채, 가묘를 돌아 옆으로 나오니 송용억 가옥이 있다.

송준길의 둘째 손자가 분가하여 살기 시작한 이래 그의 11대 손까지 살아오고 있는 고택은 '대전시 민속자료 제2호'이다. 울타리 밖 오른편에는 잘 가꾸어 놓은 인공 연못이 있는데 수심이 깊은지 갈맷빛이다. 버드나무가 연못가에 쓰러질 듯 서있어 제법 운치를 더했다. 천천히 내려오다 계족산 골짜기에서 내려오는 냇물과 만났다. 예의 그 홈내인가 보다.

송준길이 고향에 있을 때 대전지방에 심한 가뭄이 들었다. 특히 이 곳은 높은 지역이어서 피해가 심했다. 선생은 통나무에 홈을 깊게 파서 냇물을 끌어 들여 가뭄을 이길 수 있었다. 그래서 지금도 이 마을의 이름을 홈통골이라고 전한다.

우리의 주거 형태이던 한옥이 이제 따로 보존해야 할 만큼 보기 어렵다. 집은 가꾸기 나름이라고 하는데, 동춘당은 원래의 모습을 훼손시키지 않고 그대로 보존해 온 우리의 전통 가옥이다. 한 집안에 할아버지, 아버지, 삼촌, 고모, 손자, 증손자 3,4대가 예사로 모여 살던 가족의 구성원 속에서 자연스럽게 싹 텄던 가족애가 그립기도 하다.

　내려오다 돌아보니 아침안개가 서서히 걷히며 드러난 동춘당의 자태가 선 굵은 장부의 모습이다.

　아, 본래의 우리 것은 얼마나 아름다운 모습인가.

아름다움은 필경 선과 통한다

2011년 1월 10일 1판 1쇄 발행

지은이·남상숙 | 발행인·이선우
펴낸곳·도서출판 선우미디어
등록 | 1997. 8. 7 제300-1997-148호
110-070 서울시 종로구 내수동 75 용비어천가 1435호
☎ 2272-3351, 3352 팩스: 2272-5540 sunwoome@hanmail.net

Printed in Korea ⓒ 2011. 남상숙

값 10,000원

ISBN 89-5658-267-X 03810